寂寞終站

VOM ENDE DER EINSAMKEIT

BENEDICT WELLS

班尼迪克・威爾斯——著
姬健梅——譯

各界佳評

再怎麼好的書，也無法讓人從此永遠不寂寞，但我想不出還有哪一本小說比《寂寞終站》更能撫慰寂寞的心。這本書充滿了同理心、勇氣與膽識，正面迎戰記憶深處的動盪，讓人看見內在最深的自我。

——美國作家布洛克（Stefan Merrill Block）

從童年、成長過程的失望，到爲人父母……人生漫長的軌跡，最適合由小說來刻畫。所謂命運，就是我們最終所成爲的樣子；在班尼迪克・威爾斯的筆下，主角所經歷的一切，都成了燦爛耀眼的故事……《寂寞終站》是一部動人至深的雋永之作。

——美國小說大師約翰・厄文

掩卷之際，你已走過了一次又一次的痛苦與失去，臉上卻掛著笑容，說什麼也無法把書放下。

——《費城詢問報》

《寂寞終站》的力量蘊含在人物性格中，書中角色儘管滿懷悲傷，仍釋出溫暖。小說的成功源自威爾斯非凡的想像力，這在如今可是一種罕見的天分。

——「歐盟文學獎」評審頌獎詞

書海難尋的罕見之作……《寂寞終站》溫柔地提醒你思考自己該如何活。

——瑞士Diogenes出版社總編輯

閱讀中夾雜悲歡離合的情緒波動，成功創造出絕望與喜悅的一體兩面，而且總能慢慢翻轉悲喜……故事的黑暗面和光明面維持了完美平衡，也呈現出絕佳的反差。

——德國亞馬遜讀者五星推薦

《寂寞終站》就像一部出色的偵探小說，在層層迷霧中透出生活的智慧和對主角的同情。威爾斯雖然才三十出頭，卻已盡顯大師風範。

——《明鏡》週刊

書中有刻骨銘心的愛與痛，也有深邃的思考和出人意料的幽默。

——《柏林時報》

作者用充滿詩意、機智的手法表達出「寂寞、悲傷和幸福」對於我們的意義。各種生活經驗彷彿一個調色盤，引導出人生爲何會如此運作，而我們身在其中能掌握多少決定權？又是什麼形塑了我們的成長？一本不可錯過的絕妙小說！

——**德國亞馬遜讀者五星推薦**

《寂寞終站》寫出了生命的意義所在，讓我們看見：即便身處黑暗之中，生命也依然值得體驗。

——**《維也納日報》**

人心之中究竟有什麼是不會改變的？人應該如何面對生活的不幸，擺脫揮之不去的孤獨感？一個三十出頭的德國作家，對語言和敘事技巧的掌握竟能如此爐火純青，這簡直是魔法！

——**《南德意志報》**

罕見的天才作家……一個感人至深的悲傷故事，卻沒有任由讀者沉浸在悲傷中，堪稱傑作！

——**《今日雜誌》**

且把椅子挪過來
一直挪到深淵邊緣
我就會把我的故事說給你聽

——F·史考特·費茲傑羅

第一部

我認識死神已久，而現在死神也認識了我。

我小心地睜開眼睛，眨了幾下。黑暗緩緩褪去。一個陳設簡單的房間，僅有的光亮是幾具小型儀器上閃爍的紅綠微光，還有從虛掩門縫裡透進來的光線。一所醫院深夜裡的寂靜。

我覺得自己彷彿從一場長達數日的夢境中醒來。右腿、腹部和胸膛隱隱作痛，微微發燙。腦袋裡嗡嗡作響，響聲愈來愈大。我逐漸意識到想必發生了的事。

我活下來了。

一幕幕影像浮現。我騎著摩托車出城，加速，前面是那個彎道。車輪在公路上打滑，眼看那棵樹離我愈來愈近，我試圖閃避未果，只好兩眼一閉……

是什麼救了我？

我垂眼往下瞄。脖子上戴著護頸，右腿被固定住，想來是打了石膏，鎖骨上纏著繃帶。出事之前我的身體狀況很好，以我的年齡來說甚至是非常好。也許是這一點幫了我。

出事之前……不是還發生了另一件事嗎？但我不願想起，寧願回想我教孩子打水漂的那一天，回想哥哥和我討論事情時揮舞的雙手，回想我和妻子的義大利之旅，清晨時分，我們沿著阿瑪菲海岸的一個海灣散步，天色漸漸變亮，海浪輕輕拍打著山崖……

我打起瞌睡。夢中我們站在陽台上。她緊盯著我的雙眼，彷彿看透了我。她用下巴指指內院，我們的孩子正和鄰居的男孩在那裡玩耍。我們的女兒正大膽地爬上一堵圍牆，我們的兒子卻躲在一邊觀望。

「他這一點像你。」她說。

我聽見她在笑，伸手握住她的手……

嗶嗶聲響了好幾次。一名看護把一包新的點滴袋掛好。時間仍舊是半夜。牆上的月曆寫著**二〇一四年九月**。我試著坐起來。

「今天是星期幾？」我的聲音聽起來很陌生。

「星期三，」看護說，「你昏迷了兩天。」

那口氣就好像他說的是別人。

「你感覺如何？」

我又倒回床上。「有點頭暈。」

「這很正常。」

「我什麼時候可以見到我的孩子？」

「明天一早我就會通知你的家屬。」看護走到門邊，停了一下。「如果有什麼事，你就按個鈴。主任醫師待會兒還會再過來看你。」

見我沒有回應，他就走出了病房。

是什麼使得人生成爲如今的面貌？

在寂靜中我聽見每一個思緒，頓時清醒過來。開始逐一檢視過往的每個階段。曾以爲已經遺忘的臉孔迎面而來，我看見少年時的自己在寄宿學校的運動場上，看見我在漢堡的攝影暗房裡那道紅光。那些回憶起初模糊不清，但在接下來那幾個小時裡漸漸清晰起來。我奔騰的思緒在時光中回溯，愈跑愈遠，直到它們停留在使我童年蒙上陰影的那場災難。

暗流

（一九八〇）

我七歲那年，我們全家去法國南部度假。我父親史提方．莫羅在貝迪亞克出生，位於蒙佩利爾附近的一座村莊。一千八百個居民，一家麵包店，一家小餐館，兩座葡萄酒莊，一家木器工坊和一支足球隊。我們要去探望奶奶，她已經有好幾年不曾離開那個地方。

一如每次開車出遠門，爸爸穿著一件淺棕色皮質舊夾克，嘴角叼著菸斗。媽媽在車上大半時間都在打瞌睡，她放了一卷披頭四歌曲的錄音帶，轉頭面向我。

「這是播給你聽的，竺爾。」

〈平裝書作家〉是我當時最喜歡的歌曲，我坐在她後面跟著哼。樂聲被我哥哥姊姊的聲音蓋過。我姊擰了我哥的耳朵。馬汀尖叫起來，向爸媽告狀。我們平常都喊他馬諦。

「你這個愛打小報告的傢伙。」麗茲又去掐他的耳朵。

他們愈吵愈凶，直到媽媽轉過頭來看著他們倆。她的眼神是個傑作，一方面流露出對馬諦的理解，理解他有個討厭的姊姊，一方面也流露出對麗茲的理解，理解她有個煩人的弟弟，但最主要是表示出爭吵毫無意義，甚至還暗示著乖小孩在下一個加油站也許會有冰淇淋可吃。哥哥姊姊立刻鬆開了彼此。

「爲什麼我們每年都要去看奶奶？」馬諦問，「爲什麼我們不能去一次義大利？」

「因爲這是理所應當的，也因爲奶奶很高興你們去看她。」父親用法語說，並未把視線從道路上移開。

「才不是這樣。她根本不喜歡我們。」

「而且她身上有股怪味，」麗茲說，「聞起來像舊沙發。」

「不，她聞起來像發霉的地下室。」我哥說。

「別老是說奶奶的壞話！」父親駕駛車子繞過一個圓環。

我看出窗外。一叢叢百里香、常綠矮灌木叢和矮橡樹在遠方綿延。比起我們居住的地方，法國南部的氣味更濃郁，色彩更濃烈。我伸手到口袋裡，把玩著去年剩下的銀色法郎硬幣。

傍晚時分我們抵達了貝迪亞克。回想起來，我總覺得那個地方像個竟日打瞌睡的老人家，看起來悶悶不樂，但其實和藹可親。一如在朗格多克的許多地區，房屋是用砂岩建造的，有著樸素的百葉窗板和被風剝蝕的淡紅瓦頂，浸浴在夕陽的柔和光線中。

礫石在車輪下嘎吱作響，廂型車在勒高夫路盡頭的那棟房子前面停住。這棟建築散發出一絲陰森，外牆爬滿了長春藤，屋頂殘舊。那是往日的氣味。

爸爸最先下車，踩著輕快的步伐急走到門口。當時的他想必正處於所謂的「盛年」。三十多歲的他仍有一頭濃密的黑髮，待人總是親切有禮。我常常看見鄰居和同事圍在他身旁，入迷地聽他說話。箇中奧祕在於他的聲音：嗓音輕柔，不高也不低，只帶著一絲法國腔，這聲音像個套索一樣拴住他的聽眾，把他們朝他拉近。身爲會計師，他在工作上很受賞識，但是他只看重他的家庭。每個星期天他都會替全家人下廚，總是有時間陪我們，而他那副孩子氣的笑容使他顯得樂觀。不過，後來當我看見他的照片，我看出在當時就已經有點不太對勁。問題出在他的眼睛。那雙眼睛裡帶著一絲憂傷，或許也有一絲恐懼。

奶奶出現在門口。她有張歪嘴，幾乎沒正眼瞧她兒子一眼，彷彿爲了某件事感到羞愧。母子倆互相擁抱。

我們三個小孩從車子裡看著這一幕。據說奶奶年輕時是個游泳好手，受到全村人的喜愛。那想必是一百年前的事了。她的手臂顯得軟弱無力，腦袋像烏龜一樣皺巴巴的，而幾個孫子的吵嚷似乎簡直讓她受不了。我們小孩怕她，也怕那棟陳設簡單的屋子，牆上糊著老式壁紙，房間裡擺著鐵床。爲什麼父親每年夏天都想到這兒來，這是個謎。「彷彿他每一年都必須回到他受過最大屈辱的地方。」後來有一次馬諦這樣說。

不過那兒也還有別的：早晨的咖啡香，灑在客廳地磚上的陽光，當哥哥姊姊去拿早餐用的餐具，廚房裡傳出輕輕的叮叮噹噹。父親埋首讀報，母親計畫著這一天的行程。之後我們去洞穴探險，騎腳踏車出遊，或是在公園裡玩一局法式滾球。

在八月底則終於迎來貝迪亞克一年一度的葡萄酒節。晚上有小型樂隊演奏，家家戶戶張燈結彩，街道上瀰漫著烤肉的香味。我和哥哥姊姊坐在市政廳前面的大台階上，看著大人在村中廣場上跳舞。我手裡拿著爸爸交給我的相機。那是具沉重而昂貴的瑪米亞相機；我的任務是拍攝這場節慶的照片。我視之爲一種榮耀，因爲爸爸平常不會把他的相機交給任何人。當爸爸帶著媽媽優雅地從舞池上滑過，我自豪地拍了幾張照片。

「爸爸很會跳舞。」麗茲經驗老到地說。

姊姊那年十一歲，算是高個子的女孩，有一頭金色鬈髮。當時她就已經有我和我哥稱之為「愛演戲」的毛病；麗茲隨時都表現得像是站在舞台上。她光芒四射，彷彿有好幾盞探照燈打在她身上，講話清晰響亮，就連坐在最後幾排的人也能聽得一清二楚。在陌生人面前她喜歡表現得很早熟，但事實上她才剛過了想當公主的年紀。我姊姊畫圖、唱歌，喜歡在戶外和鄰居小孩一起玩耍，經常好幾天不洗澡，一度想成為發明家，後來又夢想著當個精靈，在她的腦袋裡似乎有千百件事同時發生。

那時大多數的女生都取笑麗茲。我常看見媽媽在她房間裡坐在她身旁，對她好言相勸，讓她平靜下來，尤其是當她的女同學又惹她生氣或是藏起了她的書包。然後我也獲准進去麗茲的房間，她會伸出手臂緊緊摟住我，我皮膚上感覺到她呼出的熱氣，而她會把先前對媽媽說過的事全部再對我說一遍，也許還說得更多。我太愛姊姊了，即使她在多年之後棄我而去，這一點也不曾改變。

★

午夜過後，一股濕熱仍舊籠罩著村莊。在每一支舞曲結束後，還在舞池上的男男女女就交換舞伴，我們的爸媽也在其中。我又再拍了一張照片，雖然我都快要拿不動那具瑪米亞相機了。

「把相機給我一下。」哥哥說。

「不要，爸爸把相機交給我，我得好好保管。」

「一下就好，我只是想拍一張照片。你又不會拍。」

馬諦從我手中搶走了相機。

「別欺負他，」麗茲說，「他那麼高興能拿著相機。」

「對，可是他拍的照片很爛，他還不懂得用曝光。」

「你老是喜歡自作聰明，難怪你沒有朋友。」

馬諦拍了幾張照片。他排行老二，那年十歲，戴著眼鏡，深色頭髮，臉孔蒼白，不引人注意。麗茲和我明顯長得像爸媽，馬諦的外貌卻和他們一點也不像，像是不知打哪兒來的陌生人坐在我們之間。我一點也不喜歡他。在我看過的電影裡，做哥哥的都是英雄少年，會替弟弟妹妹挺身而出。我哥卻是生性孤僻，整天窩在房間裡玩他的螞蟻窩，或是解剖蠑螈和老鼠，檢驗牠們的血液樣本。他收藏的小動物屍體似乎永遠用不完。不久前麗茲叫他「噁心的怪胎」，這話說得眞沒錯。

那一次去法國度假，除了假期結束時那場戲劇性的意外，我腦中就只剩下一些零星的記憶。不過我還清楚記得在那場節慶上，我們三姊弟旁觀那群法國小孩在村中廣場上踢足球的情景，記得我們心中油然生起一股身爲外人的感覺。我們三個都在慕尼黑出生，自認是德國人。在我們家，除了幾道特殊的菜餚之外，幾乎沒有什麼會讓人注意到我們有法國血統，而我們也很少說法文。但我們的爸媽是在蒙佩利爾相識的。我爸在中學畢業後搬到蒙佩利爾，因爲他想逃離他的家庭，我媽搬到那裡則是因爲她喜歡法國

（也因爲她想逃離她的家庭）。每每爸媽聊起當年，就會說起他們晚上去看電影，說起媽媽彈吉他的夜晚，說起他們在一個共同朋友辦的大學生派對上初次相遇，或是說起他們倆一起前往慕尼黑的往事，那時媽媽已經懷孕。聽過這些故事之後，我們三姊弟總是覺得我們了解爸媽。而後來，當他們不在了，我們才發現自己對他們根本一無所知。

★

我們去散步，可是出發時爸爸沒有向我們透露要去哪裡，途中他也幾乎一句話都沒說。我們五個人徒步走上一座小山，走到一片樹林。爸爸在山丘上一棵巨大的橡樹前面停下腳步。

「你們看見樹上刻著什麼嗎？」他問，但是他顯得心不在焉。

「*L'arbre d'Eric*，」麗茲用法語讀出來，「艾瑞克的樹。」

我們打量著那棵橡樹。「那裡有人砍掉了一段樹枝。」馬諦指著樹上圓圓隆起的部位。

「對，的確如此。」爸爸喃喃地說。

我們三姊弟從未見過我的艾瑞克伯伯，據說他在許多年前就意外喪生。

「爲什麼這棵樹叫這個名字？」麗茲問。

父親的神情開朗起來。「因爲我哥在這棵樹下追求女生。他把她們帶到這兒來，在這張長椅上坐下，眺望下方的山谷，朗誦詩歌給她們聽，然後就吻了她們。」

「詩歌？」馬諦問，「那樣就成了？」

「次次成功。所以後來才有個愛開玩笑的人用刀子在樹皮上刻了這幾個字。」

他望向早晨涼爽的藍天，母親依偎著他。我看向那棵樹，暗中複誦那幾個字：*L'arbre d'Eric*。

★

然後假期就到了尾聲，再做最後一次郊遊。夜裡又下了雨，大顆露珠懸在葉片上，我的皮膚感受著早晨清新的空氣。早起總是帶給我一種美妙的感受，覺得這一天屬於我。幾天前我認識了當地一個叫露迪芬的女孩，在途中向媽媽說起她。爸爸一如往常，由於完成了這趟一年一度的法國之旅，在度假即將結束時感到如釋重負。偶爾他會停下來拍照，一邊不停地吹著口哨。麗茲走在最前面，馬諦慢吞吞地跟在後面，我們幾乎每次都要等他。

在樹林裡我們遇上一條布滿鵝卵石的河流，一截樹幹架在河上。由於我們反正得要到對岸去，哥哥姊姊和我就問我們可不可以像走平衡木一樣踩著樹幹過河。

爸爸爬上那截木頭查看了一下。「可能會有危險，」他說，「我肯定不會從這上面過河。」

我們也跳上那截樹幹。直到此時我們才明白那下面有多深，樹皮有多滑，河流有多寬，河中有多少石頭。那段路將近十公尺，誰要是滑一跤掉下去，肯定會受傷。

「那後面就有一座橋。」麗茲說。雖然平常她樣樣都想嘗試，這一次她卻打了退堂鼓，繼續往前走。哥哥跟在她後面，只有我站著沒動。當時我不知道什麼叫害怕，就在幾個月前，我們班上就只有我敢騎單車衝下一道陡坡。騎了幾公尺之後我失去了控制，翻了車，摔斷了手臂。可是石膏一拆掉，骨折處才癒合，我就又去尋找下一樁危險的冒險行動。

我仍舊凝視著前面那截樹幹，沒有多作思考，就一步步向前走。

「你瘋了。」馬諦喊道，但是我聽而不聞。有一次我差點滑一跤，看見下方布滿石頭的河流，我感到暈眩，不過那時候我已經走了一半了。我的心跳加速，最後那兩公尺用跑的，幸運抵達對岸。我鬆了一口氣，高高舉起雙臂。我的家人沿著河流左岸往那座橋走去，我一個人沿著右岸走，偶爾我會看向他們，對他們咧嘴一笑。我從不曾如此自豪。

★

那條河流出了樹林，河面變得更寬，水流更加湍急，前幾天的雨水使得水位上升。河岸泥濘而鬆軟，一個牌子警告散步的人不要靠得太近。

「誰要是掉下去就會淹死。」馬諦看著那奔流的河水。

「希望你噗通一聲掉下去，那我們就能擺脫你了。」麗茲說。

他去踢她，但她靈巧地閃開，以一種自然而然同時又漫不經心的方式挽起媽媽的手臂，這只有她辦得到。

「妳又調皮搗蛋了嗎？」媽媽問，「看來我們只好把妳留在奶奶這兒了。」

「不要，」麗茲驚恐地說，那份驚恐一半是演的，一半是眞的。「拜託不要。」

「可惜妳讓我別無選擇。奶奶會好好管教妳。」媽媽模仿奶奶那種責備的眼神，麗茲笑了。

媽媽無疑是我們家的明星人物，至少對我們小孩來說。她迷人優雅，在慕尼黑到處都有朋友，藝術家、音樂家或劇場演員也會來參加她辦的宴會，天曉得她是在哪裡認識他們的。再說，我形容她「迷人」或「優雅」實在太過保守。這些貧乏的詞彙絲毫不足以表達，我們其實是覺得母親湊巧就像葛莉絲凱莉和英格麗褒曼的混合體。小時候我無法理解她爲什麼沒有成爲大明星，只是當上了老師。她自己往往帶著微笑承擔家庭的義務，帶著一種覺得好笑而又溫柔的表情。直到日後我才意識到她想必覺得受到很大的束縛。

我們在河岸邊的一片草地上休息。爸爸往菸斗裡塞菸草，我們吃著帶來的火腿長棍麵包。然後媽媽用吉他彈了幾首吉柏·貝考（Gilbert Bécaud）的香頌。

當她與爸爸和著吉他唱起來，馬諦翻起白眼。「拜託別唱了，眞教人難爲情。」

「可是這裡又沒有別人。」媽媽說。

「誰說的，那邊有人！」

我哥指著河流對岸，另一家人剛剛在那兒坐下休息。那幾個小孩和我們年紀相仿，他們帶著一條雜種狗，牠在他們之間嬉鬧。

中午了，太陽高掛在天空。我和馬諦熱得脫掉了T恤，躺在一條毯子上。麗茲在本子上亂塗亂寫，是些小幅素描，另外一再寫下她的名字。當時她常常在嘗試哪一種字體寫起她的名字最好看，所以到處寫她的名字，在紙上、在桌上、在文件夾裡或餐巾紙上。**麗茲，麗茲，麗茲**。

爸媽去散步，互相依偎著消失在遠處，留我們三姊弟在這片草地上，風景浸浴在陽光裡。馬諦和麗茲在玩紙牌，我在吉他上胡亂撥弄，觀察著對岸那一家人。我一再聽見他們的笑聲，夾雜著狗吠。一個男孩偶爾會扔出一根棍子，那條雜種狗立刻就會把棍子叼回來，直到那個男孩顯然覺得這太無聊了，而把棍子藏在毯子底下。可是那條狗還想繼續玩，一再跑向那家人的個別成員，最後跑到河流比較下游的地方。一根略粗的樹枝被纏在河岸的一堆灌木叢中。那條狗試圖用嘴把樹枝扯出來，但是沒有成功。該處的水流急速而強勁。只有我觀察到這一幕，而我感覺到自己後頸上的汗毛豎了起來。

那條小狗扯動那根樹枝，玩得興起，距離那滔滔的河水愈來愈近。我正想提醒對岸那一家人留心那條狗，就聽見了一聲號叫。一小塊河岸驟然崩塌，那條狗落入了水中，只用前爪和牙齒繼續緊緊抓住那根樹枝。牠發出哀鳴，試圖掙扎著再回到崩塌的河岸上，可是水流太過強勁。牠的哀鳴聲愈來愈大。

「噢，天哪。」麗茲說。

「牠上不來。」馬諦說。他的口氣是那麼堅決，彷彿他是下判決的法官。

對岸那一家人朝那條狗飛奔過去。他們才跑到牠身邊，那根樹枝就脫離了那叢灌木，連同那條狗一起被沖走了。

有一會兒牠還浮出在水面上，後來就消失在河水中。當對岸的幾個孩子又哭又叫，我轉過身來，看進我哥哥姊姊的臉。我再也忘不了他們的表情。

★

晚上在床上，我仍舊一直聽見那隻狗的哭嚎。麗茲一整天都悶悶不樂，馬諦幾乎沒有說話。然而最不尋常的是爸媽在事發之時並不在場。他們回來之後當然試圖安慰我們，但是這也改變不了我們三姊弟經歷了一件獨獨震撼了我們三個的意外。

我在床上輾轉反側了大半夜。河流對岸那一家人無憂無慮的幸福在幾秒鐘之內就被毀掉了，這件事令我無法釋懷。我又想起艾瑞克伯伯，想起曾有人對我們說他是「意外喪生」的。在此之前我的生活受到細心呵護，但顯然有股無形的力量和暗流會在轉瞬間改變一切。因為有些家庭似乎能免於受到命運的打擊，有些家庭卻會招致不幸，而在這一夜，我自問我們的家庭是否也是如此。

轉折點

（一九八三—一九八四）

三年半之後，在一九八三年十二月：最後一次和爸媽一起慶祝聖誕節。傍晚時分，當其他人在布置客廳，我站在我房間的窗前。一如往年，他們要等到全都裝飾完畢之後才會叫我。可是還要等多久呢？我聽見哥哥在外面發牢騷，聽見媽媽用清脆的笑聲來安撫他，也聽見姊姊在和爸爸討論該鋪上哪一條桌巾。為了轉移注意力，我看向內院，看向冬季變得晶光禿禿的樹木，看向鞦韆和那間樹屋。這幾年來很多事都改變了，但是我心愛的院子這副景象始終沒變。

有人敲門。爸爸走進來，他穿著一件海軍藍喀什米爾毛衣，叼著菸斗。這時他快四十歲了，前額的黑髮變得稀疏，那副孩子氣的笑容也消失了。他是怎麼了？幾年前他還顯得自信開朗，而如今站在房裡的這個身影竟微駝了。

爸媽很少還會兩個人一起去做點什麼，而爸爸卻經常獨自出去拍照，一去就是幾個小時不見蹤影。但他從未把他拍的照片拿給我們看。就連我和朋友一起玩耍的時候，也能感覺到他在我背後用不以為然的眼神看著我。在他眼中，世界是個時時充滿危險的地方。例如由媽媽負責開車時，（「妳開太快了，蕾娜，妳會害我們全都送命。」）或是當我每年夏天都想從那截樹幹上越過貝迪亞克附近那條河，（「竺爾，我實在看不下去了，萬一掉下去，你會摔斷脖子的！」）還是當麗茲想和女同學一起去聽演唱會。（「我不准妳去，誰曉得那裡都有些什麼人！」）假如我爸寫了一本人生指南，書名大概會叫《最好什麼都別做》。

只有在公園裡和朋友踢球時，他才放鬆下來，我佩服他能輕鬆帶球越過球場，讓對手撲個空。他年少時曾在法國的俱樂部裡踢過球，仍然擁有可靠的空間感，能夠猜到對手傳球的路線，在適當的時刻切入空檔。彷彿他是唯一眞正懂球的人。

爸爸走到窗前，站在我身邊。他身上帶著菸草的氣味，還有他用的刮鬍水那種刺鼻的苔蘚味。「竺爾，要過節了，你高興嗎？」

見我點點頭，他輕輕拍拍我的肩膀。從前，在他晚上下班後，我們常常散步穿過施瓦賓區。那裡還有座落在街角的老酒館、只有站位的小咖啡館、髒兮兮的黃色電話亭和雜貨店，店裡出售巧克力、毛襪、或是有權狀的月球土地（這是我的最愛）。那個城區宛如一個變得太過龐大的村莊，時間在那裡走得比較慢。有時我們還會在公園裡吃個冰淇淋，爸爸會跟我說起他年輕時曾經在南安普敦的碼頭工作過半年，以賺取大學學費，順便學習英語，或是說起他哥哥艾瑞克在他們小時候所做的惡作劇，這些故事我百聽不厭。

不過，我印象最深的是他在我們最後一次一起散步時給我的忠告。起初我並不很了解他那番話的意思，但是隨著歲月過去，那番話對我而言成了一份遺贈。

爸爸當時說：「竺爾，最重要的是要找到一個**眞正**的朋友。」他察覺我沒有聽懂，於是懇切地看著我。「眞正的朋友永遠都在你身邊，能夠陪你走一輩子。你一定要找到他，這比其他一切都更重要，也比愛情更重要，因爲愛情是會消逝的。」他抓住我的肩膀，「你聽進去了嗎？」

先前我正在玩一根從地上撿來的棍子，這時我把棍子扔掉，問道：「誰是你眞正的朋友？」

爸爸就只搖搖頭。「我失去他了，」他把菸斗叼在唇間，「是不是很奇怪？我就這樣失去了。」

當時我不知道該如何理解這一切，或許我也意識到，父親這番善意的話其實是要訴說他自己的失落。儘管如此，我把他的忠告銘記在心。我但願自己沒有這麼做。

「聽說你待會兒會收到一件很棒的禮物。」要走出房間時，爸爸用法文說。

「真的嗎？是什麼？」

他微微一笑。「你還得再耐心等個幾分鐘。」

等待很難熬。我已經聽見鋼琴音樂在外面響起，奏著〈平安夜〉和〈聖誕來臨時〉。接著，麗茲和馬諦總算沿著走道跑過來，一把拉開了我的房門。

「走囉，快來！」

客廳裡那棵聖誕樹高得碰到了天花板，樹上裝飾著彩球、木頭吊飾和蠟燭，樹下堆著禮物，空氣中瀰漫著蠟燭和冷杉樹枝的香氣。餐桌上擺著一隻大火雞，還有焗烤馬鈴薯、蔬菜燉羊肉、烤牛肉、越橘果醬、奶油蛋糕和酥皮餡餅。餐點總是太多，所以接下來那幾天就會把剩菜從冰箱裡拿出來當作冷食點心，那是我的最愛。

飯後我們唱起聖誕歌曲，接著是拆禮物這個重頭戲之前最後一項例行儀式：媽媽用吉他彈唱〈月河〉。每一次她都盡情享受這一刻。

「你們真的想聽這首歌嗎？」她問。

「對。」我們齊聲大喊。

「唉，我不知道。我認爲你們只是因爲客氣才這麼說。」

「才不是，我們眞的想聽！」我們喊得比先前更大聲。

「給我換一批觀眾吧，」媽媽失望地嘆氣，「這一批已經聽膩了，不想再聽我表演了。」

我們喊得愈來愈大聲，直到她終於拿起吉他。

對我們來說，媽媽仍舊是這個家的中心。有她在身邊，哥哥姊姊的爭吵就只是幼稚的鬥嘴，可以一笑置之，而在學校裡遇上的難關就變成很容易克服的小挫折。她在麗茲畫畫時充當模特兒，也由著馬諦展示他用顯微鏡研究的成果。她教我烹飪，甚至向我透露她做的「萬人迷蛋糕」的祕方，那是一種黏黏的巧克力糊，一吃就會上癮。雖然她有點懶（典型的情景是媽媽躺在沙發上，指揮我們從冰箱裡拿東西給她），還會偷偷抽菸，我們還是全都想要和她一樣。

她終於彈唱起來，歌聲在屋裡繚繞。

Moon River, wider than a mile,（比一英里還寬的月河）

I'm crossing you in style some day.（有朝一日，我將瀟灑橫渡）

Oh, dream maker, you heart breaker,（啊！你激起夢想，也令人心碎）

Wherever you're going I'm going your way.（不論你去向何方，我都將隨你而去）

那是一年當中最完美的一刻。麗茲張著嘴聆聽，馬蹄感動地撫弄眼鏡，爸爸凝神傾聽，眼神憂傷，但表情陶醉。海蓮娜阿姨坐在他旁邊，她是媽媽的姊姊，一個性格開朗的大塊頭女人，獨自住在格洛肯巴赫區的公寓裡，每次都會送我們特大號的禮物。除了遠在法國的奶奶之外，這就是我們全部的家人：莫羅家族的這一脈，人丁有點單薄。

要拆禮物時，我首先一把抓起爸爸給我的禮物，那件禮物大而笨重。我拆開包裝，是一具瑪米亞舊相機。爸爸滿懷期望地看著我。我覺得那具相機很眼熟，不過自從在貝迪亞克那場節慶之後，我就不曾再拍照了。再說那具瑪米亞相機已經用舊了，滿是刮痕，鏡頭就像是獨眼巨人的特大號眼睛，按鈕在調整時會喀嚓作響。我失望地把它擱在一旁，拆開了別的禮物。

媽媽送我的是一本皮封面的紅色筆記本和三本小說：《湯姆歷險記》《小王子》和《鬼磨坊》。她晚上仍舊會讀故事給我聽，但也愈來愈常讓我唸給她聽，並且在我唸得好的時候誇獎我。不久前，我頭一次自己寫了一篇故事，關於一隻中了魔法的狗。媽媽很喜歡那個故事。我把紅色筆記本拿在手裡，後來，當其他人玩起棋盤遊戲，我在筆記本裡寫下我的思緒。

★

新年之前，我們頭一次也是最後一次看見父親哭泣。那天下午，我躺在床上寫一個新的短篇故事。故事講的是一間圖書館，館中的書籍會在夜裡偷偷交談，互相炫耀自己的作者，或是抱怨自己被擺放在後排書架上的位置欠佳。

姊姊沒有敲門就走進我的房間。她帶著不懷好意的笑容，把門在身後關上。

「什麼事？」

其實我可以猜到她的回答。麗茲這時十四歲，感興趣的事情只有三件：畫畫、庸俗的愛情片，還有男生。現在她是班上最漂亮的女孩，一頭金色鬈髮，嗓音低沉，笑容能讓每個人都乖乖聽她使喚。下課休息時，常常可以看見一群女生簇擁著她，聽她述說她在哪裡吻了哪個男生，說那是多麼無趣，頂多是馬馬虎虎，**沒有一次**好的，而且對方總是城裡那些大男孩，她班上的男生則毫無機會。儘管如此，他們偶爾還是會想碰碰運氣，但是麗茲對他們不理不睬。

她在我床上坐下，推了我一把。「你這個叛徒。」

我繼續寫我的故事，幾乎沒注意聽。「怎麼說？」

「你吻了一個女生。」

我的臉頰熱燙燙的。「妳怎麼會知道？」

「我有朋友看見你了。她說事發地點就在她家門口，說你舌頭都伸進那個女生的喉嚨了。她說你們就像兩隻拉布拉多。」

麗茲大笑，搶走了我的筆記本，在上面畫起小人兒，還到處寫上她的名字。**麗茲，麗茲，麗茲。**

接吻那件事是眞的。我能夠把女生當成哥兒們一樣交談，偶爾會收到從椅子下面傳過來的情書。生活似乎充滿了希望，我的自信也隨之增長。雖然身爲班長，我卻常在課堂上插嘴講話，或是嘻皮笑臉地把腳擱在桌子上，直到老師警告我。後來我覺得自己那種行爲很傲慢，但是當時我喜歡在朋友面前發號施令，喜歡居於中心地位。我開始和年紀較大的男生廝混，也常打架。如果一個新團體裡有人說了我什麼，我就會立刻朝他撲過去。那從來不是完全認眞的，但也從來不只是開玩笑。那些大男生當中有些已經會呼麻和喝酒，但是如果他們要拿菸酒請我，我還是會猶豫。而且我也沒跟他們說過我喜歡看書和編故事。我知道他們一定會笑我，知道我必須好好隱藏自己的這一面。

「那個吻感覺如何？」麗茲把筆記本扔回我懷裡。

「不關妳的事。」

「說啦。平常我們不是無話不說。」

「對，可是現在我就是不想說。」

我下了床，走到父親的書房，那裡總是瀰漫著一股霉味，是檔案上所積的灰塵和舊紙張的氣味。當我聽見姊姊跟在後面，我假裝忙碌，在書桌的抽屜裡東翻西翻。大多數的抽屜裡就只擺著眼鏡盒、墨水瓶和發黃的便條紙，在最下面一層我卻發現了一具萊卡相機。黑色外殼，銀色鏡頭，擺在原本的包裝盒裡，我從沒見過父親用這具相機拍過照。抽屜裡還有一封信，是用法文寫的，筆跡我不認得。

親愛的史提方，這具相機是給你的。希望它能讓你記得你是誰，記得絕對不能讓生活毀掉的東西。請試著了解我。

這封信是誰寫的？我把信放回抽屜，檢查了那具相機，打開裝底片的蓋子，把鏡頭轉來轉去。光線從窗戶照進來，灰塵在其中舞動。

麗茲剛在一面小鏡子裡發現了自己。她對鏡中影像滿意之至，從各個角度打量自己，才又朝我轉過身來。

「要是我還從來沒有接過吻呢？」

「嗄？」

我姊咬著下唇，默不吭聲。

「可是妳不是老是跟我們說妳又親了誰。」那具相機在我手裡晃來晃去。「妳就只說這些事，沒說別的。」

「我的初吻應該要很特別，我……」

嘎吱一聲，哥哥出現在書房門口，他有準確的第六感，知道這屋裡何時何地有人在交換祕密。從他賊兮兮的笑容可以猜到他在偷聽我們說話。

馬諦那時十三歲，是個孤僻的書呆子，戴著鎳框眼鏡，像支粉筆又白又瘦。他是個討厭小孩的小孩，喜歡跟在大人身邊，否則就刻意獨來獨往。他一直活在姊姊的陰影中，她總是想盡辦法招惹他，在學校裡對他不理不睬，還嘲笑他沒有朋友。而現在他憑空獲得了一件機密資訊，一件從天而降的禮物，足以在幾秒鐘之內毀掉姊姊在學校裡的名聲。

「有意思，」他說，「原來妳總是讓那些男生碰釘子是因爲妳害怕？因爲妳是個小小孩，寧願畫些俗氣的東西、跟媽媽撒嬌？」

麗茲過了一會兒才恢復鎮靜。

「你要是敢告訴別人，那……」

「那就怎樣？」馬諦大笑，一邊發出誇張的親嘴聲。

麗茲朝他撲過去。他們拉扯對方的頭髮，互相踢來踢去。我試圖把他們分開，沒看見是誰把那具相機從我手中打落，只看見相機飛了出去，鏡頭朝下落在……

——慘了。

房間裡頓時安靜下來。我拾起那具萊卡，鏡頭裂開了。

我們商量了一會兒該怎麼辦。

「我們把相機放回抽屜裡就好，」麗茲說，「也許他根本不會注意到。」

一如以往，總是姊姊說了算。

這天，爸爸回家的時間早得出奇。他顯得情緒激動，一頭鑽進了書房。

「你們跟我來！」麗茲發號施令。

我們三個從門縫裡偷看，看著爸爸心緒不寧地在房間裡走來走去，還一再伸手去抓頭髮。一會兒之後，他拿起那具轉盤式綠色電話的聽筒，撥了號。

「又是我，史提方，」他說，帶著他柔軟的法國口音，「我想告訴您，這樣做是不對的。您不能就這樣……」

對方似乎想馬上打發他，爸爸的態度明顯軟化，一再在對話中插進「可是您……」或是「不，這實在……」，有一次甚至央求地說了「拜託」，可是對方幾乎不讓他有說話的機會。

「您至少可以先暗示一下，」最後爸爸說，「都十二年了。我總不能……」

對方又一次打斷了他，然後爸爸就乾脆掛掉了電話。

他走到書房中央，一動也不動地站了好幾秒，彷彿身上的插頭被拔掉了似的。那很恐怖。

總算他又活了過來。他走到書桌前，而我立刻知道他會拉出哪一個抽屜。他先讀了那封信，再從包裝盒裡取出那具萊卡。當爸爸發現鏡頭壞了，他吃了一驚，把相機和信放回抽屜裡，走到窗前。然後他哭了。我們看不出他是爲了什麼而哭，是由於那通電話，還是由於那具萊卡，或是由於過去這些年來他感覺到的重擔。我們只知道我們不想看見這一幕，於是默默地走回自己的房間。

★

新年過後，爸媽想出門去度個週末。那是一趟臨時起意的旅行，似乎和爸爸被解聘這件事有關，但媽媽只說他們要去蒙佩利爾拜訪朋友，不能帶我們同行，說阿姨會來照顧我們。

「可是我們並不需要保母，」麗茲說，「我都十四歲了。」

媽媽在她額頭上親了一下。「這比較是爲了妳弟弟他們。」

「謝了，我聽到了。」馬諦說，並未從報紙上抬起頭來。

在慕尼黑我們住的那棟樓裡還住著另外九個房客，包括瑪蓮·雅科比，她是個非常漂亮的年輕寡婦，只穿深色衣裳。她總是一個人，我想不通怎麼有人能過這麼孤單的生活。麗茲卻很崇拜她，每次在樓梯間或街道上遇見她，就會興奮地捏我的手臂或用手肘撞我一下。

「她實在太美了！」麗茲會激動地說。

她對雅科比太太的著迷使得馬諦和我開始捉弄她。「雅科比太太剛才在那兒，」那天下午我們對她說。「妳錯過她了，就只差了幾秒。她看起來比平常還要更美。」

「少來了，」麗茲說，故意表現得不感興趣，「你們說的話我一句也不相信。」

「是眞的，她還問起了妳，」我們說，「她想要跟妳結婚。」

「你們這兩個幼稚的白癡，」麗茲回答，往客廳沙發上媽媽那兒一躺。「媽，」她說，一邊對我露出賊兮兮的笑容，「猜猜看，誰最近對女生獻出了初吻？」

媽媽立刻看向我。「是眞的嗎？」她問，而我認爲她這句話帶有贊許的意味。

我不記得在那之後我們說了些什麼，但我還記得媽媽忽然從沙發上起來，放起了一張唱片，帕羅．康堤（Paolo Conte）的〈跟我走〉（*Via Con Me*）。她把手伸向我。

「竺爾，聽好了，」在我們跳舞時她說，「如果你想追一個女孩，就播這首歌跟她跳舞，保證你可以追到她。」

媽媽笑了。多年之後，我才意識到那是她唯一一次用平輩的口氣和我說話。

晚上爸媽要出發之前，我還和爸爸起了一點小爭執。關於這件事，我最好是按照自己很長一段時間裡的記憶來敘述：

當時我湊巧經過臥室，爸爸正在裡面收拾行李，神情緊繃。

「你來得正好，」他說，「我有話要跟你說。」

我停下腳步，倚著臥室的門站定。「什麼事？」

他沒有馬上說出來，而是先搬出他一向懷有的疑慮，說他不喜歡我那些年紀比我大的朋友，說我「交友不慎」。然後他就還是說起了他送我的聖誕禮物，那具相機。

「相機一直擱在角落裡，你一次都沒有用過，對吧？你甚至沒有好好看它一眼。」

我忽然替爸爸感到難過，移開了目光。

「它真的很珍貴。換作是我在你這個年紀，我會很高興擁有它。」

「我不知道該怎麼用它來拍照。它那麼重，又那麼舊。」

這時爸爸直起身子，朝我走過來。一個出奇瘦長的男子。「它可是經典款，你懂嗎？」在那一瞬間，他的臉又顯得年輕起來。「比新款的相機更好，它是有靈魂的。等我們回來，我會教你怎麼用它來拍照，怎麼沖洗相片。一言爲定？」

我猶豫地點點頭。

「你有副好眼力，竺爾。如果你將來從事攝影，我會很高興。」爸爸說，而這番話我再也沒有忘記。

那天晚上的事我還記得些什麼呢？無論如何，我還記得道別時媽媽在我額頭上親了一下。這最後一吻和她的最後一次擁抱，她的氣味和她令人心安的聲音，在我一生中肯定想起過千百次。我想起的次數是那麼頻繁，乃至於我不再確定那是否是眞的。

★

那個週末我們三姊弟在家裡度過，和阿姨一起玩馬勒菲茲跳棋[1]（一如往常，麗茲唯一的目標就是用白子把馬諦包圍），晚上我按照媽媽傳授的食譜，替大家做蘑菇煎蛋。

星期六我和麗茲去看電影，所以爸爸從半路上打電話回家時，只有馬諦在家。出人意料地，爸媽還想在外面多待幾天。他們租了一輛車，打算繞道去貝迪亞克一趟。

我並不在意，尤其盼望著他們將會從法國南部帶回來的小禮物和乳酪。

接著就是一月八日，星期天。在往後那些年裡，我常試圖假想自己當時隱約有著預感，但那可能是無稽之談。傍晚時分，電話響起。當阿姨拿起話筒，我立刻感覺到氣氛變了，於是坐了下來，馬諦也站在原地沒動。其他細節我全都忘了。我不記得那天上午我做了什麼，也不記得我在那通電話之後做了什麼，還有姊姊那天晚上爲什麼不在家。

關於這一天，我就只剩下最後一點回憶，不過，在很久以後我才相信其意義。

那天下午，我興沖沖地跑進客廳。麗茲正在畫一則圖畫故事，馬諦坐在她旁邊，用潦草的祕密文字寫信給他在挪威的筆友古納．諾爾達。不過，我和麗茲總是說根本沒有古納．諾爾達這個人，說他就只是馬諦編出來的。

我在哥哥面前擺出拳擊手的架勢。我正處於我的拳王阿里時期，自認為非常擅於模仿，那些自吹自擂的戰鬥宣言尤其吸引我。

「嘿，」我對馬諦說，「今天輪到你了，你這個臭小子。你就只是個湯姆叔叔[二]。」

「竺爾，你很煩耶。再說，你根本不知道湯姆叔叔代表什麼意思。」

我在他肩膀上拍了一掌。見他沒有反應，又再拍了一掌。哥哥伸手打我，但我向後跳，打起空拳。「飄如蝴蝶，刺如蜜蜂。」

我模仿阿里大概沒那麼像，但是我把阿里的招牌「蝴蝶步」，那種原地快速踏步，學得有模有樣。

麗茲屏氣凝神地看著我們。

譯注

[一] 馬勒菲茲跳棋（Malefiz）是一種棋盤遊戲，玩家要設法把棋子從棋盤底部移至頂端，同時可用白子阻礙對手前進。

[二] 湯姆叔叔是美國小說《湯姆叔叔的小屋》（又名《黑人籲天錄》）裡的人物，個性堅忍順從，逆來順受，在一九六〇年代黑人民權運動興起之後，被視為「對白人卑躬屈膝的黑人」。

我又拍了馬諦一下。「第二回合就輪到你了，」我瞪大了眼睛吼道。「我曾經和鱷魚搏鬥，曾經替閃電戴上手銬，把雷神關進監獄。上星期我殺死了一座峭壁，打傷了一塊石頭，把一塊磚揍得進了醫院。可是你長得太醜了，對打的時候我不會瞧你一眼。」

「別煩我。」

「沒錯，別煩他，」麗茲挖苦地說，「他又在寫信給他那個想像出來的挪威朋友。」

「唉，你們眞無聊。」馬諦說。

這一次我在他後腦勺拍了一下，拍得很用力，害他把字都寫錯了。哥哥猛地跳起來，追著我跑。我們扭打起來，起初似乎很認眞，可是當我一再尖叫，吼著我是最偉大的，馬諦也忍不住笑了，於是我們鬆開了對方。

大約就在同一個時間，爸媽坐上那輛租來的雷諾汽車，準備去貝迪亞克探望奶奶。同時一名年輕女律師也坐上了她的豐田汽車。她和人約好了在蒙佩利爾共進晚餐，而她想要準時抵達。她的車在潮濕的路面打滑，衝上了對向車道，撞上我爸媽那輛雷諾汽車。有兩個人當場死亡。

那名年輕女律師僥倖活了下來。

結晶

（一九八四—一九八七）

在那之後是模糊的驚愕和一片濃霧，只偶爾被幾段短暫的記憶照亮。記得我站在慕尼黑的房間裡望出窗外，望向有鞦韆和樹屋的內院，望向與樹上枝葉纏繞的晨光。那是我們在那間公寓裡的最後一天，屋裡整個被清空了。我聽見馬諦在叫我。

「竺爾，你要出來了嗎？」

我躊躇地轉身。一個念頭從我腦中閃過：我將再也不會望向我心愛的這座院子。但是我什麼都感覺不到，甚至沒有感覺到我的童年就此結束。

不久之後，是在寄宿學校裡度過的第一個夜晚。我們到得太晚，而我和哥哥姊姊被分開了。我提著皮箱走在鋪著油氈的走道上，那走道光禿禿的，帶著一股醋味。我跟著一個老師，他走得太快，我有點落後。終於他打開了一扇門。房間裡有三張床，其中兩張床上已經睡了人。另外兩個孩子睡眼惺忪地眨著眼睛。爲了不要打擾他們，我關了燈，在黑暗中脫掉衣服，把一個絨毛玩具藏在枕頭下。當我躺在我的新床上，我想起爸媽，也想起哥哥姊姊，他們就在附近，卻又十分遙遠，但我沒有哭，一秒都沒哭。

我也還記得幾星期後的一個冬日。一陣狂風橫掃過這片被積雪覆蓋的丘陵地。我拉上連帽外套的拉鍊，一手擋在臉前面，踩著笨重的步伐往前走。我在流鼻水，鞋子踩平了剛下的雪，每走一步就嘎吱作響。那股寒冷對我的肺是種震撼。一小時後，我在一張冰冷的長凳上坐下，俯視著山谷。那山谷顯得沉默而陌生。我想像著自己縱身一躍，在那白閃閃的雪殼上方幾公尺處被空氣托住，多麼驚險的一刻。我想像著自己陡然升高，衝向上方，速度愈來愈快，想像著風吹上我的臉，接著我就張開雙臂飛向地平線，就這樣飄然離去。我又再遠眺宿舍，遠得令人心情愉快，想像著少了我他們正在做些什麼。想像著他們滑雪橇，聊女生，嘻笑胡鬧，互相招惹，有時候做得太過火，但轉眼就又忘得一乾二淨。暮色漸深，陸續亮起了頭幾盞燈火，我想起過去在慕尼黑的生活，被那樁意外切斷的人生，但這股鄉愁如今只是個淡去的疤痕。

等我走回寄宿學校，天已經黑了。我推開大門，鬧烘烘的人聲從學生餐廳裡傳到我耳中，一股濃濃的氣味鑽進我鼻子，那是食物、汗水和除臭劑的味道。空氣中瀰漫著期待、笑聲和被壓抑的恐懼。我沿著走廊走，看見一個我不認識的男孩朝我走來。他帶著猜疑打量著我這個新來的住宿生。我本能地抬頭挺胸，試圖表現得像個大人，而且不要犯錯。那個男孩一言不發地從我身旁走過。

我走回我的房間，在床上坐下，撢掉頭髮上的雪。我就只是坐在那兒，一個遊魂，一個十一歲大的小生物。當其他人都在吃晚餐，我呆坐在房間裡，心裡空空的。事後我將因爲缺席而受到處罰。我望向窗外的黑暗。

★

爸媽死後，我們三姊弟住進的那所寄宿學校並非那種擁有網球場、曲棍球場和陶藝工場的貴族學校（雖然我們起初也許這樣幻想過），而是所費用低廉的公立機構，位於鄉間，有兩棟灰色建築和一間學生餐廳，全都位在當地那所文理中學的校地上。上午我們和當地小孩一起上學，下午和晚上就在宿舍寢室、湖邊或足球場上度過。你會習慣這種軍營般的生活，然而即使過了好幾年，當通勤的同學在下課後可以回家，而你卻像個囚犯留在宿舍，那還是可能令人心情低落，覺得自己彷彿有種缺陷。你和陌生人合住簡陋的房間，有時會成爲朋友。一年之後就又得換寢室。必須在這麼少的時間和空間裡展開全部的生活是件難事，爭吵是家常便飯，但有時也會徹夜長談。在很少的情況下，我們會談起眞正重要的事，那些我們在白天裡絕口不會再提的事，但我們通常只會聊起老師或女生。「今天吃飯的時候，她是不是又看了我一眼？」或是：「啥，你不認識她？見鬼了，莫羅，她是這所爛學校裡最漂亮的女生。」

許多寄宿生在來這兒之前就已經惹人側目或是功課被當，有些曾經吸毒。偶爾也會有前科累累的人物像漂流物一樣被沖到這所寄宿學校來，作爲公立機構，什麼樣的學生都有義務收下。村中的青少年面對這種情況不知所措，只能眼睜睜看著這些城裡來的瘋子闖進他們寧靜的田園。「你也是那間院裡的嗎？」他們會這樣問，而他們口中的「院」不像是寄宿學校，比較像精神病院。吃飯時我們狼吞虎嚥吃下所有的東西，食物永遠不夠。我們有種永遠無法完全滿足的飢餓感。而宿舍裡窸窸窣窣的謠言總是不斷，鉅細靡遺地報導誰跟誰說了話，誰和誰成了朋友，誰受到女生歡迎。不是每一種改變都會受到認可。有些新衣服先是被主人得意地穿出來亮相，如果沒有得到讚賞，就會迅速被塞回衣櫥。有些住宿生試圖趁著暑假換個新形象，帶著新鮮的自信從家中回來，但是大多數人在幾天後就又回復原形。別人認爲你是什麼樣的人，你就永遠是什麼樣的人。

在之前的歲月裡，我在內心深處感到安全，但如今有些時候，我看著傍晚時分的黯淡日光照進昏暗的走廊，或是樹木在暮色中把陰森的樹影籠罩在風景之上，這時我心中就會忽然一緊。我覺得置身於一顆以驚人的速度在宇宙中運行的行星上是件嚇人的事，而人人終將一死這個令人心慌的新念頭也同樣嚇人。我的恐懼日漸滋長，就像一條愈來愈大的裂縫。我開始害怕黑暗，害怕死亡，害怕永恆。這些念頭在我的世界裡插進了一根刺，而我愈常去思索這一切，就距離那些通常無憂無慮、心情快活的同學更加遙遠。我形單影隻。然後我遇到了阿爾娃。

★

剛來到新學校的時候，我在課堂上說了個笑話。在我從前的班上，大家也預期我會做這種事，可是當我快要講到笑點的時候，我就明白這一套在這裡行不通。我看著同學陌生的臉龐，感覺到自信蕩然無存，到最後沒有人笑。我的角色就此定型。我是那個新來的古怪男孩，不在乎自己的穿著打扮，由於緊張而把話說得顛三倒四：例如把「免費」說成「費免」。為了不要成為班上的笑柄，我幾乎不再說話，就這樣孤伶伶地坐在最後一排。直到幾星期後，一個女生坐到了我旁邊。

阿爾娃有一頭紅銅色頭髮，戴著一副牛角框眼鏡，乍看之下就是個可愛害羞的鄉下孩子，用各種顏色的彩色筆把寫在黑板上的東西抄在簿子裡。但是，她身上還散發出一些別的。有些日子，阿爾娃似乎刻意避開其他孩子，這時候她就會神情抑鬱地看出窗外，完全心不在焉。我不知道她爲什麼會想要坐在我旁邊，我們幾乎一句話也沒說過。和她要好的女同學朝我們看過來時會吃吃地笑，而兩個星期之後，我就又獨自坐在角落裡。阿爾娃又坐到別處去了，她來得突然，走得也突然。

從那以後，上課時我就常常望向她。當她被老師叫到黑板前面去問問題，我看著她不安地站在前面，雙手在背後交叉。我聆聽她輕柔的嗓音，凝視她那頭紅髮、她的眼鏡、她白皙的皮膚和漂亮而蒼白的臉龐。但我尤其喜歡她的門牙，她有一顆門牙微微凸出。阿爾娃試著在講話時不要把嘴巴張得太大，免得別人看見她的門牙，當她大笑，就會用一隻手遮住嘴巴。可是偶爾她在微笑時沒留意，別人就會看見那顆長歪的門牙，那是我特別喜歡的。我生活的所有重心就在於隔著好幾排座椅向她望去，等她終於回望，我就害羞地移開目光，心中感到快樂。

然而，幾個月之後發生了一件事。那是個悶熱的夏日，最後一堂課我們獲准觀賞一部影片，那部電影改編自埃里希・凱斯特納[1]的作品。片子播到一半，阿爾娃哭了。她蜷縮在座位上，雙肩顫抖，最後忍不住哭了出來。這時，其他同學也注意到她了。老師趕緊暫停播放，走到她身旁，畫面停在夏令營中的一幕。當老師帶著她走出教室，我偷瞄到阿爾娃漲紅的臉。我想全班同學都嚇壞了，但是幾乎沒有人說閒話。只有一個男生說，阿爾娃的爸爸從來不參加家長會，根本就是個怪人，她哭也許和這件事有關。我常常想起這番話，但是我從未向阿爾娃提起過。不管究竟是怎麼回事，她想必把悲傷藏在心裡，在那之後也一直隱藏得很好。

過了幾天，放學後我獨自一人往宿舍的方向走。

「竺爾，等一下！」阿爾娃拉住我的襯衫，直到我轉過頭來。她陪我走到宿舍門口。

當我們拿不定主意地站在門口，她問：「你現在要做什麼？」她講話一向很小聲，必須要湊過去聽。雖然她是住在家裡的通勤生，卻似乎不太喜歡回家。

我看著雲層密布的天空。「不知道……可能聽聽音樂吧。」

她沒有看著我，臉紅了。

「妳要一起聽嗎？」我問，而她點點頭。

我的室友不在房間裡，令我鬆了一口氣。我繼承了母親的唱機和唱片收藏，將近一百張專輯，有馬文·蓋伊、厄莎·凱特、搖滾樂團佛利伍麥克和約翰·柯川。我把尼克·德雷克的《粉紅色月亮》放上唱盤，那是媽媽最喜歡的專輯之一。以前我對音樂幾乎不感興趣，如今唱針每一次落在黑膠唱片上都是幸福時刻。

阿爾娃非常專注地聆聽，表情幾乎沒有變化。「我很喜歡。」她說。奇怪的是她沒

譯注

1. 埃里希·凱斯特納（Erich Kästner，1899-1974），德國作家、詩人、出版家，以幽默諷刺的詩文著稱，也是家喻戶曉的童書作家。

有坐在椅子上，而是坐在我的書桌上。她從背包裡拿出一本書，一言不發地讀了起來，彷彿把我的房間當成了自己的家。見她在我身邊感到如此自在，我很高興。午後的陽光穿過雲層，讓房間煥發出干邑白蘭地的色澤。

「妳在讀什麼？」過了一會兒，我問。「好看嗎？」

「嗯。」阿爾娃點點頭，把封面秀給我看：《梅岡城故事》，作者是哈波・李。她和我同齡，那年都是十一歲。我看著她又沉浸在文字裡，兩眼快速掃過一行行文字，從左到右，一再反覆，沒有停過。

終於，她把書闔上，檢視起我的東西。一個意外闖入我房間的奇怪生物，好奇地研究我書架上的蜘蛛人漫畫和相機。她先把那具瑪米亞相機拿在手裡，再拿起我爸在他生前最後幾年經常用來拍照的那幾款較新的相機。她用心地撫摸所有的東西，彷彿想要確定它們是眞實的。

「我從來沒見過你拍照。」

我聳聳肩膀。阿爾娃伸手拿起一張家庭照，上面有我爸媽。

「你爸媽死了。」

這句話把我嚇了一跳，我想我甚至立刻關掉了音樂。自從來到寄宿學校，我不曾向任何人提起過這件事。

「妳怎麼會這樣想？」我問。

「我問過一個老師。」

「爲什麼？」

她沒有回答。

「對，他們在半年前死了。」我說出每一個字，都像是得用一把鐵鍬用力鏟進冰凍的田地。

阿爾娃點點頭，久久凝視著我的眼睛，久得很不尋常，而我將永遠不會忘記我們在這一刻看進了彼此的內心世界。有短短一刻，我看見了隱藏在她言語和姿態背後的傷痛，她則猜到了我收藏在內心深處的東西。但我們沒有更進一步。我們各自站在對方心靈的門檻上，沒有向彼此探問。

★

將近三年之後，一九八六年底，阿爾娃和我成了最好的朋友。每個星期我們會一起聽音樂好幾次。偶爾她會告訴我一些她的事，說她欣賞運動員，說她的父母是醫生，或是說她畢業後想去俄國，因爲她最喜歡的作家是俄國人。但是我們從未聊過眞正重要的事，也沒談過當年全班一起看電影時她爲什麼哭了。

我們快滿十四歲了，而在我們八年級這一班出現了一道深深的鴻溝。一邊是阿爾娃和那些模樣已經比較成熟的同學，他們比較粗魯、比較吵鬧。另一邊則是比較晚熟的同學，那些舉止笨拙、發育不良的邊緣人物，我就是其中之一。我已經好幾年沒有再長高了，而且雖然我在小時候曾經展露出一些天分，在青少年這個階段卻始終表現平平。我一向就喜歡做白日夢，但除此之外也有比較狂野的另一面。如今，狂野的這一面消失了，我變得愈來愈內向，而我有時會暗自討厭如今的自己。

一個秋天的夜晚，我去找我哥。西棟三樓，對於像我這樣年紀較小、尚未發育的住宿生來說，那是個危險地帶。那層樓只住著十六、七歲的男生，瀰漫著一股特有的騷動。在這種蠢蠢欲動的時刻，一個人會由於精力過剩和百無聊賴而想要摔角、扭打、鬥毆或吼叫。我看見有幾個高年級男生躁動地在走廊上徘徊，另一些坐在房門敞開的房間裡呆望著牆壁，彷彿在打什麼壞主意，其中有幾個不懷好意地看著我，就像猛獸看見有人闖進了牠們的地盤。我這樣講並不算誇張。

我哥住在走道最後面那間寢室。與我和姊姊不同，過去這幾年幾乎沒在馬諦身上造成什麼影響。不過，他能損失的本來也就最少。他就像一隻螞蟻，在一場核武戰爭過後不爲所動地繼續過日子。如今他身高一百九十公分，是個笨手笨腳的瘦高個，把一頭長髮綁成了一條辮子。他那副樣子活像是伍迪艾倫被迫重新度過青春期：他只穿黑色衣服和一件黑色皮大衣，滿口都是誰也聽不懂的文青典故，配上他的鷹勾鼻和眼鏡，像個信奉存在主義的稻草人。他不受女生青睞，但是十六歲的他成了一夥奇人怪胎的領袖。馬諦的影子軍團包括宿舍裡所有的外籍生，再加上各種書呆子和自以爲聰明的傢伙，還有他多年的室友東尼·布廉納，他是學校裡唯一的奧地利人，由於講話帶著很重的維也納腔而被放逐到寄宿學校座標系統的邊陲。

快到馬諦寢室門口時，兩個男生擋住了我的去路。一個是瘦子，他的皮膚坑坑疤疤，笑聲沙啞，頭髮高高豎起，活像隻鬣狗，另一個是粗壯的惡棍，他的長相我已經記不得了。

「嘿，莫羅！」瘦子說著就抓住了我。「別急著走。」他們倆露出輕蔑的獰笑。

多可笑啊，我心想，你們這兩個愚蠢的小丑，你們自以爲是誰啊。我一時怒火中燒，就像從前和別人打架的時候。但我隨即洩了氣。我想騙誰啊？我甚至還沒有變聲，簡直就是個天大的笑話。

我扯開嗓子，大聲喊我哥哥，他的房門就在一公尺之外。他沒有反應。我又再叫他：「**幫幫我，馬諦，拜託！**」我喊了又喊，可是他的房門仍舊緊閉。

那兩個抓住我的男生又露出獰笑，然後把我拖到淋浴間。途中有好幾個起鬨鬼叫的學生加入他們，到最後有五個人抬著我。我掙扎抵抗，但是毫無機會。他們把我放在蓮蓬頭底下沖水，直到我全身濕透。我聞到廉價洗髮精的氣味和一股霉味，閉上了眼睛，聽見其他人在笑。然後有一個人說，如果脫掉我的衣服，把我扔在女生樓層，應該會是場好戲。他們又在大聲鬼叫中抓住了我。

「我恨你們！」我必須緊緊抿住嘴唇，免得眼淚流下來。

「你們住手！」有人說。一個金髮少年走進淋浴間：是東尼，我哥的室友。我的心情一振。東尼是個滑雪好手，個子不高，但是肌肉發達，常常在健身房裡一練就是幾個鐘頭。東尼走向那個像鬣狗的瘦子，用力把他甩出去，讓他從浴室這一頭飛到那一頭，力道之大使其他人都向後退。

然後他走到我身邊。「你還好嗎？」

我還在發抖，蓮蓬頭的水是冰涼的。東尼把手擱在我肩膀上，帶我到我哥的房間。他走路有點跛，這是他膝蓋動過第二次手術留下的後遺症。還不清楚他是否必須放棄原本規畫好的滑雪生涯。

忽然他對我咧嘴一笑。「她給我回信了嗎？」

他是想逗我開心。就跟其他許多男生一樣，東尼狂戀我姊。幾個月前，他堅持要我把他的一封情書轉交給麗茲，但她卻始終沒有回信。從那以後，東尼總是開玩笑地問我麗茲到底讀了那封信沒有。

進了我哥的房間，我還在滴水，把地板弄濕了。馬諦從電腦上抬起頭來，這幾年裡他愈來愈迷上了電腦。「你怎麼啦？」

我沒理他，看向窗外：隔壁那棟樓的窗戶亮起了燈光，遠方樹林的輪廓在黑夜裡依稀可見。馬諦又敲打起那部二手康懋達電腦的鍵盤，然而從他的故作忙碌中隱隱顯出他的良心不安。

「我那麼大聲叫你，」我說，「你都沒有來幫我。」

「我沒聽見你叫我。」

「你聽見了。就在你門口。」

「我真的沒聽見你叫我，竺爾。」

我氣呼呼地瞪了他一眼。「你只要打開房門，他們就會讓我過去。你只需要露個面就夠了。」

但我哥還是堅持他沒聽見，最後我說：「至少承認你聽見我在叫你，那我就原諒你。」

幾秒鐘過去，馬諦仍舊沒有回答，我就走出了他的房間。那幾年裡，每當我想起我哥，眼前總是浮現一扇緊閉的門。

★

我們往湖邊走，我想給阿爾娃看樣東西。那是個白慘慘的日子，多年以來，那是我第一次帶著爸爸的一具相機出門。我用連帽厚外套、圍巾和帽子把自己層層裹住，卻發現阿爾娃穿得隨隨便便。單薄的牛仔褲，加上一件洗得褪色的開襟毛衣，像個孤苦伶仃的孩子剛剛逃離某個邪教組織。可是儘管她想必是凍壞了，卻沒有表現出來。

我們到達湖邊時，天色已經暗了。幾個住校生在溜冰。

「跟我來。」我帶著阿爾娃到一個比較僻靜的地方。其他人的聲音幾乎聽不見了，就我們倆站在結凍的湖面上。

阿爾娃尖叫起來。她發現了那隻狐狸。隔著那層冰可以看見牠凍住的口鼻，牠的一部分身體卻仍然突出在結冰的湖面上，蓬亂的毛皮上布滿了閃亮的冰晶。彷彿牠是在走動時被凍住了。

「這種死法太恐怖了！」阿爾娃的呼吸化爲白霧。「幹麼讓我看這個？」

我用手套撢開冰上的雪，以便能更清楚地辨識出那隻狐狸沒有生命的眼睛。

「我曾經見過一條狗淹死，但是這隻狐狸的情況又不一樣。我以爲妳或許會感興趣。牠顯得這麼平靜，這麼永恆。」

「我覺得這很可怕。」阿爾娃轉過身去。

「現在妳覺得可怕，可是我跟妳打賭，二十年後妳還會記得這隻結凍的狐狸。」我忍不住笑了。「甚至在妳臨終時都還會想起這隻凍住的狐狸。」

「別這麼幼稚，竺爾。」

我拍了幾張照片，然後我們就走回村子。夕陽的餘暉漸漸消失在地平線上，周圍的景色沒入黑暗中。天更冷了，我把一雙手在口袋裡握成拳頭。我們總算走到了那家咖啡館。

進到裡面，阿爾娃揉搓著雙手。最近她搽了指甲油，我猜疑地打量她亮紅色的指尖，那是覺醒和改變的信號。我們喝著熱巧克力，談起我姊，我姊又惹了麻煩，因爲她在夜裡偷偷開溜。

「我聽說她快被退學了，」我說，「她什麼事都滿不在乎。」

「我喜歡你姊，」阿爾娃就只這麼說。她和麗茲曾經在我寢室裡匆匆見過一面。「我覺得她長得眞美。我很想要有一個這麼美麗的姊姊。」

我不知道該怎麼回答。這時我看見那個像鬣狗的男生從窗前走過。我惡狠狠地瞪著他的背影。阿爾娃卻用一種令我不舒服的方式打量著我。我曾一時未經考慮，把我在淋浴間受辱的事告訴過她，現在我擔心她可能會認爲我是個懦夫。

「我當時應該要揍他一拳的，」我說起大話，喝了一口熱巧克力。「換做是從前，我會把他……我不知道爲什麼我什麼都沒做。」

阿爾娃笑了。「竺爾，我認爲你什麼都沒做是件好事。他比你高大太多了。」她揚起一道眉毛。「你究竟多矮？」

「一百六。」

「少來了，你肯定沒這麼高。過來站在我旁邊。」

我們兩個都站起來，站到桌子旁。阿爾娃比我高幾公分，令我感到難爲情。有幾秒鐘的時間我們面對面靠得很近，我聞到她用的新款香水，那味道太甜膩。然後她又再坐下。

「順便說一下，你唇上沾了一撇巧克力鬍子。」她說。

「妳知道我有時候怎麼想嗎？」我擦了擦上唇，帶著挑釁地看著她。「這裡的一切都像一粒種子。宿舍、學校、發生在我爸媽身上的事。這一切都被播種在我身上，但是我看不出這會把我變成什麼樣的人。要等到我長大成人，才會見到成果，而到那時候就已經太遲了。」

我等待著她的反應。令我驚訝的是阿爾娃露出了微笑。

起初我不懂。然後我轉過頭去，認出在我身後有個中級班的高個子男生，肯定已經十六歲了。他像個自信的演員一樣咧嘴而笑，朝我們走過來。阿爾娃看著他，她從不曾用這種方式看著我，當那個男孩和她說話，我感到自慚形穢，這種感覺在之後那些年裡也從未完全消失。

★

在學生餐廳前面我看見了我姊。她像個女王，端坐在一張長椅上抽菸，身邊圍著一群同學。麗茲那年十七歲，穿著一件橄欖綠的連帽外套和帆布鞋，一頭金髮披散在臉上。對一個女生來說，她高得出奇，肯定有一百八十公分，而她仍舊喜歡跑步勝過走路，常把欣賞和愛慕弄混，而且想做什麼就做什麼。麗茲對於男性的身體有種遊戲似的好奇；如果她喜歡某個人，她不會猶豫，也不會耍什麼把戲，而是直接撲過去。假期裡她常和年紀較長的熟人一起出去，而且已經兩度被警察帶回家來，對此她還有點自豪。

她正說起慕尼黑的一家迪斯可，她那群同學都聽得入神。這時一位實習老師朝她走過來。「麗茲，請妳過來一下好嗎？妳的自習時間到了。」

「等我把菸抽完，」我姊說，「而且我反正搞不懂爲什麼我又該做這見鬼的自習。」

麗茲有副低沉的嗓音，足以把人震住。而且她的嗓門還是太大，彷彿她是站在舞台上。況且在某種意義上，她也的確是站在舞台上。

當著所有其他人的面，她和那位實習老師吵了起來，一再生氣地吼道：「這種鳥事我不幹，你想都別想。」

她對所有的實習老師都一律不用敬稱。

「再說我身體不舒服……」她把香菸叼在嘴角，「我生病了。」

說完她自己都忍不住笑了。她又深深吸了一口菸，然後嘆了口氣。「好吧，我五分鐘後到。」

「三分鐘。」年輕的實習老師說。

「五分鐘。」麗茲說。她放肆地笑著對他拋了個媚眼，他不得不躲開她的目光。

這一切都發生在聖誕節假期之前。各樓層的門上都掛上花環，晚餐時有胡椒蜂蜜餅乾、小橘子、核果和潘趣酒。共同期待假期來到的喜悅像一口鐘罩在宿舍上，但我卻討厭假期。在寄宿學校裡，大家的父母都不在身邊，可是等我去了慕尼黑的阿姨家過聖誕，同學卻能回家與家人團聚，這每次都令我異常難受。

阿姨那時五十出頭，她親切溫柔，晚上總是手裡端著一杯葡萄酒，腿上擺著一份填字遊戲。妹妹去世這件事趕走了她臉上的笑意，這幾年裡她胖了，看起來像個不再明白遊戲規則的旁觀者。儘管如此，需要有人來逗我們開心的時候，阿姨的臉上總能綻放出笑容。她帶我們去打保齡球，去看電影，跟我們講爸媽的故事，而且似乎只有她搞得懂馬諦複雜的性格。夜裡他們兩個常坐在廚房裡喝茶聊天。在她身邊，我哥講起話來少了那種自以爲是的口氣，偶爾當他說起他不受女生青睞，他也會讓阿姨把他摟進懷裡。

聖誕假期中，我們在阿姨家的客廳裡打地鋪。麗茲把所有東西都扔成一堆，馬諦則把他的東西放得井井有條，把他的床鋪得平平整整，讓人簡直不敢坐上去。再次跟哥哥姊姊距離這麼近感覺很怪。平常我們很少一起做些什麼，寄宿學校裡有太多平行世界，吃午餐時只相隔了一張桌子，就已經有如置身另一個國度。然而，此時我們三個坐在電視機前，觀看一部介紹埃及法老拉美西斯二世的紀錄片。據說拉美西斯相信他出生之前在娘胎裡就已經強大有力。他稱之爲「強到娘胎裡」。我和哥哥姊姊抓住了這個意象。

「你強到娘胎裡了嗎？」我們互問對方，然後大笑。如果說起某人的糗事，我們會說：「唉，能怎麼辦呢，他就是沒有強到娘胎裡呀。」

聖誕節早晨，我去儲藏室找蠟燭，在那裡發現了姊姊。她趕緊把門在我身後關上。

「聖誕快樂，小鬼。」麗茲擁抱了我，然後繼續捲她的大麻菸。我出神地看著她閉著眼睛把濾紙舔乾淨。

「你和阿爾娃究竟是什麼關係？」她吸了一口，吐出小小的煙圈，飄散在空中。「她跟你倒挺相配的。」

「沒什麼，我們就只是朋友。」

姊姊惋惜地點點頭，然後用手肘撞了我一下。「你到底親過女生沒有？」

「沒有，除了那次以外……妳不記得了嗎？」

麗茲就只搖搖頭。她一向似乎只活在當下，把很多事都忘了，而我卻喜歡長時間思索我所經歷的事，思索著該如何歸類。

「難怪你沒有女朋友。」她打量著我的衣服，是我和阿姨在沃爾渥斯百貨公司買的。「你打扮得就像個八歲的臭小孩。我們得趕緊一起去買些衣服。」

「意思是我得要更酷一點？」

麗茲若有所思地垂眼看著我。「聽好了，我現在要說的話非常重要，你永遠不可以忘記。」

我滿心期待地看著她，我知道我會相信她說的每一句話。

「你不夠酷，」她對我說，「可惜這是事實，而且你也永遠改變不了，所以根本試也別試。但是你至少可以做到看起來夠酷。」

我點點頭。「妳真的快被退學了嗎？」

麗茲哼了一聲。「啥？這話是誰說的？」

「我也不曉得，就只是有人這樣說。要是他們逮到妳吸毒呢？我指的不是大麻，而是……別的玩意兒。」

「不會的。我強到娘胎裡了。」

我本來指望她會再加上一句「反正我也沒吸那些東西」，可是她沒幫我這個忙。

「你知道，」她冷笑了一聲，「前幾個星期發生了很多事，有時候我真的會想，我不如乾脆……」

她在尋找合適的字眼。

「妳想些什麼？發生了什麼事？」

見我睜大了眼睛看著她，她顯然覺得好笑，總之麗茲就只搖搖頭。「唉，沒事，小鬼，把這事忘了吧。我不會被退學的，好嗎？」她向我眨眨眼睛。「不及格倒是有可能。」

稍後我們和阿姨一起裝飾客廳，收音機裡播著法國香頌，有那麼一刻，感覺就像從前，只是少了兩個人。就像從前，只不過一切都變了樣。

★

在聖誕夜，衝突發生了。那一年，麗茲頭一次沒有再送我們她自己畫的東西，而在我們唱歌時用吉他伴奏。在寄宿學校裡，我常看見她坐在台階、長凳或跑道上專心練習。可是雖然她也有一副好嗓子，她卻拒絕像媽媽以前那樣演唱〈月河〉。

「要我彈這首爛歌，我不如死了算了。」麗茲打量她的指甲。「我一向討厭這首歌。」

「妳喜歡這首歌，」馬諦小聲地說，「我們全都喜歡這首歌。」

飯後我們玩馬勒菲茲跳棋。有好一會兒看起來是馬諦贏定了，直到我和姊姊聯手對付他，用白子把他包圍。他嚷嚷起來，臭罵我們，尤其是眼看麗茲贏了並且發出勝利的歡呼。

當我們把遊戲收起來，姊姊偷偷塞了一個白子在她的長褲口袋。

「當作幸運符。」她對我耳語。

對我來說，那是這個聖誕節最美好的一刻。眼看那個夜晚似乎就要平靜地結束，直到阿姨問起我們寄宿學校的事。

我沒吭聲，馬蹄則抱怨個不停（當時的他就算在空無一人的房間也能吵起來），而麗茲挑釁地坦白說起在湖邊的夜晚，說起派對和男生。她津津有味地分析學校老師的弱點或是她那些愛慕者的笨拙舉止，一再發出幸災樂禍的笑聲。

馬蹄做了個怪相。「麗茲，妳非得要老是用這些故事來誇口嗎？我並不想打斷妳，可是聽了很煩。」這是典型的馬蹄式句型。他總是說：「我並不想……」然後就做出正好相反的事。

麗茲把手一揮。「你不高興就只是因爲你一直都還沒有女朋友。你知道在宿舍裡大家怎麼稱呼你的房間嗎？自慰室。」

「什麼室？」阿姨問。

「妳閉嘴啦。」馬蹄玩弄著他那件皮大衣的領子，即使在有暖氣的室內他也不脫大衣。他的臉色泛黃，一頭長髮油膩膩的，最近還留起了一把山羊鬍。活像個來自費城的齷齪小混混，隨時可能去一家超市行搶，帶著五美元和一盒牛奶逃走。

「妳還是多關心一下他們在學校裡是怎麼講妳的吧。」他說。

「爲什麼，他們都講些什麼？」麗茲問。

「喔，沒什麼。」馬諦說，顯然察覺自己說錯話了。

麗茲先看看他，再看看我。「你知道他指的是什麼嗎？」

我不吭聲。我當然知道哥哥指的是什麼。我也聽說了那些關於我姊的故事。那想必是些謊話，是那些失望的男生或嫉妒的女生編出來的。可是我又哪裡眞的知道姊姊的事？

「他們在學校裡都說些什麼？」這會兒連阿姨也在問。

「說她是個……**賤貨**，」馬諦說，自己都被他這句話的殺傷力給嚇到了。我清楚看出他不想再說下去，但是似乎有股內在的力量強迫他說。「說她爲了毒品而跟男人上床，」他繼續說，「說她甚至懷了其中一個男人的孩子。」

噹啷一聲，麗茲把吃甜點的叉子扔在盤子上。她猛地站起來，走出了房間。幾秒鐘之後我們聽見公寓大門關上的聲音。我跑到窗前，只看見姊姊快步隱沒在黑暗中。

隔天早上她雖然回來了，可是聖誕節過後才幾個星期，麗茲就輟學了，從我生命中消失了好幾年。她跟一個女同學說她不在乎中學畢業證書，說她想去見見世面，說她非這麼做不可。當時我花了很久的時間去思索**爲什麼**。每天我都在等待麗茲的音訊，等待一封說明的信、一張卡片或是一通電話。就像一個遭遇船難的人，不斷轉動無線電對講機上的旋鈕，希望終於能聽見人聲。可是許多年過去，從我姊那兒傳來的就只有沙沙的雜音。

化學反應

（一九九二）

我在宿舍的停車場等待，看著飛機在泛紅的地平線上留下閃亮的痕跡。每一次當大自然的景色勾起我的渴望與回憶，我就感到胃部一陣輕微的抽搐。我十九歲了，即將從文理中學畢業。寬廣的未來在我面前展開，身爲在人生中尚未犯過大錯的年輕人，我懷著虛妄的高昂情緒。

十五分鐘後，那輛紅色飛雅特總算駛進了宿舍區。我坐進前座，在阿爾娃的臉頰上親了一下。

「老是不準時。」我說。

「我喜歡讓你等。」

她踩了離合器，迅速加速。

「家裡如何？」她問，「有什麼風流韻事要跟我報告嗎？」

「嗯，如妳所知，我不是個悲傷的孩子……」

「竺爾，你是個悲傷得要命的孩子。」

阿爾娃不放過我，問起我班上某個女生，她的名字在這裡就不提了。「你跟她怎麼樣？假期裡見過面嗎？」

「被告有權保持沉默。」

「說啦。怎麼樣？」

我嘆了口氣。「我們沒見面。」

「唉，莫羅先生，我還以爲你不只有這點能耐呢。」

「很好笑。我不認爲她喜歡我。」

「你知道你有多帥嗎？她當然喜歡你。」

阿爾娃露出大大的笑容。她喜歡給我打氣，把我跟某個女孩湊成一對。

在這裡我得提一下，過去這幾年我忽然拔高了。我的頭髮就跟爸爸的一樣黑，也遺傳到他濃密的鬍鬚，而我只偶爾才刮鬍子。我驚訝地發現自己看起來多麼像個大人，而我的眼神變得多麼陰沉粗獷。

在中學的最後幾年我有過兩段短暫的感情，但幾乎沒有讓我動心。當時我對攝影更感興趣，學習一切與沖洗相片有關的化學反應；宿舍的地下室裡有個空房間，我獲准把它當成暗房來使用。

我常受到大自然的吸引，會帶著爸爸的相機在湖邊坐上幾個小時，或是漫步穿過草地和森林，直到入夜才滿載而歸。透過瑪米亞相機的鏡頭，事物活了起來，樹皮忽然有了面貌，水的紋路有了意義，就連人物也忽然顯得不同，有時唯有透過相機的取景器來端詳他們，我才懂得他們的表情。

「從現在起我不想再聽到任何藉口，」阿爾娃在我旁邊固執地說。「你不能老是這麼害羞，你只剩下幾個星期了。」她懇切地說：「難道你希望沒跟她有半點進展就離開學校嗎？」

我沉默地看出窗外。四周景色暗了下來，彷彿替黑夜打上了第一層底色。

過了一會兒，阿爾娃輕輕推了我一下。「你這樣瞧著的時候都在想些什麼？」

「怎麼了，我怎麼瞧著？」

阿爾娃相當成功地模仿了一個陷入夢境之中、表情微帶癡傻的苦思者。

「你在想些什麼呢？」她又問了一次，但我沒有回答。

自從我來到寄宿學校，我們幾乎每天見面。阿爾娃成了我的替代家庭，在許多方面比我的兄姊或阿姨更親。可是過去這幾年她變了。仍然有些時刻，我能逗得她發出難得的無憂笑聲，或是在聽音樂時彼此相視，就能知道對方正在想些什麼。但是如今還有另一個阿爾娃。這個阿爾娃愈來愈常避開我，抽著菸、自怨自艾地坐在長凳上，說著她也許根本不該被生下來這類的話。

她的一頭紅髮和蒼白皮膚讓她有幾個仰慕者，但是直到快滿十七歲時，她才有了第一個男朋友。在那之後，她還遲疑地和一、兩個高年級男生交往過。然而，當麗茲在我看來是單純喜歡性愛，並且能在每個男人身上看出某種特殊之處，阿爾娃則彷彿是把她的身體當成對付自己的武器。一旦有人對她動了感情，她就很快地又把他趕走。彷彿在她身上有某種東西裂成了碎片，會傷害每個靠她太近的人。

到了十七歲，她就完全不再理會男人，任何形式的接觸似乎都令她作嘔。於是有流言傳開，說她對女生比較感興趣，或是說她就只是**古怪**。阿爾娃不在乎，而是發了狂似的用功讀書，並且閱讀哲學書籍，讀沙特，齊克果也一讀再讀。雖然不久前她又交了一個男友，但我們從未談過這件事。

那天晚上，我們開車去一間酒館。途中，阿爾娃得從公共電話亭打電話給她母親。

「我和竺爾在一起，」我聽見她說，「不，妳不認識他，那是另外一個。」她的音量逐漸提高，最後她大喊：「我想回去的時候就會回去。」然後把聽筒重重地掛回去。

她母親密切注意女兒的行蹤，帶著惡意的警戒。阿爾娃不止一次恐嚇她母親，說她高中畢業就會遠走高飛，再也不回來。可是我並不知道她們母女之間究竟發生了什麼事。阿爾娃一向不讓我跟她的家人有所接觸，也拒絕回答有關她爸媽的任何問題。有幾次我去她家裡接她，可是每次她都已經站出門外等我，免得讓我進屋裡去。

「一切都還好嗎？」我問，當她又坐進車裡。

她點點頭，發動了引擎，但是她心裡有事，而我覺得她的眼神又黯淡了一些。阿爾娃開車一向太快，可是這一次她轉彎時簡直是用衝的。她打開車窗，她的頭髮在車速帶起的風裡飄揚。在這種時刻我會有種預感，知道她可能會對我構成危險，我想不出別種說法。阿爾娃和我玩這種遊戲已經好幾個月了。她清楚知道她開快車時我會害怕，也知道我不會在她面前承認這一點。因此，她駕著這輛紅色飛雅特以愈來愈快的速度轉彎，看著我蜷縮在座位上卻硬是一聲不吭，似乎使她樂在其中。每一次她都更得寸進尺一些。而在這天晚上，當我明白她永遠不會罷手，而且不惜走上極端，我投降了。

「開慢一點。」我說，當她又想來個急轉彎。

「你害怕嗎？」

「對，可惡，開慢一點。」

阿爾娃立刻鬆開油門，對我微微一笑，那笑容既得意又異樣神祕。

她把紅色飛雅特停在那間髒兮兮的鄉村酒館前面，酒館名叫「頭彩」，是高年級學生的聚會地點。自動點唱機大多播放著搖滾老歌，撞球檯磨損不堪。後面，在飛鏢靶旁邊擺著兩台遊戲機，對於所有落魄潦倒的人物具有神祕的吸引力。

我們沒有馬上進酒館，而是先在車上又坐了一會兒。阿爾娃把收音機的音量調小，開了一罐啤酒，然後意味深長地看著我：「把置物箱打開。」

我在裡面發現一件有稜有角、裝飾得五顏六色的禮物。「給我的嗎？」

當她點點頭，我撕開了包裝。那是一本紀念相簿，貼著我們兒時和少年時期的照片，全都配上了溫柔的小詩。她想必花了很大的工夫。

我感動到好一會兒都說不出話。「妳爲什麼這麼做？」

她若無其事地說：「喔，我以爲這會令你開心。」

我端詳那些照片，照片上的我們在湖邊，在一起去參加的音樂會和節慶活動上，在慕尼黑的一場街頭派對上，或是在我的宿舍寢室裡。我擁抱了阿爾娃，當她看見我的喜悅，她臉紅了。

她又說起卡森．麥卡勒斯那本《心是孤獨的獵手》，那是她最喜歡的書。「你實在該讀一讀。」她說。

「對，我知道，我會讀的。」

「拜託，竺爾，我想知道你對這本書的看法。書中人物夜裡孤單地四處遊蕩，心中充滿不安，到最後他們全都落腳在這間咖啡館，唯一在深夜裡還開著的一間。」她一說起書本就會激動起來。「我也想當這樣一個文學中的人物。在黑暗中孤單地在城裡遊蕩，然後在午夜過後走進一家咖啡館。」

阿爾娃說話小聲，但是她的眼睛閃閃發亮，而我很喜歡她這副模樣。

我向她說起在慕尼黑的假期，說起我去找過我小時候住的那棟房子。「他們把房子全部整修過了，院子裡的鞦韆和樹屋都不見了，改種了花。那房子看起來是這麼不同，這麼陌生。我在那兒的時候，覺得有人在打量我，覺得自己像個小偷。」

和我相反，阿爾娃幾乎從不提起她的童年。只有一次她向我透露，說她小時候在和家人共度的美好時光裡，也總是感覺到歡樂時刻即將逝去的憂傷。而我愈是去思索這番話，就愈發在這段簡短的話中看見了自己。

我看著兩個同學從「頭彩酒館」的大門走出來。

「你要來一點嗎？」阿爾娃問。

我不知道該怎麼回答，但是覺得我似乎該先坐直。然後我看見她在捲一根大麻菸。在那之前我還從未吸食過毒品。

「好啊，」我說，「妳從哪兒弄來的？」

「我是一個販毒集團的老大，我沒跟你提過嗎？」

「老大？妳曾經下令把誰給宰了嗎？」

「有幾次迫不得已。」

她陰森森地瞅了我一眼，演得還挺像的。

事實上，在這之前阿爾娃並不太碰毒品。當她捲好了菸，她吸了一口，再把菸遞給我。

「你得要深深吸進去，把煙留在鼻腔裡。」

我點點頭。一開始會咳，但是一會兒之後就吸進去了，而我腦袋裡亂烘烘的。我在汽車前座伸了個懶腰，又想起小時候不得不離開的那個家。我駭然發現我很難用精準的畫面回想起那間公寓，幾乎記不得每個房間是什麼樣子。廚房裡的時鐘掛在哪裡？我牆上最後貼的是些什麼圖片？

當我在思索時，一輛計程車在我記憶中浮現，它在夜間路燈的燈光下轉過一個街角。這一幕一再在我眼前浮現。我想要追著那輛計程車喊些什麼，可是它已經失去了蹤影。我知道這個畫面對我來說很重要，但我同時感到這個回憶還不夠深，就像一張還躺在顯影液裡的照片。

「怎麼了？」阿爾娃問。

「沒事，爲什麼問？」

「你在發抖。」

我自己也注意到了，於是做了幾次深呼吸。最後我平靜下來，那輛駛遠的計程車在我腦海裡漸漸消失。

「你的哥哥姊姊呢？」她問，「你多久見他們一次？」

我深深吸了一口菸，考慮著是否該說起悄悄出現在我和兄姊之間的那份陌生。但我就只聳了聳肩膀。「我姊目前住在倫敦，我想是吧。而我哥住在維也納。」

「所以說，你幾乎見不到他們？」

「對……其實幾乎根本見不到了。」

阿爾娃從我手裡拿過那根菸，吸得它發出紅光。她把收音機的音量調大，閉上了眼睛。有一會兒她一動也不動，然後她握住我的手，眼睛仍舊閉著。她沒做別的，沒有靠我更近，就只是緊緊握著我的手。我捏了她的手一下，她也回捏了一下，然後又把手抽了回去。

★

週末時，很久沒見的馬諦意外來訪。參觀過我的寢室之後，我們朝他的車子走去，一輛二手賓士。我一向弄不清楚我哥在大學資訊系的學業之外都在忙些什麼，但他顯然成功參與了好幾項計畫。不久前，他和從前的室友東尼以及另一個出身富裕的大學同學創立了一間公司，處理「網際網路」和「資訊」這些對我而言很抽象的概念。寄宿學校那些不快樂的歲月似乎磨利了他的意志，馬諦用過去、現在和未來建造了一個三級階梯，陡直地帶著他往上爬。

「你認為你的公司會成功嗎？」我問。

「我們會很搶手。」哥哥咧嘴一笑，「我們強到娘胎裡了！」

我們走到了他的車子旁。我高興地發現東尼也一起來了。他仍然跟中學時代一樣肌肉發達，輕鬆地倚著車門站著，在啃一顆蘋果。

「莫羅家的竺爾。」他說。

「布廉納家的東尼。」我說。

我們互相擁抱。自從幾年前我加入了田徑隊，我和東尼經常在宿舍的健身房練習舉重，偶爾在那之後還會一起去喝杯啤酒。當年他教了我幾種魔術和紙牌把戲，並且著迷地談起麗茲。後來，他又動了一次膝蓋手術，成了運動傷兵，於是他認為他有權跟我姊結婚，作為一種補償。

說起這段往事，他只扮了個鬼臉。「她終於給我回信了嗎？」

我們一起走到湖邊。當馬諦天才洋溢地預告了網路世界（「那將會是一個新世界，竺爾，你懂嗎？舊世界已經被丈量完畢，但是不久後我們全都能夠再次成為開路先鋒」），我打量著他的裝扮：旁分的頭髮、無框眼鏡、休閒外套和編織造型皮鞋。從那個一身黑衣的書呆子脫繭而出的是個勤奮的名校高材生。就算我哥的臉孔算不上俊秀，長鼻子，薄嘴唇（「就像桑貝『用鉛筆草草素描出的一張臉」，麗茲曾說），但他現在要比中學時代好看多了，而且散發出一股幹勁。

「我一直都知道你哥會成為頂尖的經理人，」東尼說。「我只要跟著他就行了。」

不過，馬諦仍然保有他的怪癖：路上若是遇到水窪，他非得從中間踩過去不可。還在寄宿學校時，他每次離開房間都一定要按下門把好幾次。有時候只按四次，有時是十二次，然後又是八次。像個講求科學嚴謹的瘋子，他似乎發展出一套合乎邏輯的制度，但是我雖然總是跟著數，卻從來沒弄懂過。

他們兩個仔細問起我宿舍裡的一切。我該怎麼說呢？經過九年之後，我把那個快活、合群的寄宿生角色扮演得那麼好，乃至於偶爾我會以爲自己眞的是那麼無憂無慮。然而，我還是絕口不提爸媽的事，由衷地希望別再當個該死的孤兒，就只是個普通孩子。我把對爸媽的回憶塵封在意識的一個角落，從前我還常去他們在慕尼黑的墓地，如今卻已經很久沒去了。

「我並不想讓你擔心，」馬諦說，「但是麗茲過得不好。她最近去維也納找過我，看起來糟透了。她吸食了太多垃圾。」

「可是她一向都這樣。」

「我說的是眞正嚴重的毒品。我想她現在後悔當初中途輟學了。」

「你怎麼知道？」

「她陪我去大學的時候看起來很惆悵。反正，我就是知道她後悔了。」

我不知道該怎麼回答。有許多年麗茲幾乎音訊全無，如今至少又偶有聯絡。我最後

譯注

1 桑貝（Jean-Jacques Sempé, 1932-），法國著名漫畫家及插圖畫家，知名童書《淘氣的尼古拉》中的插圖就是他的作品。

一次見到她是幾個月前在慕尼黑。匆匆見了一面，每次都是這樣。

爲了轉開話題，哥哥向我說起他的女友艾蓮娜，是他在大學裡認識的。當我問他愛不愛她，馬諦把手一揮。「愛情是個愚蠢的文學概念，竺爾。那只不過是些化學反應罷了。」

★

我以全速在百米跑道上衝刺。阿爾娃躺在草地上看書。多沙的草坪和跑道都滿目瘡痍，儘管如此，這個運動場就像是寄宿學校的靈魂。下午時分，形形色色的小團體聚在這裡，討論晚上的活動、看書，或是殺時間。

我是個優秀的跑者，雖然不曾打破什麼紀錄，但是曾在運動會替我們的田徑隊贏過一、兩次賽跑。我氣喘吁吁地停在阿爾娃前面，見她手裡拿著一本雷克拉姆出版社發行的小本平裝書。看書的時候，她整個人會變得有點不同。她的表情放鬆下來，嘴巴微微張開，忽然像是得到了保護而且堅不可摧。

我瞄到書上一首詩的兩句，朗誦出來：

死本爲大
我們都屬於他……

「還眞是振奮人心，」我說，「接下來呢？」

阿爾娃把書闔上，愉快地說：「去吧，再跑一圈！」

練跑結束後，我沖了澡，換了衣服，帶著相機回去找她。我替她拍了幾張照，然後和她並排躺在草地上。我記得是阿爾娃先說起她將來一定要有小孩。

「要幾個呢？」我問。

「我想要兩個女兒。一個很獨立，常常跟我頂嘴，另一個很黏我，需要建議的時候都會來找我。她也會寫些不知所云的詩。」

「要是兩個女兒都神經兮兮或是性情古怪呢？」

「嗯，稍微有點古怪沒有關係。」阿爾娃露出微笑，皺起的眉頭舒展開來。然後她認眞地說：「我得警告你，竺爾，要是我到了三十歲還沒有孩子，而你也沒有，那我就想和你生兩個。你會是個好爸爸，這一點我有十成的把握。」

「可是這表示我們得先上床。」

「這點麻煩我可以忍受。」

「妳也許可以，可是誰說我會願意呢？」

她揚起了眉毛。「你不願意嗎？」

我們的交談一時無以爲繼。

我尷尬地看向宿舍建築，在陽光下，停車場的水泥地被曬熱了，就像反光的玻璃碎片閃閃發亮。

「哪會，聽起來很不錯，」我說。「我不想年紀很大了才當爸爸，我也覺得三十歲是個期限。必要的話，我願意讓妳懷孕。」

「可是如果我們到了三十歲時成了陌路呢？」

「這種事絕對不會發生。」

她久久凝視著我。「這種事永遠有可能發生。」

阿爾娃有一雙綠色的貓眼，不是美鈔那種黯淡的綠色，而是閃亮的淺綠，和她的一頭紅髮形成迷人的對比。但她的眼神常帶有一種拒人於千里之外的表情，幾近冷淡。那不是一個十九歲少女的眼神，而屬於一個看淡一切、不再年輕的女人。可是當她說「這種事永遠有可能發生」的時候，她的眼神起了變化，所有的冷漠都從中消失。

一滴水珠落在她手臂上，我們仰頭向上看。厚厚的雲層遮住了太陽，轟然一聲雷鳴驀地響起。幾秒鐘之後，一場驟雨就落在我們身上。

我們收拾了東西，逃進我的寢室。阿爾娃發現了東尼來訪時帶來的那瓶杜松子酒。她一再替我和她自己斟酒，不知不覺地我們快把那瓶酒喝光了。酒精使我飄飄然，阿爾娃卻顯得緊張。

「他跟我分手了。」她忽然說。

她的男朋友已經二十好幾，是城裡一個模樣笨拙的車商，我對他沒有好感。她搖搖頭說：「不過，我待他大概很糟。是我活該。」

「沒這回事，這個白癡本來就配不上妳。」

「相信我，是我活該被他拋棄。」她近乎嘲諷地說：「竺爾，你總是在我身上看見我並不是的那個人。」

「不，正好相反。是妳看不見妳是什麼樣的人。」

她聳聳肩膀，喝乾了她那杯酒，又替自己斟了一杯。這時她已經有點站不穩了。**謝了，東尼**，我心想，**我不知道你爲什麼帶這瓶酒給我，但我欠你一份情**。

我想起她在那輛飛雅特上握住我的手那一幕。「妳還記得五年級的時候妳坐到我旁邊來嗎？」

「你怎麼會想起這個？」

「剛好想到……妳當時爲什麼這麼做？」

「你是新來的，穿得很奇怪，藍襪子和紅襪子，一點也不搭。而且你看起來那麼悲傷、那麼孤單，大家都在講你的笑話。」

「眞的嗎？我完全不曉得有這回事。」

「他們笑你，也因爲你老是把話說得顚三倒四。比如說『凍冷庫』，這個我還記得。或是把『聽不懂』說成『懂不聽』。」阿爾娃把我每次練短跑時穿的那件負重背心拿在手裡端詳。「所以我才去坐在你旁邊，讓你不要覺得那麼孤單。可是後來大家都開始惹我生氣，說我喜歡上你，我就又坐到別處去了。」

「妳還眞是沒用。」

「是啊，沒錯。」

我們久久凝視著對方。

「阿爾娃，妳喝醉了。」我說。

「不，竺爾，你才喝醉了。你從什麼時候開始喝杜松子酒了？」

「一向都喝，每天上課前喝一瓶。」我朝她走近一步，從她手裡拿走那件背心。

「我還有很多事是妳不知道的。」

她盯著我。「哦，什麼事呢？」

一片寂靜。我沒有回答的時間愈長，這個問題就愈發從戲謔變成了認真。我笑了一聲，但聽起來更像是在喘氣。

由於阿爾娃不想主導這一幕，我順著內心的感覺播放起音樂。帕羅．康堤的〈跟我走〉，母親在她死前不久曾放給我聽的那首歌。

我看著阿爾娃。仍舊濕漉漉的頭髮垂在她臉上，洋裝似乎黏在她身上，她小心地又把下襬拉下來蓋住她光著的雙腿。就在這一刻，我開始隨著音樂搖擺。我的膝蓋在顫抖。

「你舞跳得真不錯。」她說，聽起來很驚訝。

我沒有回答，而是邀她一起跳。見她擺手拒絕，我甚至向她伸出了手。「來吧，」我說，「就只跳這一曲……來吧！」我假裝是個手舞足蹈的義大利人，隨著歌詞誇張地動著嘴唇。

It's wonderful, it's wonderful, it's wonderful
Good luck my baby
It's wonderful, it's wonderful, it's wonderful
I dream of you…

阿爾娃笑了一聲，可是她的臉色隨即陰沉下來，我覺得她的思緒彷彿忽然飄向別處。她的身體癱軟下來，甚至搖了搖頭。這令我失望，使我幾乎無法呼吸。我緊緊抿住嘴唇，像個勇敢的小丑又獨自跳了一會兒。但我終於還是關掉了音樂，不久後阿爾娃就拿起她的東西，走了。

★

一九九二年的聖靈降臨節假期平靜地過去，直到有一天我發現阿姨在廚房裡發呆，眼睛裡有種異樣的光亮。我赫然發現阿姨老了，隨後才想到這一天是媽媽的生日。我很慚愧我把她的生日忘得一乾二淨，儘管如此，當阿姨想和我坐到沙發上看家庭相簿，我只是出於禮貌才表示同意。

我看見童年和少女時代的母親，看見她年輕的時候，剪著時髦的短髮，穿著迷你裙，在一群大學生當中。她欣賞的目光投向身旁那個英俊的男子。他穿著白襯衫，繫著短領帶，袖子捲得高高的，嘴裡叼著菸斗，眼睛發亮地在對其他人說話。

「你爸爸就是那麼迷人，那麼聰明，」阿姨說，「他喜歡花幾個鐘頭和別人討論。」

在下一張照片上我認出了我的法國奶奶，當時她的嘴角就已經有了這道深深的紋路。另外還有馬諦小時候和他養的蟻群，麗茲打扮成小公主，頭髮綁著粉紅色蝴蝶結，我站在背景中，張著嘴盯著她看。另一張照片上是九歲的我站在廚房裡，專心地低頭盯著一個鍋子。那熟悉的食物氣味立刻鑽進我鼻子裡。我已經好幾年沒下過廚了，可是我不是喜歡過烹飪嗎？或者那只是我此刻的想像，由於這些照片？我檢視自己的記憶，果然找到了愈來愈清晰的回憶。

另一張照片上的我露出從前那種自信的笑臉，在一個攀爬架前面，旁邊圍著好幾個男孩和女孩。

「你那時候總是想成為焦點，」阿姨說，「總是志在必得。誰要是敢不聽你指揮，你就會發火。而且再危險你也不怕。」

我覺得她好像在說別人。

「真的嗎？」我問。

「你是個特別的孩子，」她說，「馬諦一向聰明，麗茲搶眼，但是你很獨特，比大多數其他孩子更敏銳。」她露出微笑。「就算你老是嘰嘰喳喳說個不停。」

最後那張照片，是媽媽出神地看著我在那本紅色筆記本裡寫些什麼。阿姨沒有往下翻，而是停留在這張照片上。「她是那麼愛你，」她說，「你是她的寶貝。」

我凝視著我們母子的這張照片。小時候她叫我「小蝸牛」，因爲我在大自然中常常像隻蝸牛一樣伸直身體，把所有的印象吸進腦海。每次我沒有把握的時候，都會請她給我出主意。她曾是我的指南針。我看著她的眼神、她熟悉的臉龐、她擱在我肩膀上的手。

我驚訝地發現自己在流淚。

「這是……」我說不下去了。

阿姨摟住我的頭，擁抱了我。感覺到她的溫暖，我忍不住哭了起來，我已經很多年不曾這樣哭過。

「我好想她。」我說了一次又一次，感覺到阿姨安慰地撫摸我的背。

★

慶祝會在一間沒有電、也沒有自來水的山中小屋舉行。中學畢業考的各科筆試都考完了，學校制度的嚴格管束放鬆了，就只等著口試。同學們決定在口試之前再歡聚一次。手提式ＣＤ播放器放著音樂，我們高聲大笑，說著些蠢話。即將拿到畢業證書的感覺就像是我們搶了一家銀行，只是還需要考慮該怎麼花錢。

阿爾娃忽然不見了。她一個人走開是常有的事，可是當她在一個小時之後還沒有回來，我去找她。在距離小屋幾百公尺處，我發現她站在一塊突出的岩石上，凝視著深谷。

我用腳去踢一塊石頭。阿爾娃轉過身來。

「妳怎麼了？」

「沒事。」她說。

我們並肩坐下，讓雙腳懸在深淵上方擺盪。月光照亮了前方的山谷。

「我昨天讀了你寫的故事，」她說。「我很喜歡，眞的眞的很喜歡。」

過去這幾週我又開始寫作。彷彿通往我童年的門忽然打開，而我發現說故事仍然帶給我許多樂趣，就像我還是十歲孩子的時候一樣。我寫的短篇是以羅曼諾夫的故事〈不屈之心〉爲榜樣，阿爾娃崇拜他幾乎就像崇拜托爾斯泰或麥卡勒斯一樣。

「你的確有天分，竺爾，」她說，「你得繼續寫下去，有一天你肯定會成爲作家。」

「我不知道。照片更精準、更眞實。」

「有時候謊言更好。」

我必須在慕尼黑服社會役，在這一天晚上問她是否願意和我合租一間公寓，也許另外再多找一個室友。阿爾娃不確定，她常常說起要先去旅行，或是搬到很遠的地方。

「其實這裡幾乎根本沒有什麼留得住我，」她曾經這麼說，然後大笑。「我得要愛得死去活來之類的，才會留下來。」

我感覺到我必須做些什麼，來把她更牢地留在身邊。同時我又像是從一口渾濁的深井中汲出我的擔憂：到目前爲止，阿爾娃趕走了每一個靠她太近的男人；她不肯和我共舞，這份拒絕就只可能有一個原因。**我該怎麼做？**我一再思索。**現在我該怎麼做？**

「妳知道我爸在他去世之前跟我說了什麼嗎？」我緊張地玩著手指。「他說重要的是有一個**眞正的**朋友，一個心靈伴侶。一個你永遠不會失去的人，一個永遠在你身邊的人。他說這比愛情重要得多。」

阿爾娃轉身面向我，她的嘴唇在月光中閃閃發亮。「你爲什麼說這些？」

「有時候我以爲妳我就是這樣的朋友。我可以想像我們當上一輩子的朋友，而且我非常慶幸我們在這裡相識。對我來說，也許沒有人比妳更重要。」

我把手擱在她肩膀上，同時察覺我碰觸她的次數是多麼少。「我想說的是：請跟我一起到慕尼黑去。」

她思索著。「這些事我們明晚再談吧，到時候我也會決定要不要一起合租公寓。好嗎？」

譯注

1 羅曼諾夫乃是作者虛構出的人物，並非真實存在的作家。

「好。我也會煮點吃的，如果妳想的話。」

「煮點吃的？你會煮嗎？」她覺得有趣。「嗯，聽起來很不錯。七點左右來我家接我？」

我點點頭。由於感覺到她還想獨處一會兒，我就一個人先走回去。我很確定我在小屋裡心情很好地和其他同學跳舞，只不過我幾乎記不得了。但是我在許多年後卻還常常想起我和阿爾娃的第二番對話。

當大家全都躺下睡覺，少數幾張床很快就有人占了，於是其餘的人就胡亂躺在散放在小屋裡的睡墊上和睡袋裡。夜很涼，我覺得冷，因為喝了太多酒而無法入睡。我若是閉上眼睛，就覺得天旋地轉。阿爾娃就躺在我旁邊，我一直聽見她把隨身聽往前或往後快轉。最後她把隨身聽擱在一旁。

寂靜……寂靜。

對我而言，深夜的工作就此展開，像個去到犯罪現場的偵探，我回想白天裡發生的每一件事，而一切都仍歷歷在目。我試圖在事後解讀阿爾娃的每一個手勢和我們的每一番對話。例如，當我們談起那些大多顯得無憂無慮的同學，她說：「有時候我認為有些人根本不知道他們終將一死。」這句話讓我反覆思索。阿爾娃為什麼這麼說？雖然她躺在我旁邊，我卻想念著她，想像著和她一起在慕尼黑生活會是什麼情況，想著隔天的晚餐，我們打算在晚餐時討論一切。

就在我快要沉入夢鄉之前，她碰了碰我。「竺爾，你還醒著嗎？」

「嗯。什麼事？」

「隨身聽的電池沒電了，」她輕聲低語，「可是不聽音樂我睡不著。我總是得要分散心思，否則……」

我等著她把這句話說完，但是她沒有這麼做。

「要我講故事給妳聽嗎？」

她小聲地笑了。「不是，我只是想問你，我能不能過去跟你睡。如果有人躺在我旁邊，感覺就沒那麼糟。」

見我點頭，她就鑽進了我的睡袋。由於我們沒有並排躺下的空間，她半躺在我身上，而我驚訝地感覺到她的雙腿和身體是多麼冰涼、多麼沉重，尤其是多麼柔軟。她也覺得冷，但是我的寒冷隨即和她的寒冷交融，而我們暖和起來。阿爾娃的呼吸以規律的間隔吹上我的脖子，弄得我癢癢的。當我感覺到她離我如此之近，感覺到她的胸脯貼著我的肩膀，她的膝蓋擱在我腿上，我的下半身有了反應。我不知道她是否察覺了。我繼續一動也不動地那樣躺了一會兒，然後用手臂摟住了她。

「我總是忍不住想起我姊姊。就是沒辦法不去想。」

阿爾娃的聲音聽起來沙啞。我訝異地抬起頭來。她從來沒跟我說過她有個姊姊。

我小心翼翼地問：「她怎麼了？」

「我不知道……她比我大一歲，我們形影不離，什麼事都一起做。爸媽說我們就像雙胞胎一樣。後來……她在幾年前失蹤了。」

我恍恍惚惚地聆聽，覺得其他人好像在偷看我們，於是伸長了脖子張望。阿爾娃卻似乎一時把我給忘了，更像是在自言自語。「她叫約瑟芬，但我們都喊她芬妮。」

「出了什麼事呢？」

「沒有人知道……有一天她去上芭蕾舞課，就沒有再回來。」阿爾娃的聲音在顫抖，說得斷斷續續的。「警方當然搜尋過她的下落……他們把周圍整個地區的每一塊石頭都翻遍了……出動了警犬，搜尋行動持續了好幾個月……可是除了她的外套之外什麼也沒找到，就連她的屍體都沒找到……」

她別開了臉。我感覺到她話中的絕望，不知道該怎麼做；我就只能陪在她身旁。我想起了當年看電影時她走出教室那一幕。

「為什麼妳現在才告訴我？」

她沒有回答。第一道曙光照進小屋，熟睡中的同學的輪廓從黑暗中浮現。

「我太睏了，」她說，「這件事我們明天晚上再談。」

她貼緊了我。「在我睡著之前你不准先睡著，」她在我耳邊低語，湊得那麼近，弄得我癢癢的。「這很重要，竺爾，非常重要。」

「我答應妳。」我把一綹頭髮從她臉上撥開。阿爾娃的手短暫地撫過我的胸膛，才又靜止不動。當她的呼吸變得愈來愈慢、愈來愈均勻，我親吻了她的鬢角，輕聲低語：「我在妳身邊。」

★

隔天，我去市區採買晚餐需要的東西。我預訂了宿舍的學生廚房，搭公車前往阿爾娃住的村莊。我很訝異，這一次她沒有像平常一樣在門口等我。我按了門鈴，屋裡沒有動靜。庭園打理得一絲不苟，落日餘暉映照在擦得晶亮的窗戶上。我不禁想起阿爾娃的姊姊，然後又按了一次門鈴。

嗡嗡的開門聲終於響起，我走進屋裡。

門廊的燈光微弱。阿爾娃的母親站在陰影中，只露出半張臉。她一隻手拿著一根菸，另一隻手裡拿著電話聽筒，她講話的聲音很大，聽起來很煩躁。阿爾娃卻仍然不見蹤影。義大利肉醬麵醬汁的濃重氣味從廚房裡湧向我。忽然聽見有狗兒大聲吠叫，兩隻大麥町犬朝我跑過來。牠們看起來一模一樣，連毛皮上最小的黑色斑點都相同，目露凶光地打量著我。

「你一定是來找阿爾娃的吧。」她母親掛掉電話後說，臉上有種異樣黯然的表情。

我點點頭，跟著她進了廚房，那兩條狗慢吞吞地跟在後面。

「你想先喝杯果汁還是可樂嗎？」她一邊問，一邊已經走向冰箱。

「不用了，謝謝，」我說，於是她停下腳步。「我和阿爾娃約好一起吃晚飯，打算接了她就走。她在樓上嗎？」

也許我的聲音流露出某種期盼，刺激了她母親。她久久凝視著我。「天哪，你眞年輕。」她朝半空中吐了一口煙，仍舊打量著我。我覺得渾身不自在。

「對，她在樓上，」她說，「敲門沒有用，她又把音樂開得很大聲。」

我走上樓梯，把最後幾階併成一步爬上去，轉眼就來到阿爾娃的房門口，打開了門。我頓時呆住了，不，是失了魂了。還沒等我再度關上房門，我的世界就分崩離析了。

我衝下樓梯。那些影像在我腦中旋轉：地板上的空啤酒罐、數學課本和毛衣。那張床。仰躺著的赤裸男子。同樣赤裸、跨坐在他身上的阿爾娃。她汗濕的一綹綹紅髮，由於使勁而微微泛紅的脖子，她只短暫變慢的動作，還有她微微張開的嘴。她發出的聲音，尤其是她朝我投來的那一瞥，短暫，但是椎心。

一個眼神勝過任何回答，無聲卻帶著挑釁，帶著指責也帶著惋惜。我在她身上看見了她不想要的那一面。但是我尤其在她眼中看見了自己，看見了我所成爲的那個人，也看見了我沒能成爲的那個人。不管這麼多年來在我們之間的那份情誼究竟是什麼，一個眼神就足以把它毀掉。

跑下樓梯時，我感到一股難言的憤怒。我再也不想只當個男孩，我想擺脫年少的一切，假如能夠，我會把它從我身上打掉。阿爾娃的母親和那兩條狗站在樓梯下。她想要說些什麼，但我已奪門而出，跑出了那個村莊，穿過村莊外緣的草地，沒有再回頭。

收成

（一九九七—一九九八）

在回憶中，我看見自己在姊姊的訂婚典禮上。可惜我不是那個西裝筆挺的萬人迷，把周圍的賓客逗得哈哈大笑，也不是那個吸了古柯鹼的傢伙，隨著查爾斯頓舞的節奏抖著腳上的喬丹鞋，邊和一個大學女生打情罵俏。不，飲料檯旁邊那個不起眼的二十四歲男子才是我，在這群陌生人當中顯然渾身不自在。我捏擠四分之一顆檸檬，把檸檬汁擠進我的飲料裡，一邊想起我童年時期的生日派對和節慶活動，那時我總是眾人矚目的焦點，充滿無窮的精力。這一切究竟是什麼時候一去不返的？我中輟了法律系的學業，身爲攝影師也沒混出什麼名堂。合該如此，我想，因爲我早已懷著強烈的自我憎恨。

現場唯一一個像我一樣失落的人是麗茲的未婚夫羅伯特．許望。他是個成功的爵士鋼琴手，只不過麗茲並不喜歡爵士樂。她爲何會選中他根本就是個謎。姊姊一向偏好英俊有趣的男人，而且凡是她想要的就會弄到手，她的貪得無厭常令我感到佩服。可是她的未婚夫卻是個瘦骨嶙峋的四十多歲男子，一頭黑色鬈髮，有一雙像作家保羅．奧斯特的金魚眼，還蓄著一撇可笑的小鬍子，使他顯得有點鬼鬼祟祟。

「這傢伙眞是無聊透頂，」一個男性聲音在我旁邊說。「我和他聊了十分鐘。天曉得她看上他哪一點。」

哥哥和他的女友站到了我身旁。艾蓮娜的身材略顯矮壯，一頭黑髮，有雙警醒的眼睛，把一切都收進眼底。她害羞地擁抱了我，順便摘除了我外套上的一個毛球。

此刻我也尷尬地和馬諦打了招呼。上一回見到他是在阿姨的葬禮上，那一次我們不歡而散。

「恭喜你，」我說，「莫羅**博士**。」

「還不賴，是吧？我從沒想到自己有一天會拿到博士學位。」馬諦露出一絲笑意。

「雖然，我其實一直都在想。」

我們看著姊姊。她這時二十七歲，這天晚上穿著一件藍色洋裝，把一頭金髮高高挽起，腳上的高跟鞋使得她傲視全場。麗茲從在場之人的目光中看見自己的美麗，允許每個人都愛上她。她熱情洋溢地致了詞，由衷地親吻她的未婚夫，然後就像隻蜜蜂嗡嗡嗡地在賓客之間穿梭，到處揮灑她的魅力。她不時放聲大笑，那笑聲使人不由得著迷，姊姊不管做什麼，都必定使人著迷。感覺總像是旁邊有個隱形的攝影師，而麗茲只是在聽從他的指令。**再來一個燦爛的笑容，太好了，現在稍微噘個嘴，拋個媚眼**。當她看著你，就彷彿有盞聚光燈照在你身上，而你就只想要討她歡心。就連我都想。

而我小時候在夜裡溜進她房間的往日時光頓時顯得格外遙遠。麗茲常常還在看書或是畫漫畫，任由我鑽進她的被子底下。她的腿是那麼溫暖，似乎在發燙，那每每都令我著迷。她通常都會對我說起她班上的男生，哪一個有多可愛，哪一個有多調皮。我屏息聆聽她這些如癡如醉的話語，並對姊姊把這一切向我吐露而深感自豪。有時候，我也就只是在她看書或聽音樂時躺在她旁邊。我喜歡這些時刻。爸媽在走道的盡頭，馬諦在隔壁，一切都這麼安穩舒適，而我依偎著麗茲，她在我身旁靜靜地翻動書頁，然後我就睡著了……

下一段回憶則帶著比較黑暗的色調。

姊姊的訂婚典禮過後四個月，一通嚇人的電話把我從睡夢中驚醒。那時我住在漢堡港口附近一間破敗的小公寓裡，我沒有時間思考，立刻搭火車前往柏林去看麗茲。與我上一次去看她時不同，她的公寓安靜得令人心情沉重。而安靜和我姊從來都不相稱。朦朧的晨光從窗戶照進走道，廚房裡骯髒的碗盤在洗碗槽裡堆積如山，在玄關我差點被一把摔壞的吉他絆倒。

臥室裡瀰漫著線香和嘔吐物的氣味。麗茲坐在地板上，半睜著眼睛。幾個人圍在她身旁，顯然是她的朋友，大多數我都不認識。她的未婚夫則不見蹤影。

「她怎麼了？」

我在麗茲身旁蹲下。她只穿著內褲和毛衣，眼睛周圍有一圈圈的灰眼圈。她似乎沒有看見我，喃喃地說起有個擴音器在她腦袋裡，能夠管理這座城市。

「她精神崩潰了，」她的一個女友說，我在訂婚典禮上見過她。「她半裸著站在街上，咒罵路人。」

我撥開姊姊臉上濕漉漉的頭髮。「她吸了什麼？」

「我不知道。古柯鹼，搖頭丸，一些鎮靜劑和迷幻藥之類的。」

「她的未婚夫呢？」

「你還不知道嗎？羅伯特早就和她分手了。」

我一時無言。然後我打電話去馬謠在維也納的公司找他。

「千萬別送她去醫院，」他再三叮嚀，「我會先請一位相熟的內科醫生過去，我自己也會盡快趕到。」

麗茲忽然又清醒過來。她向我伸出手，跟我說話，就像在跟一個小小孩說話。

「啊，**我的小弟**，你在這裡幹麼？」

然後她衝著我大笑，笑聲尖銳、瘋狂，同時一直盯著我看。但那不是姊姊看著弟弟的眼神，不是這種可供青少年觀賞的版本。而是那種冷硬、戲謔、高高在上的眼神，多年來讓所有男人女人都飽受折磨的那道眼神，只有羅伯特．許望忍受得了。她還在狂笑，而我覺得毛骨悚然。麗茲有了這雙深不可測的黑眼睛，眼睛的主人不斷墜落、墜落再墜落。

而她喜歡墜落。

「你什麼時候到？」我問馬諦。

「我搭下一班飛機。」他聽起來很匆忙，我聽見他跑下樓梯，打開一扇門。一如每次，他按下門把好幾次，啪吋啪吋響了八下。「一切都會沒事的，你聽見了嗎？」

這時，麗茲示意要我靠近一點，好讓她能在我耳邊低語。她神情激動，像個小孩想起某件重要的事。我朝她俯下身子，電話還拿在手裡，而當我靠她很近很近，她喃喃地說：「死了殺了。」

「妳說什麼？」我問。

「它死了，我殺死了它。」她又說了一次。

★

一九九八年夏天，我們三姊弟再次前往貝迪亞克，那是我們成年後第一次。是馬蹄的主意。不久之前，他找人把奶奶遺留給我們的那棟房子整修了一下，說他在法國也一樣可以工作，說艾蓮娜過幾天也會來。我們說起這一切就像是在談一次計畫已久的假期，但這趟旅行的眞正原因是我們在爲麗茲擔憂。在那次墮胎和精神崩潰之後，她始終未能完全振作起來。

我們在法國遇上一場暴風雨，汽車的雨刷急急來回掃動。哥哥駕著這輛賓士行駛在公路上，麗茲在睡覺。我看出窗外，認出了許多景物；異樣熟悉的城堡、原野的鮮豔色彩。我想起小時候常拿在手裡玩的法郎銀幣，想起坐在駕駛座的父親，聽著披頭四錄音帶的母親。

到了貝迪亞克時，雨停了，空氣清新涼爽。馬蹄最先下車，跑向房子大門。父親的身影頓時在我眼前浮現，從前他也總是率先走向門口，穿著他的皮夾克，菸斗叼在嘴角。這麼多年後重回此地，感覺就像是觀看一部黑白老片的彩色版首映。街尾那間屋子外觀上沒太大改變。房屋正面爬滿長春藤，院子裡的石砌露台上擺著幾張椅子和一張野餐桌。淡紅色的屋瓦髒兮兮的，深綠色大門的油漆斑駁依舊。可是室內卻煥然一新。廚房和客廳之間那面牆被移除了，成了一個舒適的寬敞空間，前面有圖書室、一組沙發和壁爐，後面則是爐台、洗碗槽和木頭餐桌。

「這房子現在狀況很棒。」馬諦帶著我們參觀。「浴室整個翻修過，二樓的地板重新鋪上地磚，難看的壁紙拿掉了。我只留下了爺爺的五斗櫃、桌子和櫃子。」

他神氣活現地在我們前面走來走去。他和東尼屬於最早看出網路潛力的人。他們的公司架設了一個菁英網站，讓經理人、律師、銀行家、政治人物或記者能放上自己的簡介並且和彼此形成人際網路。他們這家新創公司成長迅速，先前在車上，馬諦說微軟公司想用七位數的金額來收購。**不賴嘛**，我心想，**也許我可以向他借點錢**。

晚餐時，交談始終熱絡不起來，到最後我們就完全沉默了。我想起小時候有說有笑的熱鬧晚餐，哥哥和姊姊吵來吵去，或是我們一起爲了所經歷的事而放聲大笑。然而如今我們坐在桌旁，像三個多年過後再次聚首的演員，卻怎麼也記不起自己最有名那齣戲的台詞。

當我再也受不了那份沉默，我從包包裡拿出一個裝著照片的文件夾。「我把這些照片拿給一家畫廊看過。」那是我的新作品：一組呈現「微物之美」的照片。其中一張是一座霧中山谷，白色的濃霧中只有黑色的樹梢突顯出來，另外幾張包括森林中一間長滿苔蘚的殘破小屋，或是一個剛剛還在綁鞋帶的男孩，此刻帶著歡欣的表情追在他那群朋友後面。就在他快要追上他們的時候，我按下了快門。

姊姊把照片搶了過去。「我覺得挺不錯。」她說，但是我隱隱覺得她並未用心細看，無法看出那些照片的細節和深度。

馬諦卻看得很仔細。「我覺得這些照片眞的不錯。你把薩爾加多、或是卡提耶－布列松﹂的風格模仿得相當好……」

「可是？」我問。

「可是我還是看不出來，你要怎麼靠這些照片謀生。」

我不知道我原本期望他會有什麼反應，但是說句「我對你有信心」會讓我好過一點。姊姊看起來不像是會替我解圍。她的生計也不穩定，有時她靠著當模特兒掙錢，有時教教吉他，也曾在一家廣告公司工作過幾個月。

「你用不著操心。」我小聲地說。

馬諦嘆了口氣。「我並不想干涉你的人生，但是我認爲你當年不該中輟大學學業。」

「我討厭大學，」我說，「要說後悔，我後悔的是一開始就根本不該去讀。」

「可是那樣會比較穩當。我知道萬事起頭難，在這些事情上你必須要堅持下去。到最後說不定你會讀出興趣來。」

「請問你又怎麼知道我喜歡什麼？你對我根本就一無所知，所以別老是表現得好像你是我老爸。」

我生氣地把照片拿回來。過去這幾年裡，這種對話在我和馬諦之間已經進行過許多次，而每一次我都覺得自己像個叛逆的青少年。原因也在於哥哥不讓我擺脫這個角色。

這天晚上我無法入睡，久久凝視著那輪滿月，它在漆黑的天空發出光亮，就像黑夜的圓形舷窗。然後我下了床，去敲姊姊的房門。麗茲穿著睡衣來開門。一本童書攤開在她床上，顯然是她在這裡找到的，另外還有一包水果軟糖。

「你還在生氣嗎？」她嚼著糖問。「先前的事你別放在心上。馬諦就只是愈來愈像老爸，就跟爸一樣愛批評。只不過他不像老爸是個輸家，而像是爸爸功成名就的樣子。」

我點點頭，但是她把爸爸稱爲輸家卻令我心裡難受。

「在美術館展覽的事究竟成了沒？」

我就只搖搖頭。

「竺爾，我可以問你一件事嗎？」麗茲像慈母般看著我。「你嘗試當個攝影師有多久了？三年？難道這一切都是爲了**他**嗎？因爲你覺得對他有所虧欠？」

我還清楚記得這個疑問在我心中引發了深深的不安，有可能我回答的時候聲音太大。

「爲什麼我該覺得有所虧欠？我對爸爸又沒有什麼義務。我知道他感到失望，因爲我在他死前都沒有用過那具相機，可是這件事我們當年早就說清楚了。」

譯注

十 薩爾加多（Sebastião Salgado, 1944-）生於巴西，為舉世知名之社會紀實攝影大師。

三 卡提耶-布列松（Henri Cartier-Bresson, 1908-2004），法國著名攝影家，被譽為「現代新聞攝影之父」。

「我並不是想……」

「我攝影不是爲了爸爸，而是因爲我對攝影感興趣。妳說這話的口氣就跟馬諦一樣。」

我惱怒地別過頭去。牆上掛著一幅裝框的畫，畫的是個男子有著老鷹般的翅膀，在空中飛翔，遠方有座城堡隱約可見。旁邊用童稚的字跡寫著：**他必須去解救關在黑暗高塔中的公主……**這幅畫居然還在！它是在爸媽去世之後那幾個星期裡畫的。當時我們在法國這兒的奶奶家，那時候，我們仍然暗中指望爸媽隨時可能從門口走進來，證實之前的一切原來是場天大的誤會。爲了逗馬諦和我開心，麗茲想出了一個遊戲：**夢境編輯部**。她扮演熱心的主編和插圖繪者，我們一起想出荒謬或美好的夢，再把這些夢境畫下來，並且配上文字。之後我們把那些紙張燒掉，據麗茲說，其他人會吸進那股煙，到了夜裡就會作我們幻想出來的夢。

「假如我們是在蒙佩利爾這兒長大的話，會怎麼樣呢？」我問麗茲。「我常常想像妳身爲典型法國女孩的樣子。我覺得那應該很適合妳。那妳就會在這裡把中學讀完，然後去上大學。」

「我會讀哪個科系呢？」

「一定和藝術有關。也許是繪畫，或是文學。妳也可能會像媽媽一樣成爲老師。」

麗茲凝視著我。「說下去。」她輕聲地說。

「嗯，總之妳手裡會老是拿著一本書，妳會喜歡閱讀和繪畫。假如媽媽還在，她偶爾會幫妳的忙，妳們會常常通電話，因為妳中學畢業後會去巴黎讀大學。妳會有幾個追求者，但妳也會常常想起中學時代的男朋友，一個叫尚恩或賽巴斯汀的男生，你們曾經在一起很多年，他是妳的第一個男友。不過他去國外讀大學了，所以你們就分手了。雖然妳也很傷心，但那會是一種美麗的哀愁，唯一適當的一種。而且妳依稀知道有朝一日你們還會重逢。妳會對我們說：**他不屬於現在，而是屬於將來**。妳會打扮得漂漂亮亮的，就像媽媽一樣。週末時妳當然也會出去玩，但要比在德國收斂得多。妳會有幾個好朋友，他們會好好照顧妳。放假時妳會回到蒙佩利爾來看我們，而我會仔細問妳大學裡的情況，是不是有很多漂亮的女生。馬諦則會拿到哈佛大學的獎學金，去那裡攻讀生物學，解剖他的甲蟲和蝸牛，而我們會一起取笑他。然後，等妳畢業之後，妳就……唉，我不知道，妳幫我接下去吧……」

我說這番話時面帶微笑，而我想像麗茲也會覺得好笑。可是此刻當我看著她，我發現她眼裡含著淚水。

「對不起。最近我有時候會胡思亂想。」她擦了擦臉頰。「我甚至不知道那會是個男孩還是女孩。這也無所謂，反正我就是想念它。」

我在床上坐下，坐在她旁邊。「當時妳應該要告訴我們的，我們會去幫妳。我甚至連你們分手了都不知道。」

「我很難信賴別人。」

「但妳總可以信賴妳的手足。」我說。就在同一刻，我自問我說這話有什麼根據。

「妳後悔嗎？」

麗茲聳聳肩膀。「有時候會，有時候不會。」她忽然像個十歲的小女孩。「我知道羅伯特不適合我。我只是常常忍不住會想像媽媽當上外婆的樣子。我眞希望可以打電話給她，她會知道該怎麼做才對。」

她的外套掛在椅子上，她走過去，掏出一支菸，點燃了。然後她忽然伸出手臂摟住了我，在我臉頰上又快又猛地親了三下。我撫摸她的頭髮，那股煙味和她洗髮精的蜂蜜香氣混在一起。

我想起我和她的未婚夫最後一次碰面時，他幾乎一句話也沒說，常常表情漠然地發呆，或是在他的呼叫器上按來按去。由於害怕自己是個無聊的人而感到無聊。

「妳究竟爲什麼愛上他？」我問，「他根本就一無所有。」

「那就是原因，我想。他是那麼空洞，空洞得令人舒坦。我可以任意塑造他。而且他是金剛不壞之身，什麼都傷害不了他，這吸引了我。」

★

早晨的天光灰濛濛的，但我們還是開車到海邊去。麗茲穿著黑色比基尼，戴著太陽眼鏡，躺在沙灘上看書。乳白色的太陽已經把她的皮膚微微曬紅。我把腳趾埋進沙裡，看著哥哥在冰冷的海水中游泳。馬諦笨拙地打水，一整天都顯得神經緊張。後來他說他每年都要驗血好幾次，還在等待上一次檢驗的結果。

「你到底為什麼要費這麼大的工夫？」麗茲問。

他聳聳肩膀。

「小子，你們想要長生不死嗎？」她一臉不屑地問道，把手一揮。「我會年紀輕輕就死掉，但是我也不在乎。」她說，歷經了前幾個月的艱辛，這正是我們不想聽到的話。

「不，妳不會。」

「我**知道**我會。」姊姊挑釁地在浴巾上伸了個懶腰，點了一根香菸。「我會年紀輕輕就死，而且是在我終於獲得幸福之後。然後出了件什麼事，我就忽然死掉了。」她輪流看向我們兩個。「但是這也沒有關係。我幾乎哪裡都去過，見過了那麼多東西，不管是曼哈頓的晨霧還是厄瓜多的叢林，我玩過高空跳傘，有過許多情人，曾有過狂野、艱難的歲月，但是在那之前也曾有過一段備受呵護的幸福時光，而且關於死亡我真的學到了很多。就算死得早也無所謂，因為我還是可以說：我活過了。」

馬諦就只是搖搖頭。「要自大到什麼程度才會這樣說話？」

「要多麼放不開才會把這稱為自大？」

當他們兩個繼續爭論，我獨自沿著海灘緩步而行。麗茲說得對，我心想。她愛得毫無保留，揮霍生命毫無保留，也失敗得毫無保留。

而我呢？

一個賣冰的小販從遠處走來，推著一輛小車。他帶著一個電晶體收音機，音樂大聲傳出來。我深深吸了一口氣，感覺到鹹鹹的空氣進入我肺裡，眼前是波光粼粼的大海。賣冰的小販從我旁邊走過，現在我聽見收音機裡正在播放的是哪一首歌。

It's wonderful, it's wonderful, it's wonderful
Good luck my baby
It's wonderful, it's wonderful, it's wonderful
I dream of you...

過去這些年我一再想起阿爾娃。既想念她又在心裡痛罵她。夜裡我清醒地躺著，想起她在我的書上寫下短短的心得，或是用手指攏攏我的頭髮，笑著說我的耳朵眞小……我從來沒有勇氣去爭取她，始終就只是害怕失去她。

當時我沒有承認，但我在中學畢業後所有的感情關係最後都失敗了，因爲我忘不了阿爾娃。我常常在想，她現在正在做什麼。手機在當時還很希罕，網路才剛開始發展，她幾乎音訊全無。我曾聽說她住在俄國，但是不清楚確切的情況。我只覺得假如有她在身邊，一切的發展都將有所不同。離開寄宿學校之後的歲月，我在無人勸阻的情況下錯誤地選擇攻讀法律，後來又搬了家，不，是逃走，從慕尼黑逃到漢堡。在這一幕幕情景中全都看不見阿爾娃，而少了她，就沒有什麼能夠保護我免於孤獨。

★

幾天之後，我說服了馬諦和我一起去慢跑。每天早晨我們跑步穿過村莊，經過教堂尖塔，跑上山丘，跑到那棵有根枝椏被砍斷的樹。那是我們的折返點。我們心滿意足地在長凳上休息，望向山谷和籠罩在夏季晨霧裡的遼闊原野，然後再往回跑，回到我們所住的房子，而姊姊和稍早抵達的艾蓮娜已經坐在露台上了。

「女人啊，我們餓了，」我們氣喘吁吁地爬上露台，一邊對她們說。「嗚，嗚，婆娘，給我們弄點吃的來。」

我像隻大猩猩搥著胸膛，馬諦則發出猴子般的叫聲。我認為他很享受偶爾可以這樣嘻笑胡鬧。

「你們可以再繼續接著跑，」麗茲說，「還能這樣耍嘴皮，就表示你們跑得還不夠。」

出乎我意料的是，接下來在院子裡吃早餐時談笑風生的幾乎總是哥哥。馬諦雖然不喜歡讀小說，卻很愛讀傳記和報紙。他不是那種憑直覺理解人生的人，他的智慧是藉由閱讀一點一滴累積而來。但是他很會說故事，常在吃飯時生動地說起一場希罕的新展覽、英國某個技術高超的藝術贗品製作者，或是某個在質數領域的重大發現。

早餐後，他通常會回房間工作幾個小時。總是閒不住的麗茲會去散步，和我打羽毛球，或是獨自開車進城。我自己則喜歡帶著一本書去露台上坐在艾蓮娜旁邊，她則是在那兒寫她的心理學博士論文。我們相處融洽，即使說的話不多。

那番爭吵完全沒有前兆。

那天晚上，艾蓮娜去馬賽找她的一個大學同學，我們三姊弟去了貝迪亞克那座小墓園。那裡空蕩蕩的，一片漆黑。麗茲點燃了兩支蠟燭，閃動的燭光照亮了爺爺奶奶和艾瑞克伯伯的名字。我端詳著那些墓碑。這三名死者對我來說始終陌生。艾瑞克伯伯在我們出生之前就已經去世多年，死時才二十一歲。關於他死亡的確切情況別人始終不曾對我們明說。對於生前是木工師傅的爺爺，我們知道得也不多，只有海蓮娜阿姨曾經暗示過他的脾氣想必十分暴躁，後來顯然是酗酒致死。哥哥彷彿讀出了我的心思，說道：

「他在艾瑞克死後幾個月就去世了。」

我很高興我們又離開了墓園。

回到家裡，我們覺得像是解脫了，喝掉了三、四瓶科比耶紅酒，聊起從前的趣事。麗茲說起她的一眾前男友（「他們全都是金玉其外，像個包裝精美的禮物。打開來一看，裡面僅有一只舊鞋」），說著說著，我們也談到了馬諦的挪威筆友古納．諾爾達，我們從不曾眞正相信他的存在。

「到底是眞有這個人呢，還是說他就只是你當年幻想出來的？」我們問。

「當然有古納這個人，」哥哥說，然後看著他的葡萄酒杯。「好吧，並沒有這個人。」他搖搖頭。「我就只是在電話簿裡隨便找了一個挪威人，寫了好幾年的信給他，我常常在想，不知道他有沒有讀過那些信。」

「天哪，我就知道！」麗茲得意地喊道，馬諦則不當一回事，就像一個內心深處自覺堅不可摧的人。

後來，麗茲穿了一件黃色迷你裙給我們看。「看，這是我在大學旁邊一家商店裡買的，那家店裡全是些十九歲的女孩。」她咧嘴一笑。「待會兒我們出去玩，你們猜猜看我會穿什麼衣服。」

「我肯定不會再出門了。」馬諦擺弄著他的眼鏡。「我不想洩妳的氣，但可惜妳已經不再是十九歲了。」

「哦，誰說的？」

她在他面前裝瘋賣傻地擺著姿勢，最後他笑了，還是開車載我們進城。他擱下手中最後一杯滿滿的葡萄酒沒喝，姊姊卻迅速喝乾了她那一杯。

我們一起在蒙佩利爾的一家夜店跳舞直到清晨，而我記憶最深刻的是，麗茲在舞池上那些陌生人之中感覺多麼自在。不僅是因爲她對自己深具信心，也因爲她覺得自己走到哪裡都受歡迎。

時間已經是早上七點，我正要上床睡覺，這時從樓下傳來大聲嚷嚷的聲音。我小心翼翼地從樓梯上望向客廳。麗茲站在客廳中央，馬諦蜷縮在沙發上。他們沒有注意到我。

「哼，我很想知道，」麗茲正在說，「你在這兒表現得像是該死的國王大象巴巴[+]，扮演著關心手足的兄弟，可是當我們需要你的時候，你在哪裡呢？」

「抱歉，要說有誰曾經一走了之，那應該是妳，」馬諦平靜地說。「再說，我們家裡總得有人掙錢。」

「反正你就只對錢感興趣。股市行情、房地產廣告、你的入口網站，這些狗屎東西。」

「別像個青春期的女生一樣口無遮攔，」馬諦說，「實在不忍卒聽。事實是妳當時就那樣走了。」

「什麼時候？」

「爸媽去世的時候。妳拋下了我們，就只跟妳那夥朋友廝混，吸毒，不再關心我們。我不知道妳那時候過得如何，但是我們過得很慘，幾乎沒有朋友，什麼都沒有。而妳想知道原因嗎？因爲我們沒有學過要怎麼交朋友，因爲我們三個總是在一起。然後妳就那樣從我們的生活中消失了，雖然妳答應過要照顧我們。**現在**妳也許可以告訴我，妳當時爲什麼那樣做？爲什麼就那樣一走了之？」

這個問題似乎刺痛了麗茲。她伸手從餐桌上的水果籃裡拿起一顆桃子，把玩起來。

「我那時候比你更像個小孩，」她說。「沒錯，我老是把男生掛在嘴邊，裝出一副大姊的樣子，但事實上我喜歡當個小孩。我喜歡說些傻話，跟媽媽撒嬌，坐在我的房間裡畫畫，一待幾個小時。我根本不想長大，至少不想這麼快就長大。然後這一切都沒了，就在一秒之間。竺爾年紀還太小，而你則是那個一身黑衣、誰也不理的怪胎，你忘了嗎？」

馬諦聳聳肩膀，不情願地承認她說得沒錯。

「我們當時都受到了傷害，」她說，「而每個人的反應不同。我努力讓生活再也靜不下來，讓腦子再也不得休息。我一頭栽進生活裡，因為當我獨自坐在房間裡思索，我就只能嚎啕大哭。」

「可是妳為什麼扔下我們不管？」

「假如我有能力照顧你們的話，我就會照顧你們。可是我沒有那種力量。你知道我的第一次是什麼情況嗎？你知道嗎？」

「妳跟那個年紀比較大的男生在一起……」

「不，那是騙人的。你知道我的第一次究竟是什麼情況嗎？」

馬諦的聲音愈來愈小。「不知道。」

「我甚至連他的名字都不知道。」麗茲的聲音在顫抖。「我們剛住進寄宿學校幾個星期，我那層樓的女生嘲笑我，笑我那些絨毛玩具、那些孩子氣的漫畫書、那些不夠酷的衣服。所以我想要證明自己比她們更強悍，能夠比其他女生承受更多傷害。所以，當有人在一家夜店裡拿了什麼東西請我們的時候，就只有我接受了。我不知道那是什麼，

譯注——

1 國王大象巴巴是知名法國童書繪本中的人物，他治理的大象國一片和樂。

在那之後我幾乎失去了知覺，什麼都看不到。然後來了這個男的。他二十出頭，帶著一種冷酷，一種我不懂的邪門。他忽然把我從舞池上拖走，等我們走到夠遠的地方，他解開了他的長褲。我並不想，卻沒有力氣反抗。毒品使我腦袋裡一片混沌，我想起慕尼黑和爸爸媽媽，想起你們，想起這一切忽然變得多麼遙遠。他就在這時候上了我。」

馬諦咬住嘴唇，沉默不語。

「忽然之間，我成了自己從來不想成爲的那種人。而時間過得愈久，我就愈無法回到你們身邊。你們不知道那種感覺，早晨七點因爲吃了安非他命而在某間鄉村夜店的舞池上嘔吐，吃了迷幻藥而和某個人上床，或是在某個你幾小時前才認識的人旁邊醒來。你們從來不知道徹底迷失了自己的感覺。你就只是埋頭在課本和電腦遊戲當中，竺爾則沉迷於他的白日夢。我們是那麼不同……現在也還是。」

他們兩個都看著地板，沉默無語。這一幕有點像一盤棋，棋盤上只剩下兩個敵對的棋子，但雙方都已經失去進攻的能力。就像一黑一白的兩個主教。

「如果我們一起來呢？」我從樓梯上問。

他們抬起頭來看向我，但是對於我的在場並不感到驚訝。

「妳說得對，」我向麗茲說。「我們對於妳所知道的事一無所知，妳有過我們完全沒有的經驗。單就毒品來說吧，妳見過、感受過的東西是我和馬諦根本無從想像的。例如，妳常跟我說ＬＳＤ這種迷幻藥有多麼不可思議。所以我們何不一起吸食看看？那我們至少會知道那是怎麼一回事。」

麗茲考慮了一下，然後搖搖頭。「你們是不吸毒的人，你們本來就……」

「看吧，」我打斷了她，「這就是我的意思。妳剛才想要說『你們本來就跟我不一樣』，對吧？如果妳不讓我們跟妳一樣，我們就怎麼也沒辦法跟妳一樣。事實是，這些年來，我們幾乎沒什麼往來。就讓我們參與一下妳的生活吧。」

麗茲思索著。「就算我願意，你要去哪裡弄到迷幻藥？」

「這不是問題，」馬諦出人意料地說。「我可以安排，我認識的人夠多，在此地也有人脈。問題只在於會不會出差錯。」

我們討論了這樣做的得失，決定等到艾蓮娜回來之後再進行這趟旅程，讓她來看著我們。當她得知我們的計畫，雖然並不怎麼贊同，但最後還是被我們說服了。

三天後，一輛灰色廂型車停在門口。馬諦跟那個和善的司機閒聊了一會兒，拎著一個塑膠袋回來。不久之後，我們三個並肩坐在沙發上，把那些彩色紙片拿在手裡。麗茲說明我們只需要一口吞下去就行了。我打量著我那一片。它是淺藍色的，一點味道也沒有。

藥效要等一下才會發揮作用。馬諦把《費加洛報》拿來讀。麗茲坐在沙發上往後靠，閉上了眼睛。我看向坐在我們對面的艾蓮娜，她也回看著我。然後我吞了下去，嘴裡一時有了年少時那種澀澀的味道，混合了煙味、學生餐廳的食物、廉價啤酒以及阿爾娃握住我的手那一刻。我喝了一杯水，而我舌頭上那陣遙遠的聯覺回聲消失了。

接著哥哥似乎有了點感覺。他出神地看著報紙，喃喃地說那些字母互相重疊，然後他走到艾蓮娜身旁，把頭埋進她懷裡。

就在那一刻，一波波回憶湧進我腦海，彷彿有人在翻閱我的人生。往前翻幾章，是阿姨的葬禮。她在去年死於腦中風，走得很突然。在前往喪禮的途中，馬諦表現得很淡然，幾乎顯得無動於衷，雖然他很愛阿姨。他沉默地開車前往墓園，麗茲和我則談起命運又一次背叛了我們。「別胡說了，」馬諦忽然說，「並沒有命運，就像並沒有上帝一樣。根本什麼都沒有，或者說就只有我們人類，而這兩種情況也沒什麼差別。所以，抱怨是荒謬的。死亡是個統計數字，而這個數字目前看起來對我們不公平，可是總有一天，當我們身邊的人連同我們自己在內都死了，這個數字就會再恢復平衡，就這麼簡單。」可是半小時後，當我們坐在喪禮上望著阿姨的棺木，哥哥激動地哭了起來，出乎我意料之外。那番啜泣令人心碎，小教堂裡的人都把目光投向馬諦，看著他倚著麗茲的肩膀，被她摟進懷裡。

接著，我腦海中的回憶繼續往前翻頁，而我看見年幼的我站在客廳裡，從阿姨口中得知爸媽的死訊。馬諦臉色蒼白，一動也不動地站在我旁邊，但是他也可能是在千里之外。那些話語慢慢地發揮出巨大的威力，無孔不入，滲入了似乎變得凹凸不平的地板，滲入了我視線模糊的眼睛，滲入了我的雙腿，使我步履蹣跚。這股被引爆的震波後來也觸及了麗茲，當她走進屋裡，立刻擔心地看著我。「怎麼了？」她問，但我無法告訴她，也不想告訴她，彷彿這樣一來就可以保護她免於得知眞相。

「我看見的也一樣。」麗茲在我旁邊說，至少我認爲她說了。

我想對她說，一切變得多麼不同，**我**變得多麼不同，但我說不出來。我的心臟跳得更快了，一幕幕畫面湧進我腦中。我看見爸爸把一顆球扔給我，看見麗茲藏起馬勒菲茲跳棋的一粒白子當作幸運符，聽見媽媽喊我**小蝸牛**，唸書給我聽，看見我替她的「萬人迷蛋糕」篩麵粉。所有的畫面都混在一起，全都這麼近，這麼美，這麼快，使我幾乎承受不住。

我深深吸氣，吐氣，吸氣，吐氣。

「夠了，」我一再地說，「我受不了了，拜託趕快結束吧。」

麗茲握住我的手。「別緊張，」她說，「沒事的。」

眼淚順著我的臉頰流下，房間的顏色閃亮起來，我看見我手上每一個小小的凹痕。我呼吸急促，胸腔收緊。可是接著——就在轉瞬之間——一切都解脫了，而我又能夠正常呼吸。我鬆了一口氣，忍不住笑了。我一再看向艾蓮娜，她端詳著我，靠著她的鎮靜掌控了全場。

「現在我知道我十二歲時想畫什麼了。」麗茲倚著我。「最近這幾年我忘了，但現在我又想起來了。我想畫四條狗，牠們像人類一樣在沙灘上玩球。牠們會有滑稽的名字，穿著老式的衣服。」

我點點頭，很高興自己就在她身邊。

一切都融為一體，當我的意識出竅，我回到了從前。

那時我是……我忽然成了馬諦，他小時候在組裝一部用汽油驅動的玩具汽車。個別零件互相嵌合的那種神奇的精準，那種幸福的時刻，當引擎發動，而車體下的技術設備突然有了意義。

我是麗茲，用五彩繽紛的顏色在紙上作畫，接著我筆下創造出的生物忽然出現，那實在是太棒了，使我沉醉在其中。我腦中還有其他閃閃發亮的畫面，數量多到有時令我頭疼，而我無法告訴任何人，也無法拿給誰看，於是有時我不得不發了狂似的在客廳裡跑來跑去，以發洩這份精力。

我是媽媽，看著孩子玩耍、長大，而我希望還能把子女多留在身邊一段時間。我滿足於自己為了家庭生活而放棄了自由，就算我偶爾會想念我的自由。

我也是爸爸，開車去上班，卻巴不得馬上掉頭回到家人身邊。但我沒法這麼做，一如很多事我都做不到。我問自己，事情是何時開始出了差錯，還是說從來就不對勁，從一開始就錯了。然後我想起在我死前不久曾送給我的小兒子竺爾一具舊相機當作聖誕禮物，他卻沒用過。接著發生了最後一場爭執，然後……

「我想起來了。」我說。我異常清晰地看見爸爸在我面前，看見他垂頭喪氣地把菸斗拿在手裡，受驚地看著我。我的罪過。我該死的罪過。

「天哪，現在我全都想起來了。」

我仍舊閉著眼睛。現在我是我自己，跑著穿過一片草地，看見深深淺淺的綠色。我鼻子裡聞到乾草香、松香和潮濕苔蘚的氣味，各種感官都被塞滿了。下雨了，我渾身濕透地來到一座森林。幾秒鐘之內，白天就化為黑夜，忽然變得又黑又冷，而我感覺到危機四伏。我得穿過濃密的低矮樹叢，尖銳的黑色枝椏刺破了我的皮膚，我在流血。

「有件事不對勁，」我說。「有件事完全不對勁。它不結束。」

我感覺到有人在搖我，可是我仍舊緊緊閉著眼睛，繼續跑。我認得這座森林。自從童年以來，我就不曾離開這座森林，它成了我的家。如果我不留神，就會死在這座森林裡。

我在我的內心向前推進，清楚地看見一幕景象在我眼前：我們的人生在父母去世時來到一個轉折點，轉錯了彎，從此就過著另一種錯誤的生活。一個在系統中無法訂正的錯誤。

在通往內心的路上，我絆了一跤，被地上一根樹枝給刺穿了，正中我的心臟。我立刻流血不止，一切都變得溫暖明亮，非常舒服，同時又感到此生最深的絕望，因爲我必須捨下一切，失去一切……

我猛地睜開眼睛，全身都濕透了。

「我不想死，」我喊道。「**我不想死！**」

不得不向自己道別。所有的思緒、希望和回憶都被刪除。一個永遠黑掉的螢幕。

我蜷縮在地板上哭泣，不斷喃喃地說「我不想死」。麗茲在我身邊躺下，馬諦和艾蓮娜握住我的手。我感覺到有人在身邊，感覺到這屋裡是多麼溫暖舒適。然而這一切似乎非常遙遠，因爲我置身自己內心深處，在那裡就只有冰冷的恐懼。

★

假期的最後一天，我和哥哥坐在海灘上。天氣涼爽，清新的風吹拂著我們的頭髮。一艘漁船從岸邊漂過，在水面上勾勒出船身輪廓。

「喂。」馬諦說。

「嗯？」

「很抱歉我們這麼少見面。」他摘下眼鏡，用拇指和食指緊緊捏住鼻梁。「過去這些年，我大概不算是個好哥哥。」

「你是個自作聰明的臭小子。」

「嗯，大概是吧。」

「自作聰明的臭小子兼超級混蛋。」

「謝了，我懂了。」

我們彼此對望。哥哥拍了拍我的肩膀，頓時顯得年輕起來。「我會補救的。」

下午，哥哥姊姊已經在爲回程打包行李，我和艾蓮娜最後一次去村子裡散步。

「馬諦的那些怪癖呢？」我問。「上鎖五次，按照一種神祕的模式按下門把好幾次，不踩在鋪路石的縫隙上……這些怪癖現在怎麼樣了？」

艾蓮娜垂下目光，說道：「情況曾經變得愈來愈糟。到最後他每年去做防癌檢測五次，不敢搭電梯和電扶梯，因爲他覺得會帶來不幸。」

「什麼？」

艾蓮娜忍不住笑了。「嗯，他說電梯和電扶梯邪惡。起初他把這一切都瞞著我，要是我注意到什麼，他就會開玩笑帶過。但是到後來，這些強迫症完全主宰了他的生活。直到幾個月前他開始做心理治療。」

快走到屋子門口了。我遠遠就看見馬諦把行李放上車，他一邊吹著歌劇《卡門》裡的一段旋律。

「如今他改掉那些怪癖了嗎？」我問。

「但願如此。我認爲情況是有改善，但有時候我覺得那些怪癖還在，只是他更懂得隱藏。我試過想把他逮個正著，但是還沒有成功。」

當我走進院子，我向哥哥點點頭。一段艱辛的童年就像一個隱形的敵人，我心想，你永遠不知道他何時會出手攻擊。

第二部

我從那樁摩托車事故中復原的速度快得驚人。不久之後，我就又能夠閱讀、看電視和打電話，同時也已得知完整的診斷結果：脾臟挫傷、右腿脛骨和腓骨骨折、鎖骨骨折、嚴重腦震盪。醫生說我很幸運。

幸運。一個我目前難以理解的字眼。

有人敲門。馬諦帶來了我的孩子，艾蓮娜也來了，甚至連東尼都特地搭飛機到慕尼黑來看我。

我的孩子跑到床邊來擁抱我。文森畫了一張畫給我，上面是個拄著柺杖、咧嘴笑著的男子，路薏絲把一個絨毛玩具放在我的床頭櫃上，讓它陪伴我。儘管他們兩個都已經七歲了，我仍然覺得這是個奇蹟。他們真的屬於我，而我將永遠是他們的父親，哪怕有朝一日我將移民國外，將遭遇不幸，或是他們再也不想見到我。

路薏絲指指我腿上的石膏和脖子上的護頸，就跟她上次來看我時一樣問我會不會死掉，而我搖搖頭。她鬆了一口氣，點點頭。文森對於這個回答似乎並不怎麼滿意。他搓著手指，我在他眼中看見了恐懼。

我決定打起精神，扮演那個樂觀快活的小丑，這一向是我在孩子面前扮演的角色。我說起醫院裡的日常生活，並且問他們問題。

「住在馬諦伯伯和艾蓮娜伯母家怎麼樣呀？」

我兒子不說話。

「很好。」路薏絲替他回答。

「你們昨天做了些什麼呢？」

「我們去了動物園，看見了一頭獅子，很近很近。」

她很開心，我心想。儘管發生了這麼多事，她還是爲了一隻被關在籠中的可憐獅子而感到開心。我摟住女兒，親了她一下。

「你呢？」我問文森。「你最喜歡哪些動物？」

他抬起頭，卻只能直視我幾秒鐘。「蛇。」他小聲地說。

我不安地看了馬諦一眼，衷心希望我兒子將來不會把沒有抵抗能力的生物拿去解剖，還把牠們的血液放在顯微鏡底下觀察。

接著，我們全都畫起動物來：一頭大象，還有幾隻老鼠、長頸鹿和一隻老虎。東尼畫的很差勁（「被你畫成這樣的可憐動物連一天都活不了」，我哥說），文森畫的卻出奇準確，他的長頸鹿畫得尤其好。當我稱讚他，我兒子頭一次露出笑容。這個笑容忽然出現，那麼天真無邪又那麼美，使我暫時不再爲他擔憂。

★

當訪客離開，夜晚來臨。蒼白的雲朵從窗外飄過，而我頓時覺得黑暗彷彿透過窗戶在看著我。我想念我太太，可是她人在國外，正在做一趟對她而言十分重要的旅行。我跟她說過我不會打擾她，說我能夠獨力搞定家裡的事，說她連德國手機都不必帶。她在俄國，說得準確一點是在葉卡捷琳堡，還要等好幾天才排得到機位。在那之前，這兒就只有我一個人。

夜裡我睡得不好。在夢裡，我騎著摩托車衝出車道然後摔下來的那一幕一再重播。「玩完了。」在最後一刻我還這樣想，也可能我想的是「這下慘了」，我不記得究竟是哪一個。

然後我就醒了過來。

我打開電燈。我請哥哥替我帶來了一本相簿和兩本小說，羅曼諾夫的《時光飛逝》和費茲傑羅的《夜未央》。這兩本書我都讀過好幾次，一再重讀我熟悉的場景和描述。最後我睡著了。這一次沒有夢境，只有空無。

★

上午我正沉浸在思緒中時，她打了電話來。她仍然滯留在葉卡捷琳堡，由於一場商展，所有的班機都被訂滿了。

「我在這裡快要受不了了，」我說。「妳什麼時候才會來？」

「我很快就會到你身邊了。」

「我差點就去找妳了，這似乎還比較容易。」

「別挖苦人。你身上裝了這些鈦合金鋼釘和鋼板，根本就過不了機場安檢。」

她問起孩子。由於我哥和艾蓮娜一向跟我們的孩子相處得很好，她很放心。我還跟她說了我愛她，然後我們就掛斷了電話。

這一次馬諦單獨來看我。他站在窗前，看進日光裡。他的襯衫是量身訂做的，長褲上熨出筆挺的褶痕，只不過他的頭髮日漸稀疏。我打量著哥哥，他從不多愁善感，也從不留戀過去，而是把他人生中的每一個偶發事件塑造成某種獨特的東西。我眼前頓時浮現我們七十多歲時並肩站立的模樣。我並未挑選馬諦成為我的哥哥，而且我們的個性截然不同，但是有一點使他和所有其他人不同：他總是在那兒。四十一年來都在我身邊。

「你爲什麼那樣做？」他問。

「爲什麼說『也』？」

「所以說，你也認爲那不是意外？」

這個問題在我預料之中。

我想起和醫院裡那位年輕心理醫師的談話，她也認爲那不是意外，說現場沒有剎車的痕跡。

「意思是那是自殺未遂嗎？」當時我挑釁地回答她。

她讓這句話在房間裡迴盪。

「你要面對現實，這很重要，」最後她說。「我知道你又逃進了你的夢想世界，但是你必須接受所發生的事。你的家庭需要一個活在此時此地的人。」

我沒有再回答。

我久久凝視著哥哥。「我幹麼要自殺呢？我有兩個小孩，我絕對不會撇下他們不管。那是一樁意外，我只是沒控制住機車。」

馬諦似乎並不相信我，就只說：「順帶一提，那玩意整個摔成廢鐵了。」然後又說：「我不懂你爲什麼忽然成了機車迷。那太危險了。」

★

等他走了，我試圖再回到我的白日夢裡，可是這一次沒有成功。我凝視著窗外，幾隻燕子在空中滑翔。我想起從前在心情不好時，我會想像自己能夠飛翔。

我翻了翻相簿。除了和妻子的合照之外，我最喜歡看我們三姊弟的合照。有幾張是姊姊在一場派對上，手裡端著雞尾酒杯，眼神帶有挑釁而且沒有一絲疑惑。那已經是十五年前了，而我對麗茲的思念很難用言語形容。

一名看護來敲門。我拄著枴杖，和他一起在醫院的庭園裡小心翼翼地散步，這是我受傷後第一次散步。骨折的腿幾乎不痛了，鎖骨的裂傷癒合良好，頭痛也差不多好了。久違的日光令我目眩，我深深吸了一口氣，在一張長椅上坐下。周圍鳥兒啁啾，陽光從晴朗無雲的天空照在這片庭園上。

她死了，我心想。

一時我很難維持鎮靜。想點別的，想點別的。我腦中思緒混亂，忽然之間，在柏林的那幾年又浮現在我眼前。我想起我曾在孤獨的時刻在我的公寓跳起舞來，絕望得有點瘋瘋癲癲。我想起在瑞士的那間地下室，想起那盒步槍子彈。想起我如何重拾寫作。彼此無關的畫面被剪輯在一起，速度愈來愈快，而我忽然又看見了在我騎摩托車出事之前所發生的事。那座深淵瞪著我。

我也瞪了回去。

回去的路

（二〇〇〇—二〇〇三）

在我們三姊弟那次一起去法國度假之後大約兩年，我不再從事攝影。一個相熟的策展人拒絕了我的作品，我一氣之下，把所有的相機裝進一個箱子扔到街上。一個小時之後，我想再去拾回來，但是箱子已經不見了。我的生活開始跌落谷底，時間長達數月。我開始一直睡到下午，吸食太多大麻，寫了幾個短篇故事，沒拿給任何人看過，成了一個愛吵架的人。我當時的女友和我分手了。她說我太自閉、太**不眞實**，說她再也受不了我這副樣子，彷彿我活在自己的世界裡，別人無法進入。我沒怎麼受到打擊。一如在那之前的幾段感情，我並未愛上對方，而且在我內心深處，我覺得這一切反正都不是我眞正的人生，覺得我還是會把這個人生拿來和我爸媽還活著的那個人生交換。這個念頭一再浮現，就像是織入我心靈的詛咒。

當麗茲向我提起「黃標唱片公司」的那個空缺，我就把漢堡的公寓退租，搬到柏林去找她。這個音樂品牌位在科特布斯大街的一座後院，經營重點放在創作型歌手和獨立搖滾。於是我忽然當起了法律顧問，後來則負責挖掘樂團，但我其實也可以去國外生活或是重拾大學學業。當時我說不清楚，但是內心意識到自己的人生之路走偏了。問題只在於我不知道自己是在何時何地走偏的，甚至不知道哪一條才是原本該走的路。

★

二〇〇三年一月，在我三十歲生日過後不久，我騎著偉士牌機車穿過市區，這時一輛紅色飛雅特汽車停在我旁邊。爲何我的目光無法從這輛車上移開？啊，對了，阿爾娃。她以前開的是同一款車。我頓時又想起一切是怎麼結束的。想起我請求她和我一起去慕尼黑，而她的回應是和這個男的上床並且強迫我目睹。事情就是這樣。

嗯，不完全是這樣。

中學畢業前的最後一個週末，阿爾娃出人意料地走向我。她高興地看著我，彷彿什麼事都不曾發生，說起她也許會去紐西蘭當一年志工。我們談起彼此將來大概很難再相見，談起這麼多年來大家每天見面，從此卻不再相見，這是多麼奇怪。本來我心裡還覺得委屈，但是她眼神裡有種脆弱打動了我，然後她挽起我的手臂，問我週末要不要一起做點什麼。她想通了幾件事，眞的很想和我談一談。

我一時驚訝得無法回答。後來我答應無論如何會打個電話給她，阿爾娃說她會很期待。

但是我沒有打電話給她。

一整個週末，我都在宿舍走廊上的那具電話附近徘徊，但是我無法打電話給她。阿爾娃故意傷害了我的感情，而且對她來說，我顯然並不像她所聲稱的那麼重要，因爲照這情形看來，不久之後她就將永遠離開我。我怎麼能夠原諒她？另一方面，我又實在很想見到她。我希望她也許會打電話給我，但是她沒有。

等到星期一我去到學校，她沒有跟我說話，幾乎是故意不看我。課間休息時我朝她走過去。

「抱歉，」我說，一隻手故意懶洋洋地撐在牆壁上。「我本來想要打電話給妳，可是週末實在太忙了！」

我甚至可能和她說起我去了一場派對，在派對上遇見了一個女生，阿爾娃知道這個女生喜歡我。總之，能夠稍微報復一下阿爾娃對我所做的事，我感覺到一種甜蜜的快感。我料想她會惋惜地點點頭，或至少是對我的冷淡舉止感到驚訝，但她就只是看著我，眼神中帶著不解。

「喔，」她說。「我壓根忘了這件事。算了，無所謂。」

那是我最後一次和阿爾娃說話。

★

見到那輛紅色飛雅特之後又過了幾天，我去接麗茲下班。我們在貝迪亞克共度的那個夏天如今已是將近五年前的事了。她在夜校補讀完中學課程，上大學攻讀教師資格，在音樂、藝術和德文這幾科的實習工作進行得很順利。我看著她和幾名年輕教師從樓裡走出來。從遠處看，麗茲顯得還要更高，看起來威風凜凜。她笑著把包包背在肩上，儼然是領袖人物，其他人都佩服地仰望她。不知道她早已年過三十的人會猜她是二十五歲，她只有臉蛋比過去豐腴了一點。

我們在麗茲家煮東西吃，她的住處塞滿了各種小玩意和圖畫，幾乎有點邋遢。「我們煮東西吃」的意思是：她煮，我看著，而我們當然也聊起了馬諦搬家的事。不久之前，馬諦把他的公司以高得令人咋舌的價格出售，如今在慕尼黑科技大學教書。他和艾蓮娜在英國花園附近買下了一棟房子。

「妳能想像嗎？」我坐在她廚房裡的椅子上搖啊搖的。「他就住在距離我們舊家只有幾條街的地方。」

「我早就知道總有一天我們會再回去，」她把羅勒切碎，「但是我原本以為還要更久以後。」

「我再也不要回慕尼黑。我為什麼要回去？」

「因為我們當年都不是自願離開的。」

麗茲點燃了線香。從她的音響設備裡傳出墨西哥的民俗音樂，她跟著一起哼。我想像她在音樂課上彈吉他給學生聽，在低年級學生的簿子上畫些小人兒或動物當作獎勵，在夏天裡和學生一起籌畫演出舞台劇。也許姊姊曾經有過迷失的歲月，但如今在我的想像中，她的人生終於又接近了爸媽還在世時的生活。她找到了回去的路，而哥哥似乎也找回了自己。我自己則是幾天前在一家咖啡館注意到鄰桌的一群人，為首的男子和我年紀相仿，逗得他的朋友哈哈大笑，以一種幾乎惹人厭的滿不在乎掌控了全場的氣氛。我煩躁地移開目光，但是他舉止中的某種東西在我腦中揮之不去。一個念頭忽然浮現在我腦海：假如某些事情的發展有所不同，我自己很可能就會是這個男子。

戶外響起了一陣叫喊。一群小孩跑著穿過內院的水泥地。

「他會是幾歲了？」我問，一半還沉浸在我的思緒中。

這一問太過突然也不恰當，姊姊的眼神黯淡下來。「五歲。」她說。

「妳還會常常想起嗎？」

「不像以前那麼常了。但有時候，我會害怕自己錯過了機會，恐怕以後不會有孩子了。第一次是在寄宿學校，那時我年紀還太小，可是和羅伯特在一起的時候，我的年齡正合適。誰曉得我還能不能再懷孕。」

她還是不斷地拋棄男友，免得自己先被拋棄。她的上一段感情也以失敗告終，對方是個荷蘭演員。「一個蠢得迷人的男人。」麗茲曾這麼說。

馬諦也還沒有小孩，倒是從幾年前養了一條狗，他就只叫牠狗狗，眞是缺乏創意得令人耳目一新。就在最近，他還放話說一切反正注定都要毀滅，何必還要生小孩。

麗茲對這種說法感到憤慨。「這是馬諦那種虛無主義的鬼話，」她說。「可是你知道這話說得不對。事實上，所有這些虛無主義者和玩世不恭的人都是膽小鬼。他們表現得好像一切都沒有意義，因爲這樣一來，到最後就沒有什麼好失去的。他們的立場似乎無懈可擊，看似很優越，但是本質上毫無價值。」

她搖搖頭，點燃了一支香菸。「在生死的概念之外，剩下的就是虛無，」細長的香菸在她雙唇間上下擺動，「假如這個世界根本不存在，眞的會比較好嗎？相反的，我們活著，我們創造藝術，去愛，去觀察，承受痛苦，也開心歡笑。我們以千百萬種不同的方式活著，以避免虛無，而死亡就是代價。」

忽然我又想起阿爾娃和那輛紅色飛雅特。前一夜我夢見自己跑著穿過一個戰區。直昇機從空中墜落，炸彈落下，四周的人癱倒在地。這座城市瀕臨毀滅，但我卻繼續跑，跑進戰鬥之中，因爲我聽說阿爾娃被囚禁在市中心的一棟屋子裡。我在城裡東奔西跑，跑到筋疲力盡，有幾次我僥倖逃過一死，但我始終沒能抵達。然後我就醒了。

在這一夜之後，所有的回憶都回來了。夢境裡的時間有自己的運行方式，或者應該說：時間在夢境裡根本不存在。因此我覺得自己彷彿剛剛才繞著運動場跑完幾圈，阿爾娃則躺在草地上看書。當年我有時會躺在她身旁，試圖用吹氣的方式替她翻頁。這每次都能逗得她發笑，可是有一天下午，阿爾娃的反應卻是惱怒。她用兩隻手緊緊抱住她的書，顯然有一個她喜愛的人物正在她指間死去。直到這時我才注意到她哭了。我不想打攪她，卻已注定要和她分享這私密的一刻。我看著她泛紅的臉龐，明白了阿爾娃是多麼熱愛文學，勝過我認識的所有其他人。見她坐在我旁邊，如此被一個故事感動，這件事也感動了我。我眞想把她摟進懷裡，保護她，尤其是保護她免於受到她自己的傷害，也保護她免於受到所有那些她從未告訴過我的事情的傷害。可是後來一切都變了樣，如今已經過了十一年了。

這天晚上，我設法查到了阿爾娃的電郵地址，寫了信給她。我沒指望收到回信，只是順著內心的感受。那成了一封長信，但是到最後就只留下兩行。

我三十歲了，還沒有小孩。

妳呢？

★

她沒有回信。我還暗自等待了幾天，甚至幾個星期，後來就放棄了。我對著往日發出呼喚，卻沒有得到回音。

春季時我休了假去貝迪亞克探望馬諦，他和艾蓮娜開車去那兒小住幾天。我把租來的汽車停在勒高夫路盡頭的那棟屋子前面，一條狗立刻朝我衝過來，是隻哈士奇。馬諦和艾蓮娜把牠帶回來養時牠還是幼犬，如今已長成強壯的成犬，是隻威風凜凜的動物，有黑白相間的毛皮和水藍色的機靈眼睛。

艾蓮娜的姊姊也帶著三個小孩來作客。當我跟艾蓮娜打招呼，我覺得她顯得異樣悲傷。哥哥則有種永遠青春的氣質。我取笑他愈來愈像爸爸，說不久之後想必就會看見他叼著菸斗、穿著淺棕色的皮夾克了。

我們七個人一起去郊遊。小孩子在跟狗玩，馬諦和我稍微落在後面，我感覺到他心不在焉。最後他指指艾蓮娜，她正把小外甥抱上肩頭。在那些年幼的親戚圍繞下，她臉上有了光采。

「她很喜歡小孩。」馬諦說。

「我知道。」

「而她可能永遠都沒辦法有小孩。」

我停下腳步。「你們什麼時候知道的？」

「這段時間以來我們當然已經想到有這種可能。從兩、三年前我們就不再避孕，過去這幾個月甚至還刻意努力。等到還是沒有動靜，艾蓮娜就去作了檢查……」

馬諦看著我的眼睛。「你知道，我並不確定自己是不是非要有小孩不可。我喜歡想像和自己的孩子一起組裝遙控汽車的畫面，但也不是非有不可。可是她愛小孩，一直都想要有自己的孩子。我們那棟房子有那麼多房間……這幾個星期她常常哭。」

我們沿著小路緩步而行，那條路通往那座熟悉的森林。

「我要和她結婚，」馬諦說，帶著逆來順受的鎮靜，那就像是他身上的一個浮水印。「雖然我們從來都不想結婚，但是我想現在這樣做是對的。你覺得呢？」

「我覺得挺好的。」

馬諦尷尬地看著我。「而我希望你來當伴郎。」

「伴郎？通常不都是會找你喜歡的人來當嗎？」

「我想，在你身上我就破例一次。」

森林裡空氣清新，氣味濃郁，我有預感黑夜即將來臨。我們走到那條布滿石頭的河流，那截老樹幹跨越在河面上。

「真不敢相信我小時候就這樣從那上面跑過去。」我用腳碰了碰那塊木頭。「那上頭距離河面超過兩公尺，要是摔下去，全身的骨頭都會摔斷。」

「你小時候從來不害怕。」

我踏上那截樹幹，感覺就像是一腳踩進一個中了魔法的地方，走進一扇通往過去的大門。才走了兩步，我就感到暈眩。河水在我腳下滔滔奔流，體積較大的石塊突出在河面之上，但沒有我記憶中那麼尖銳。腳下那截樹幹在搖晃，每踩出一步，我都覺得自己會滑倒然後摔下去。我開始冒汗，耳中聽見父親的規勸，說這太危險了。他的全部恐懼如今就像個不受歡迎的房客住進了我的腦袋。

「掉頭吧，」馬諦也說。「看起來眞的不妙！」

「小時候我是快步跑過去的，就是因爲這樣才辦得到。」

如今我走了大約四分之一，可是能解救我的對岸仍舊顯得遙不可及。**回到過去**，我心想。**回復從前的自己**。然後我滑了一下，只靠著本能反應和一點運氣才勉強站穩。我的一顆心跳到喉嚨眼上。這樣做沒有意義。我小心翼翼地掉頭，朝馬諦走回去，像個蹣跚退回場邊角落的拳擊手，被年少的自己打敗了。

★

賣掉公司之後，東尼在洛杉磯住了兩年，爲了去「查維斯魔術學校」學習，那是栽培魔術師的頂尖學府，在空閒時間則騎摩托車遊遍美國各州，或是一路往南騎到火地島。如今他出人意料地搬到柏林，在找到住處之前，就先睡在我的沙發上。

一天晚上，我和他坐在一間酒吧裡，我姊湊巧走了進來。她沒有左顧右盼，沒注意到我們，而是加入了角落那桌的一群女子，坐下來點了一根菸，然後馬上就主導了談話。麗茲手裡端著葡萄酒杯，顯得魅力四射，而她說起話來就像一個口渴欲斃的人在喝水：貪婪地嚥下每一句話。

東尼想朝她走過去，但是我拉住了他。我聽見姊姊用她低沉的演員腔說話，似乎是在談「搭訕」。「最棒的一次是在紐約下東城的一場哥德風派對上，」她大聲地說，「有個身穿皮衣、留著鬍子、頭上黏著兩支角的男人來和我搭訕。」

「他說了什麼？」一個朋友問她。

麗茲享受著這一刻。「他走到離我很近的地方，然後用低沉的嗓音問我：**妳願意和一個魔鬼上床嗎？**」她的笑聲在酒吧裡迴盪，有一點下流，另外那幾個女子也笑了。

東尼一再朝她看過去。「她終於給我回信了嗎？」

後來，我們這一票人全都一起搭車去「先知俱樂部」那家夜店。我姊和東尼並肩坐在木板棧橋上，把腳伸進施普雷河裡。東尼一直在和她調情，這引起了麗茲的興趣。她不再只把他當成弟弟的朋友，而把他當成男人，她懶洋洋地往後靠，打量著他。她那件黑色洋裝的一條肩帶滑下來了，一頭金髮披散著，赤裸的雙腿交疊。她在窺伺，想知道東尼的挑逗是眞是假，究竟他是個好好先生呢，還是說他果眞具有這種神祕、陽剛的一面。姊姊又露出那種高高在上的嘲弄眼神，那眼神帶有某種毀滅的力量，東尼必須要能承受得住。一秒，兩秒……然後他閃避了，一次又一次。我看得很清楚，他毫無機會。

我自己試著和麗茲的朋友聊天，但是不太聊得起來。當他們還想再去另一家夜店，我就告辭了。在家中等待我的是一片寂靜，我多年來熟悉的聲音。然而，如今我多麼厭惡這種離群索居的生活，厭惡自己沒有能力參與人生。始終都在作夢，從未眞正醒來。看看你自己，我心想，你在人群中何以常常渴望獨處，當你幾乎已經受不了獨自一人？

我打開筆記型電腦，有兩封新郵件。馬諦寫道他的婚禮完全由艾蓮娜的家人安排，他被排除在籌畫工作之外。第二封信來自從前法律系的一個同學，是那種同時發給很多人的信。我生氣地將之刪除。我看了一下電視，胡亂切換頻道。正打算上床睡覺時，又來了一封電郵。發信時間是凌晨兩點四十六分。我揉揉眼睛，打開來看。

這些年來我一再想起你。希望你過得很好。若有機會再見，我會很高興。

阿爾娃

接下來那幾個星期我在興奮中度過。就連馬諦的婚禮連同婚宴慶典和他來自克羅埃西亞的岳父母和小舅子也只能暫時讓我分心。彷彿單單一封電郵就使我的過去再度復活。

阿爾娃住在瑞士。來來回回寫了幾封信之後（她常常好幾天不回信），我們決定在位於兩地中間的慕尼黑碰面。不久之後，我就啓程回到我生長的城市，利用上午的時間去探望我哥。他和艾蓮娜剛剛去西班牙度蜜月回來。

「緊張嗎？」馬諦問。我們從那些堆得高高的結婚禮物之間走過，有些尚未拆開，堆滿了整個客廳。

「我不敢相信我馬上就要再見到她了。」

「她有男朋友嗎？」我哥問，瞄準了一個鮮綠色的包裹。艾蓮娜的外甥把他們的軟氣槍忘在這兒了，我們用來射擊那些結婚禮物。

「聽說她已經結婚了。」我說，對著一個用紅紙包裹的長形物品開了一槍。它叮噹作響，顯然是一套餐具。

「哦，你這樣聽說。」哥哥朝著一個白色小包裹迅速開了三槍，它擺在客廳的一個抽屜櫃上，現在掉了下來，裂開了，露出一個人偶形狀的廉價廚房計時器。

馬諦一臉厭惡地把它拾起來。「全是些破爛。」他把那個廚房計時器放回抽屜櫃上。「什麼人會送這種東西？」

「這是因爲你沒有眞正的朋友。」

「你也沒有朋友。」

「我知道。哪天我要是結婚，我這一邊就只會來三個人。你、麗茲，也許還有東尼。」

「抱歉，只有兩個人，」我哥說。「我可沒空。」

「自從你結婚以後，你變了很多，愈變愈糟了。」我瞄準那個人偶，射中它那雙凸出的眼睛中間，直到它又從抽屜櫃上掉下來，摔破了。

「阿爾娃住在瑞士哪裡？」馬諦對著一個藍色包裹連續射擊。

「琉森，已經好幾年了。說不定她現在說的是瑞士德語。」

馬諦忽然把槍口對準了我。「如果她眞的結婚了呢？」

「我假定這是事實。」我也瞄準了他。「她應該有個歸宿。」

「可是你並沒有眞的假定這是事實吧？」馬諦露出幸災樂禍的笑容。「我看得出來。你還抱著希望。」

「不予置評。」

「傻瓜才抱著希望。」

「悲觀也一樣傻。」

他用下巴指指左邊。那是份大禮，一個用糖果色的亮光紙包著的巨大花瓶，擺在客廳的茶几上。「數到三？」

「數到三！」

「一、二……三！」

我們同時把彈匣裡的子彈發射完畢。那個花瓶搖晃了一會兒，隨即砰地倒在地板上。我們相視而笑，然後環顧四周。客廳此刻一片狼籍。「我們來收拾一下吧，」馬諦說，朝他那把軟氣槍的槍管吹了吹。「艾蓮娜馬上就要回來了。」

★

我和阿爾娃約了碰面的那家酒吧位在格洛肯巴赫區，我阿姨從前就住在隔壁。

我緊張得像個青少年，早到了十五分鐘。我正打算再走開（千萬別最早到……），這時我注意到入口旁邊那張桌旁的紅髮女子。她在研究菜單，把一條腿翹在另一條腿上。

有幾秒鐘的時間我看著阿爾娃細長的鼻子、黑框眼鏡、弧度優美的豐唇、纖細的鎖骨，她仍舊白淨無瑕的肌膚和苗條的身材。她顯得這麼成熟，乍看之下我覺得她有點陌生。改變最多的是她的眼睛。這雙眼睛還是很大，還是那種閃亮的綠色，可是所有的冷漠都已消失。我暗忖這是怎麼回事，這時她看見了我。

「嘿。」她說。

我怎麼可能忘了她的嗓音！我們短暫相擁，我露出大大的笑容，笑得我臉頰都在作痛，但是我收斂不住。她坐在有軟墊的長椅上，我則坐在一張椅子上。我們之間隔著一張小圓桌。

「妳什麼時候變得這麼準時了？」

「其實根本沒變，」她說道。「可是我打定主意要比你早到，要看著你從門口走進來……結果我錯過了。」

阿爾娃穿著黑色牛仔褲和灰色低領毛衣，顯得自信而神祕，但是也有一絲疲憊。

「我帶了點東西給妳。」我說著就把禮物遞給她。

「我可以打開來看嗎？」

阿爾娃沒有把包裝紙撕破，而是小心翼翼、幾近溫柔地把禮物拆開，抽出那張唱片。「尼克・德雷克的《粉紅色月亮》。」

「妳還記得嗎？」我問。「這是當年妳第一次到我寢室來的時候我們聽的唱片。我還記得妳很喜歡。」

我認爲她很高興，總之她一再看著那張唱片，用手指撫摸它磨損的邊緣。

起初我由於興奮而說得太快。阿爾娃聆聽我大略敘述了自己生活的若干詳情，然後說起她在莫斯科上大學攻讀文學的事，她只讀了一學期就中輟了。對彼此生活的一番短暫叩問。

「那妳現在從事什麼工作呢？」最後我問。

「老實說，我沒在工作。」

「怎麼會呢？」

阿爾娃聳聳肩膀，表現得好像這不重要，但是即使在這麼多年之後，她緊張起來我還是感覺得到。她略過了她故事中關鍵性的幾章，對她在俄國的那幾年避而不談，隱瞞她現在所做的事，就只談起許多年前的往事。

她伸出雙手探過桌面，握住我的雙手。「能在這裡見到你眞是太好了。我原本還怕你不會來。」

「爲什麼？」

阿爾娃抽回了她的手。「你氣色很好，」她端詳著我，「而且你有很美的笑容，竺爾。這件事當年在學校裡我就想告訴你。當你露出笑容，就好像變了一個人，不再那麼內向。你眞的應該要更常微笑。」她頓時高興起來。「對，就像現在這樣。」忽然又正經地問：「倒是說說你都在做些什麼？」

「我替一家唱片公司工作。」我點了一杯酒，她點了一杯卡布奇諾。「我本來想去義大利，後來我姊跟我提起這個職位。至少這份工作還不錯。有很多瑣碎的法律事務，但是我也愈來愈常管理樂團。」

雖然別人通常都覺得這是份好差事，阿爾娃卻似乎沒那麼感興趣。

「音樂當然也適合你。但是我一直以爲你會從事創作，例如寫作。我覺得你寫的短篇故事很棒。不過，你爲什麼沒有從事攝影呢？你不是一直都喜歡攝影嗎？」

她對我這麼有信心令我感動。她是唯一眞心喜歡我所創作的故事和照片的人。

「我也嘗試過當個攝影師，但是始終都不順利。後來我就放棄了。」

「爲什麼？」

「碰壁的次數太多。挫折太多。」

阿爾娃思索著，瞥了我一眼：「你眞的只是因爲這樣而放棄的嗎？」

她總是能夠看穿我。

「不。我只是明白了我之所以……」我搖搖手中的酒杯，讓那兩個冰塊在琥珀色的液體中來回滑動。「算了，沒那麼重要。下次再聊吧。」

我們沉默不語。剛重逢時的興奮此時已然消散，一切都這麼拘謹，這麼勉強。一時之間，我覺得彷彿眞正的我們在很遠的地方，而我們只派了兩個代表到這間酒吧來，他們沒有權限談論眞正重要的事。

「你現在都聽些什麼音樂呢？」最後阿爾娃問道。

在她的請求下，我掏出我的ＭＰ３播放器，挪過去跟她並肩坐在長椅上。我們合用我的耳機，聽了幾支樂團的歌曲。每聽一首歌，她就又放鬆了一些。

「這首很美，」她說，當我播放艾略特．史密斯那首〈在酒吧之間〉（*Between the Bars*）給她聽。她露出燦笑。「我眞的很喜歡。」

當我們並肩坐著聽音樂，有那麼一刻的確又像在寄宿學校時那樣知心。

「妳快樂嗎？」我問她。

她不解地摘下耳機。「什麼？」

「妳快不快樂？」

起初阿爾娃似乎想要避不作答，我也已經在擔心這個問題問得太過直接。但她只聳了聳肩膀。「你呢？」

我也同樣聳聳肩膀。

「那我們意見一致。」她愉快地喊道。

我指指她的卡布奇諾。「我總以為我們重逢的時候會喝個大醉。」

「我們還是可以這麼做啊。」

「喝杜松子酒如何？」

「最好不要。上一次我們喝杜松子酒的時候感覺有點怪，你還記得嗎？你在我面前跳起舞來，而我整個醉了，差一點就要撲到你身上去。」

她隨口說了這番話，然後就專心去看酒單。

兩杯酒下肚後，我們坐得更靠近了。我不知道原因在於酒精還是聽音樂，但我們的最後幾次見面感覺上又恍如昨日，只是這個昨日是在許多年前。我已經錯過了一班火車，並且決定再錯過下一班。雖然此刻我講話已經有點口齒不清，卻終於說出了我想說的話。

阿爾娃也活潑起來。

「你的女人緣如何？」她問。

「喔，妳曉得我的。她們對我投懷送抱，就連稍早到這間酒吧來的路上都有兩個。簡直令人招架不住。」

她搥了我手臂一下。這個晚上我們就一直說著「你還記得嗎？」還有「眞不敢相信我們那時候……」，我們交換了許多小故事，她輕聲告訴我，她還是要一邊聽著錄音帶才能入睡，或是說起她在俄國的那些年，說起小販在莫斯科地鐵上從一節車廂走到另一節車廂，向通勤乘客兜售情趣用品或是盜版光碟和書籍（「那些書總是缺了重要的幾頁，但是非常便宜」），我則說起馬諦的婚禮，說起我哥和新娘跳舞時活像個校準不良的機器人，但是在婚宴上致詞時有一半是用克羅埃西亞語說的，說得字正腔圓。外面天色已黑，當我們說到偶爾來襲的寂寞（我說：「老是孤單一人眞是要命。」阿爾娃說：「的確，但是不加選擇地隨便和別人在一起並不是寂寞的解藥。寂寞的解藥是安全感。」我一邊向服務生招手，一邊說：「讓我們爲了這個乾一杯！」）而那整段時間裡，我都無法不去凝視阿爾娃有如黑色電影女主角的美麗臉龐，還有那雙閃閃發亮的淺綠色大眼睛。再喝了一杯，我們就陷入醺醺然的醉意，出乎我自己意料地，我說：「我巴不得辭掉工作，搬離柏林，就只**寫作**。」

忽然之間，我彷彿重新找到了內心的聲音，而我終於承認我想念阿爾娃，承認這些年來我忍不住一再想起她，而她緊貼著我耳邊說：「我也想念你。」我的後頸癢癢的，我享受我們之間這種絲絨般柔軟的觸電感，也注意到我們的腿互相碰觸，而我不斷自問她是否也察覺了？她是否注意到她在說話時靠我愈來愈近，乃至於她的髮絲搔癢了我的臉，而我能夠聞到她身上的香水？甚至她是否是**故意**這麼做？這時我幾乎想對她說：當年我太晚才明白我愛她。可是她正說起她在紐西蘭實習的事，而我連倒數第二班火車也錯過了，看著阿爾娃一邊說話一邊打手勢的雙手，看著她大笑時露出的牙齒，這天晚上她常常大笑，如今她接受了自己略微歪斜的門牙，不再用手遮住嘴巴。

「爲什麼吃披薩對你來說是在克服精神創傷？」她問。

「喔，是因爲住校的關係，」我回答。「那時候晚餐的份量經常不夠，就算夠，也多半很難吃。我們的零用錢其實負擔不起晚餐後再叫個披薩來吃，但是偶爾會有人叫。

於是半小時後，送披薩的白色汽車就會駛進宿舍的院子。等叫披薩的人付了錢，接過那個香噴噴的披薩，不知道有多少雙眼睛在窗邊盯著他。等他一走進宿舍，我們就全都朝他衝過去。**拜託，只要一片就好，我每次也都有分你一片**。或是：**下一次我叫披薩的時候會分你四分之一，我向你保證。只要給我一塊就好**。你必須分給別人一些，通常要分掉半個披薩，因爲下一次你就得仰賴別人的慷慨。所以你永遠吃不飽。我體內有一種始終滿足不了的飢餓，那是持續了九年的飢腸轆轆，如今不管我吃多少披薩，永遠都還是不夠。」

阿爾娃抿了一口酒。「這讓我想到你那封信。」她露出一抹打趣的眼神。「你眞的想要有小孩嗎？」

我點點頭。「我想要比我爸爸做得更好。」儘管心情放鬆，我的聲音還是開始顫抖。「不，我想要比他們兩個都做得更好。我想要活下去，並且**永遠**都陪在孩子身邊。看著他們去上學，看著他們進入青春期，看著他們戀愛，看著他們長大成人。我想要一路看著他們做這些事，我想知道當孩子不必獨自經歷這一切會是什麼情況。」

阿爾娃頓時嚴肅起來。「我常常在想，你和哥哥姊姊住進寄宿學校的時候，你究竟是什麼心情？一下子失去所有的老朋友，失去了家，失去了一切。尤其是第一次搭車去寄宿學校的那趟路，一定很不好受。」

我想了想。「老實說，我不記得了。」

「可是別的事你幾乎都不會忘記。」她指指尼克・德雷克那張唱片。「你連這個都還記得……你一定還記得的。」

「我對這件事已經不感興趣了。我們就那樣住進了宿舍，至於我們是怎麼去到那裡的……我想不起來了。」

阿爾娃感到失望。「我進那所學校只比你早幾個月，當時我們剛搬家。總之，第一天去上學之前我差點吐了。那一天的每一分每一秒我都還記得。」

這對我而言是件新聞，我還以為她一直都在那所學校上學。當年我們實在很少把眞正重要的事告訴對方。

我又思索了一下，但是我的記憶喚不出我第一次搭車到寄宿學校的情景，頂多有些轉眼就又消失的零碎影像。我徹底走遍了昔日的風景，那些地方卻消失了。

我們看著彼此，感覺已經訴盡了一切，除了那些我們下定決心不想透露的事。

「妳為什麼沒在工作？」我又問了一次。

阿爾娃猶豫著，把頭髮往後撥。直到此刻我才看見她脖子上有兩道細細的疤痕，就在她的左耳下方，像兩條長長的線。我想用手指順著那條線撫摸，但及時忍住了。

「這是怎麼回事？」

她受驚地看著我，立刻又讓頭髮垂下來蓋住了耳朵。她不安地喝乾了酒，眼神中又有了一絲黯然，幾近失魂落魄，這是她今晚頭一次露出那神情。

「我不想談這個。」她小聲地說。從她把酒杯擱在桌上的方式，從這聲輕輕的叮咚，我看出這個夜晚的魔力已經消失，看出時光不再為我們倒流，而是再度向前流動。

阿爾娃看看錶。「你說你的火車是幾點？」

隔天早上我必須參加一場會議。她送我到火車站，在計程車裡我們一句話也沒說。一切都發生得這麼快，我甚至還來不及問她是否想要小孩，還有她爲什麼忽然顯得這麼緊張。

我們已經站在月台上了。「妳不想找個時間去柏林看看我嗎？」

起初阿爾娃似乎很高興，但臉上隨即出現一種保持距離的表情。

「我不知道你是否聽說了，但是我已經結婚了。」

我一時無法呼吸，看著我的雙手，眼前的一切都慢了下來。直到此刻，我才明白我從來沒打算搭上這最後一班夜車，明白我根本不想回去。

當我再次看向阿爾娃，她從包包裡翻出了一件東西。

「對了，我也有件禮物要給你，只是不知道該在什麼時候拿出來。這是我和我先生合送的。」

那一小包東西是一本書的形狀。我把它拿在手中，卻沒有打開。然後我就只擁抱了她。阿爾娃的雙手摟住了我的背，而我忽然意識到這麼多年來我是多麼飢渴。她沒有鬆開我，或是我沒有鬆開她。我想我們有整整一分鐘的時間一動也不動地站著，在月台上緊緊擁抱著對方，而我漸漸明白，過了今晚我們將不會再相見。因爲我和她在一起的時光注定屬於過去，也因爲這令我無法忍受。

當我登上火車，我努力不讓她看見我的臉。我把風衣和她的禮物扔在一個座位上，鎮定一下心情，打量著其他乘客，他們在跟彼此閒聊，或是把報紙和筆電攤開在面前。

在列車長的最後一聲哨音快要響起之前，我再次走向她，感覺到她的手按在我手臂上。

「保重，竺爾。」

我點點頭。「妳也一樣。」

車門關閉。隔著刮痕累累的車窗我看見她在向我揮手。火車已經開動，當我走回座位，火車站已從旁掠過。

我想著隔天的會議，還有我該草擬一份給樂手的合約，然後又想到阿爾娃站在月台上的樣子。我忽然感到一陣心痛，閉上了眼睛。那是夜晚，而我穿過麥浪起伏的麥田，跑進黑暗中。愈跑愈輕盈，忽然飛了起來。我感覺到風，張開雙臂，飛得愈來愈快。下方是森林，上方是空無。我被風吹得在空中翻滾，然後我飛走了，愈飛愈遠，彷彿飛向家園。

時光飛逝

（二〇〇五—二〇〇六）

我沒有拆開阿爾娃的禮物。在那次碰面之後，多年來我心中默默懷著的希望破滅了。從此，我對我的命運就淡然處之，在那之後是一段沒有意義的時光，就像揉皺的紙張一樣可以丟棄。

又過了兩年半，我才又有了她的消息。這時我已經和諾拉交往了一段時間。她是我以前的同事，來自布里斯托，跟我一樣患有疑病症，如果電視上報導起惡疾重症，我們兩個都會馬上轉台。我在寄宿學校度過少年時期這件事並不令她驚訝，她說：「我第一次看到你在吃飯時那樣狼吞虎嚥，我心裡就想：要不是坐過牢，就是待過寄宿學校。」諾拉剛回英國去實習三個月，回去之前她曾有幾次暗示她愛上了我。雖然我並未以相同的程度愛上她，但是我不再覺得這有那麼重要。

我在唱片公司升任爲藝人經紀部門的主管，常旅行歐洲各地，去看那些在試唱帶中展現出潛力的樂團。這份工作是件美差，有些更年輕的同事對我的晉升頗有微詞。爲什麼派竺爾去做這些事？他們質問，並且聲稱我太落伍、太缺少熱情。但是我的主管替我撐腰，而我所簽下的樂團也的確獲得成功。我從不挑選那些單純只是很有天分的藝人，因爲這種藝人多得出奇。我找的是的那些**渴望成功**的樂團和歌手。要比當年身爲攝影師的我更渴望成功。我深信一個人可以強迫自己當個有創造力的人，深信想像力是可以訓練的，但決心卻無法訓練。決心才是眞正的天分。如今我很確定，當年讓那些比我年輕的同事最受不了的就是這種想法。

麗茲和東尼如今成了好朋友。姊姊常和他一起去逛跳蚤市場，去觀賞他的魔術表演，或是讓他騎機車載她。只有一個話題他們從來不談。

「你們之間現在是不是有點進展？」有一次我問她。

「別胡說。東尼的個子太矮了。」

「可是他就只比妳矮了幾公分，難道這永遠是個缺點嗎？妳就這麼膚淺嗎？」

姊姊看著我，彷彿我啥都不懂。「總之我們之間沒有什麼，他就只是照顧我罷了。」

我知道曾經有一個夜晚，麗茲服用了某種她的身體承受不了的東西。「一椿小風波。」她這樣說。當時她聯絡不到我，於是在絕望中打了電話給東尼，他立刻就過去看她，在她床邊的椅子上坐了一整夜。

「在某個時候我告訴她我愛她，一直都愛著她，」後來東尼對我說。「而你姊說她早就知道。然後我說我並不指望什麼，只是想把話講明了。」他大笑。「我說只要將來可以讓我稍微照顧她一下，對我來說就夠了。而你知道嗎？」東尼看著我。「這對我來說眞的就夠了。當然，我也希望能更進一步，但是目前這樣也很好。」

「等她幾個月後交了新男友，我可以引用你這番話嗎？」

「最好不要。」

如今麗茲是文理中學的正式教師。有一次吃晚飯時，她向我說起有個學生偷偷寫情書給她。「他屬於班上最差勁的幾個學生，」她說。「他每次都把『感』這個字寫錯，總是少了一撇。很可愛吧？」姊姊露出稚氣的羞澀笑容。

這個笑容讓我想起遺忘已久的一幕。

我不禁想起阿爾娃，還有在慕尼黑和她碰面那一次。起初我以爲是我多愁善感的老毛病又犯了，但隨即看出在我腦中浮現的並非阿爾娃本人，而是對她當時所問的一個問題的回答：當我們三姊弟在爸媽死後第一次前往寄宿學校時，我們是什麼心情。

就像一張逐漸顯影的拍立得照片，那個畫面從白色的空無中緩緩顯現出來。

二十多年前，在時光的隧道中，我坐在汽車後座，哥哥坐在我旁邊。海蓮娜阿姨坐在駕駛座，麗茲坐在她旁邊。想到要住校，一路上我的心情都很鬱悶。我一再想起爸媽的葬禮，想起埋入他們骨灰罈的那兩個小洞。

光禿禿的冬日景色從車窗外掠過，最後一線日光消逝了。就在這片陰沉的氣氛中，姊姊興奮地說起我們的新家。

「我打賭他們那裡要穿制服，」她說。「女生穿襯衫和裙子，男生穿西裝打領帶。」

「我不喜歡穿西裝，」馬諦答道。「也不喜歡打領帶。」

「而且學生餐廳一定很大很大，」麗茲繼續說。「肯定也有一座游泳池，還有網球場，說不定還可以打板球呢。」

「我不喜歡板球。」馬諦說。這幾週以來，他每兩句話就有一句是「我不喜歡……」開頭。「妳怎麼會想到板球？」他問。「明明就只有英國人或印度人才打板球。」

可是麗茲早已越扯越遠，向我們描述起富麗堂皇的大寢室和設備齊全的共用廚房。

當時我感到不解，如今，在二十多年後，我明白了她當時就只是感到害怕。她最後一次在一張餐巾紙上寫下她的名字。**麗茲，麗茲，麗茲**。

頭幾個指示著通往寄宿學校的路標出現了。我想像接下來這幾天，那裡的學生會怎麼接納我，胃裡不由得一緊。

「一定會很棒的，」姊姊又說。「你們覺得呢？」

「不！」馬諦擦拭他的眼鏡，憂心忡忡地看了我一眼。

阿姨也試著給我們打氣，是她替我們挑選了這所寄宿學校。「我小時候一直想去住校，但是家裡從來不讓我去。一定會很棒的。」

「沒錯，一定**很棒**，」麗茲瘋瘋癲癲地說。「我們就快到了。我都等不及了。」

等我們抵達，在黑暗中看見那老舊簡陋的宿舍建築，只有少數幾扇窗戶還亮著燈，這時就連姊姊也沉默了。

我從車裡看見寄宿學校的校長和阿姨交談，看見哥哥姊姊把他們的行李使勁從後車廂裡抬出來，躊躇地站在停車場上。我也下了車，提起我的行李箱，想走到他們身邊，可是校長說我所屬的五、六年級生住在另外一棟專用建築。我尚未明白我將和哥哥姊姊分開，就看見馬諦和麗茲背起了行囊，短暫道別之後，他們就走進那兩棟建築當中較大的一棟。在門口，姊姊還看了我最後一眼，那道眼神已然預示出日後將會發生的一切。她還勉強露出微笑，一種稚氣的羞澀笑容，然後她就走了，直到多年之後才又回來。

★

二〇〇五年深秋，我在巴伐利亞聽了一場演唱會之後去看我哥。連同艾蓮娜和她的外甥及外甥女，我們去了啤酒節的遊樂場。午後的太陽把金色的陽光灑在旋轉木馬和小吃攤上，到處都是震耳欲聾的音樂和嘈雜的人聲，烤杏仁的香味在四周瀰漫。馬諦跟我說起不久後大家就只會讀電子書了。

「太爛了，」我說，「現實以這種方式被掏空。書籍、唱片和底片被拋棄，被數位化，成為一個你無法進入的世界。未來的小孩將只能坐在空蕩蕩的白色房間裡。」

「白牆孩童，」我哥插嘴說，「作為樂團名稱還挺不賴。」

我皺起眉頭。「以前必須要等待一張底片被沖洗出來。但我們喜愛的不僅是那些照片，也喜歡終於把照片拿到手的那份期待。」

「是的，老爺爺。」馬諦隱約露出笑意。「誰也無法讓時光倒流。」

我把手一揮，不予置評。可是這番談話令我心裡不舒服，就像手指上一道小小的割傷，你過了一陣子才察覺。是「誰也無法讓時光倒流」那句話令我久久無法釋懷。

「沒事吧？」馬諦碰了碰我。「你看起來好像心事重重。」

「沒事。」

「我不知道，」他說。「你就快要三十三歲了，有時候我會擔心你就這樣虛度了時光。最近你跟我說過你討厭你的工作。」

「我說的是我大概不會永遠做下去。那又怎麼樣？一切都很好。拜託別老是替我擔心。」

也許我在說這幾句話時提高了嗓門。

「拜託，笠爾，我可不是想跟你吵架。我只是不希望有一天你一覺醒來，發現自己年近半百，而你的機會已經錯過了。你始終還是在夢想著另一種人生。」

馬諦抓住我的肩膀。「你必須要忘了過去。你知道有多少人比我們更不幸嗎？你的童年和爸媽的死都不是你的錯，可是任由這些事來影響你卻是你的錯。只有你要對你自己和你的人生負責。如果你做的一直是同樣的事，得到的也只會是同樣的結果。」

我沉默不語，獨自度過我們還待在遊樂場上的那幾分鐘。然後我發現了那個「大鎚重擊」遊戲機。這時一股情緒襲來，我不假思索地付了錢，抓起那把榔頭，使出全力對準那個標記猛搥下去。那個金屬球彈了起來，卻只達到百分之八十的高度。

於是我卯足了勁，加上所有鬱積的憤怒和沮喪，又再搥了一次。這一次那個金屬球只達到百分之六十五。

從機器裡傳出一個嗓音尖細的小丑聲音嘲笑我。「就只有這點能耐嗎？」

我又再搥了一下。百分之七十。

「就只有這樣？」那個刺耳的機器聲音問，然後沙啞地笑了。

於是我一而再、再而三地舉起榔頭，往那個小小的黑色記號搥下，但是我的全部力氣還是不夠，就是不夠，那顆球始終沒有碰到頂端。

這天晚上我拆開了阿爾娃的禮物。

★

那是一本白色的平裝書。A·N·羅曼諾夫的短篇小說集《轉念》。就像我送她的尼克·德雷克唱片，這是一件懷舊的禮物，羅曼諾夫屬於我們學生時代最喜歡的作家。

我先讀了阿爾娃的贈言，只有三言兩語。她的丈夫顯然也寫了幾句話。

親愛的竺爾，

內子對你只有稱讚。

祝你閱讀愉快。

亞歷山大·尼可萊·羅曼諾夫

我把這幾行字讀了又讀。這有可能是眞的嗎？我想起在寄宿學校時，阿爾娃醉心地向我說起羅曼諾夫的短篇小說，想起她朗誦書中的一段給我聽時，那種肅然起敬的語氣。爲什麼上次見面時她沒有告訴我她和他結了婚？她是不希望我感到自慚形穢嗎？因爲我遠遠比不上他？

我騎著偉士牌機車去到鄉間。夜色將近的黃昏時分，周圍景色增添了些許神祕誘人。那光線彷彿來自另一個世界。只在遠處還能依稀聽見城市的擾攘，而隻身在此，我才痛悔自己沒有善用時間。趕公車時分秒必爭，卻浪費了許多年的歲月，因爲我沒有去做我想做的事。

當夜我就寫了一封語氣詼諧的電郵給阿爾娃和她先生，說我終於讀了這本書，只不過延遲了幾年，說我很高興收到這件禮物和那兩段有點出人意料的贈言。不同於上一次，阿爾娃馬上回了信。她在信末寫道：

如果你有機會來拜訪我們，我和我先生會非常高興。如今我們住在琉森附近的一座小木屋，隨時歡迎你來。

希望我們很快就能再見，

阿爾娃

她的迅速回信和多次表達的邀請使我心情激動。我又像十五歲、三十歲時那樣懷抱著希望。另一方面，我又覺得我終究必須結束這段故事，如果我不想一輩子追著一個幻影。巧的是沒多久後諾拉打電話來，說她期待著在她回來之後與我相見，說她替我準備了一份驚喜。「等著吧，」她只說，「你會喜歡的。」在那通電話之後，我不禁想到諾拉多麼喜歡和我一起去跳舞，想到她每次都從英國帶回我愛吃的司康餅，想起她美麗的臉龐連同嘴唇上方那顆小小的美人痣，她開玩笑地替它取名爲「西蒙」。我再度意識到我喜歡她，意識到過去這幾個月我想念她，意識到她是眞實的，是一個在乎我的人。

我和東尼談過之後做出了決定。他的公寓位在奧拉寧堡大街附近，客廳裡擺著一張巨大的撞球檯，走道上掛著威爾·史岱西[1]的攝影作品和馬克·羅斯科[2]的畫作海報，書房裡擺滿工具箱、燈光道具、研磨機、電焊棒和他變魔術所需要的其他道具。東尼的最新把戲是在舞台上使一道綠色的雷射光束彎曲或打結，伸手穿過這道光束，再以匪夷所思的方式把一個掛衣鉤掛在那道光束上，這個掛衣鉤就只靠那道綠色光束支撐，宛如飄浮在半空中。

我們打了撞球，每次我來找他時都會打。當年我們還在寄宿學校時就常打，幾乎每個週末都和我哥一起待在「頭彩酒館」。馬諦曾是學校裡數一數二的撞球高手，就像一部B級片裡的人物，拿著撞球桿，一頭油膩的長髮，蓄著山羊鬍，穿著黑色皮夾克。我們從來都不是他的對手。

「她有了個男朋友，」打球時東尼說。「挺好的一個人。」

「現在怎麼辦？」

他茫然地打量著那些球，然後瞄準了那顆黃球。「我不知道。我想我喜歡你姊姊，而且我也愛上了她。喜歡她的那個我替她高興有了這個男朋友，愛上她的那個我則想把他撕成碎片。」

他那一桿打歪了。「我知道你已經納悶很久了，納悶我爲什麼始終沒放棄跟你姊在一起的念頭，」他說。「爲什麼我不乾脆減少聯絡的次數，隨便找個別的女人一起過日子，這樣的人生也挺不賴。在那個人生中，我會偶爾站在那兒想著：可惜沒能和麗茲在一起，但是現在這樣挺好的，反正也強求不來。」他搖搖頭說：「但是我做不到。」

「我知道。」

「那永遠不會成功，也許半年後我的說法會改變，開始自欺欺人，但至少現在我是誠實的。」他擱下撞球桿。「我的意思是，如果一個人一輩子都往錯誤的方向跑，到頭來有可能會跑上正確的路嗎？」

★

一月裡的一天，灰黑的黯淡暮色斜斜照進火車車廂，雲朵邊緣有了金屬般的光澤。火車放慢了速度，緩緩滑行，然後停住。阿爾娃在琉森車站的月台上等我。她在我臉頰

譯注

十一 威爾・史岱西（Will Steacy, 1980-），美國當代攝影師兼作家。

十二 馬克・羅斯科（Mark Rothko, 1903-1970），猶太裔美國畫家，生於帝俄時代的拉脫維亞，畫風被歸為抽象表現主義。

上親了三下，接著帶我走到她的車旁，她先生在那裡等我。

「我不敢相信你眞的來了。」她一邊走一邊說，一句話就道出了我的心聲。

羅曼諾夫已經六十七歲，但是看起來至少要年輕十歲。

「我是亞歷山大，」他說，同時伸手與我相握。「很高興認識你。」

他講話幾乎沒有口音。羅曼諾夫身材頎長，一頭灰白鬈髮，儀表出眾，這天晚上他還講究地穿著西裝和襯衫，襯衫最上面幾顆鈕釦沒有扣上。他的臉稜角分明，像是鑿出來的，嘴角帶著一點淘氣，此外則流露出一種老派的陽剛氣質；他年輕時想必不會怯於打鬥，也不會被漏水的水管給難倒。

阿爾娃不喊她先生亞歷山大，而喊他沙夏，這是俄文裡對亞歷山大的暱稱。當她開車載著我們前往山上的小木屋，羅曼諾夫向我介紹這一帶。聽見他洪亮的聲音令我心情激動，畢竟我曾讀過他筆下那麼多私密的念頭。羅曼諾夫在二十出頭時就嶄露頭角，是個知識分子型的紈褲子弟，他的長篇和中篇小說被翻譯成三十種文字。不過今非昔比，如今他的盛名只存在於網路上。我在網路上找到了有關他第一次婚姻的報導，另外還找到了好幾張黑白照片，有些是與他同時代的知名藝術家的合照，有些則是他寂寞地在倫敦康登區一家夜店門口抽菸。

阿爾娃和他已不住在琉森，而是從兩年前就搬到一個名叫艾根塔爾的小山村，位在皮拉圖斯山的山腳。那是個鄉村地區，除了少數農民和當地人之外，幾乎沒有人住在這山上。大多數的度假小屋看來都沒有住人。黃色郵車帶有旋律的喇叭聲從遠處傳來。

我們抵達一片占地很廣的地產，由一道腐朽的木籬笆圍住。木屋本身是座堂皇的建築，地基是石砌的，覆蓋著木瓦屋頂的最上層則是木造的。屋後有一座庭園和一片草地，覆蓋著一層薄冰。一個與世隔絕的地方，似乎從未與世界有所連結。我把我的東西放進客房，思索了片刻我究竟來這兒幹麼。

晚餐是烤乳酪、馬鈴薯和白酒。抽屜櫃上的留聲機播放著爵士樂。

「*Time Further Out*，」我說。「這是你們吃晚餐時聽的音樂嗎？」

羅曼諾夫很高興。「偶爾。你喜歡嗎？」

「我母親很愛聽布魯貝克[一]。」

「我在舊金山聽過他的現場演唱。他很平易近人，在一場表演結束後，我們去了同一家酒吧，聊了好幾個鐘頭。」

阿爾娃瞥了我一眼。「你要知道，一整個六〇年代沙夏都對他緊追不捨，一場演唱會接著一場演唱會追著去聽。後來布魯貝克出於同情就和他聊了五分鐘。」

羅曼諾夫把手擱在她手上。「我已經想不出什麼辦法能讓她佩服我了。我端出戴夫．布魯貝克，她卻還想要更多。」

譯注

[一] 戴夫．布魯貝克（Dave Brubeck, 1920-2012），美國知名爵士鋼琴家兼作曲家，曾組成知名的「布魯貝克四重奏」爵士樂團。

阿爾娃愉快地撫摸他的手背。看著他們交換親密的眼神，我感到心痛。看見她欣賞他那副姿態，他那意味深長的笑容，彷彿只有他察覺了某件好笑的事，卻又隱而不宣。我想像著她和他必定是共度了幸福的歲月，想像著她起初也許還拒人於千里之外，後來則在他身旁漸漸融化。從前她常把羅曼諾夫寫的書借給我看。書中有幾處畫了線，那些段落談的是他父親的死，或是談起那份蝕心的恐懼，自覺沒有能力得到幸福。而我看得出來，即便是如今，她仍然崇拜著他。

「在來這兒的路上，我把你那篇〈不屈之心〉又讀了一次，」我說。「除了海明威那篇〈吉力馬札羅的雪〉之外，這是我讀過最好的短篇小說。」

「謝謝，但是這篇小說有點被高估了。」羅曼諾夫替他的乳酪灑上胡椒。「要知道，我寫的時候才二十歲，距離現在已經超過……已經很久了。這篇故事庸俗、不夠嚴謹，而且充滿錯誤。」

「那故事感動了我。」

羅曼諾夫看向阿爾娃。「妳付了他多少錢讓他這樣說？」

「我們的帳戶已經空了。」

他像在火車站時那樣和我握手。「竺爾，謝謝你的美言。」

飯後我們在客廳坐下。我們全都喝了太多葡萄酒，羅曼諾夫的臉頰泛紅。他情緒很好，向我們說起他對自己的靈魂是什麼樣子有著明確的想像。「它的直徑大約是二十五公分，飄浮在胸部的高度，」他說。「它閃爍出銀灰色的光亮，如果伸手去摸，感覺就像是撫摸著最細緻的絲絨，然後就穿過它，像是穿過空氣。」

之後他說起他與納博科夫[1]的友誼和一趟中國之旅。「我當時跟你現在的年紀相當，每天晚上都和朋友一起待在澳門一家地下賭場。」羅曼諾夫把酒杯擱在桌上，以便用兩隻手來打手勢。「那裡籠罩著一股犯罪的氣氛，提供的服務再明確不過，和女人調情，和黑道人物還有可疑的生意人聊天。第一個晚上，我那些朋友想去玩吃角子老虎，我則想去賭輪盤。於是我們約好午夜零時整在兌幣櫃檯碰面。也許是新手運氣好吧，我在接下來那幾個小時贏了兩千美元，這對當年的我來說，是筆難以想像的數目。午夜零時，我準時到約好的碰面地點等待，可是我的朋友還沒有到。」羅曼諾夫喝了一口酒。「等待時，我注意到有一張賭桌已經不可思議地接連二十三次開出紅色。這是個理想的下注時機，我心想，於是走過去押了一百美元在黑色上。這不會有風險。但這次又開出了紅色。我又押了一百美元在黑色上，然而第二十五次又開出了紅色。爲了回本，我押了兩百美元在黑色。開出的又是紅色。這下子我得要押四百美元才行，但還是沒贏。再押八百美元。還是紅色。這時我的朋友來了。我借了錢，押了兩千美元在黑色。兩千！可

譯注

1 納博科夫（Vladimir Nabokov, 1899-1977），二十世紀著名俄裔作家，出身貴族之家，蘇維埃革命後流亡海外，用俄文及英文寫作，也致力於將俄國文學譯成英文，小說《羅莉塔》（*Lolita*）為其代表作。

是又開出了第二十九次紅色。當我垂頭喪氣地走出賭場，我聽見賭檯管理員在我背後喊出了：黑色。」

這則軼事其實不算精采，但是羅曼諾夫敘述時把時間拿捏得恰到好處，說到笑點上時，我們都忍不住笑了。

他從一個銀盒裡取出一根香菸。「我的睡前香菸。你也來一根嗎？」

我婉謝了，佩服地看著他津津有味地吐煙，讓那煙裊裊升上天花板，他多麼懂得享受這種單純的快樂。「聽阿爾娃說，你們從小就認識了。」

「沒錯。」

「後來為什麼失去了聯絡呢？」

「因為……」我看了阿爾娃一眼，可是她低著頭。多年來刻意遺忘的一幕在我腦中浮現：一間冷冷清清、布置得索然無味的屋子。想起我當時跑上樓，想起看見阿爾娃的裸體令我暗中感到興奮，但我們的友誼就在那一刻分崩離析。後來我常常納悶：是她母親故意要我上樓的嗎？

羅曼諾夫先是打量著我，然後看向阿爾娃，眼神裡忽然有了一絲憂傷。

他站起來，走向我。我們的個子一樣高。「你還年輕，竺爾。記住這一點。你還有時間。」他刻意強調「時間」這兩個字的口氣令人玩味。他又吸了一口菸，就把香菸在菸灰缸裡按熄了。「很高興你來作客。你想在這裡待多久就待多久，你會發現在這山上睡得特別好。」他親吻了阿爾娃，然後就踩著從容不迫的腳步上樓了。

等他走了，我往沙發上一倒，替自己再斟了杯芬丹葡萄酒。「妳是他的粉絲嗎？」我半開玩笑地問。「還是他的繆斯？」

「可能兩者皆是吧，」她說。「順帶一提，沙夏已經很久沒說這麼多話了。我認爲他是想要讓你印象深刻。他走路時甚至沒有拿枴杖，平常他從不會這麼做。」

「我喜歡他。妳是怎麼認識他的？」

阿爾娃盤腿坐在一個矮櫃上。「那是十年前，在聖彼得堡的一場研討會上，我以大學生身分在會上擔任翻譯。當時他五十多歲，看起來像個演員，但是也有一點像喬治．蓋希文[1]。他特別引起我的注意是因爲他說得一口漂亮的德語，而且那些女性簡直就是對他投懷送抱，我還從來沒見過這種場面。他侃侃而談，同時一再朝我看過來。我也說不上來，他那種滿不在乎的神情……吸引了我。」

「妳爸媽的反應呢？他們會來這兒看妳嗎？」

「我爸爸一年會來看我幾次。我和我媽已經斷了聯絡，自從我中學畢業之後，我們就沒有再說過話。」

外面很安靜，最近的鄰居也住得很遠，隱藏在一堵墨色的暴風雲後面。我看著阿爾

譯注

1 喬治．蓋希文（George Gershwin, 1898-1937），二十世紀美國知名作曲家，擅長結合古典音樂與爵士樂，代表作品包括〈藍色狂想曲〉（Rhapsody in Blue）、歌劇《波吉與貝絲》（*Porgy and Bess*）。

娃，這幾年來她幾乎沒有變老。她戴著眼鏡，一頭紅髮高高挽起，脖子上是那兩道象牙色的疤痕。

她把頭向後仰。「你知道嗎，我想要對你坦誠。我愛沙夏……」她忽然顯得抑鬱，「可是你別被今天晚上給騙了。他已經好幾個月沒有離開這座木屋了，而且最近他變得有點……**健忘**。」

從樓上傳來水龍頭打開的流水聲，接著又響起了腳步聲。

「以前我們經常出門。去旅行，去參加作品朗誦會和研討會，他在世界各地都有很多朋友。但最重要的是他以前充滿活力，充滿好奇。在我認識他之前，我一直以為他是個憂鬱的人，因為他寫了那麼多悲傷的故事。但是他其實散發出一種天真的樂觀，那種樂觀具有傳染力。這是我最愛他的地方。」

阿爾娃又替我們把酒斟滿。「兩年前，沙夏生了一場重病。病雖然是暫時好了，可是這場病改變了他。彷彿他的魔力消失了，彷彿他忽然變成了一個普通的老人，有著老人常有的恐懼和怪脾氣。他就只待在樓上寫作，一心想把他的書寫完。最近他跟我說他能感覺到大限將至。**死亡就在這屋裡**，他說，**妳也感覺到了嗎**？我擁抱了他，不可思議的是，我也感覺到了。」

她露出愁苦的表情，停頓了一會兒，然後打起精神來對我說：「對了，他知道你也寫作。」

「可是我根本沒在寫呀，阿爾娃，我還要說幾次。都那麼多年前的事了。」

「也許你沒有寫在紙上，但是你寫在腦子裡，」她輕聲地說，碰了碰我的手臂。

「你一向都這麼做。你是個記憶者和保存者，而且你自己也知道。」

★

遠處的皮拉圖斯峰浸浴在朝霞裡。一條小溪水聲潺潺。做個深呼吸，空氣清新。一大早我出去慢跑，沿著河流，經過農舍和森林。一個小時後，我汗流浹背、氣喘吁吁地回到木屋。令我訝異的是，羅曼諾夫在門口的台階上等我。

「原來你是個運動員，」他說。「我太太喜歡運動員，不過我想你本來就知道。」

「你太太最喜歡的是作家。」

他抓住我的衣袖。「竺爾，你來一下。」

羅曼諾夫帶我到樓上他的書房。空氣中有股溫暖乾燥的灰塵味。一張大書桌上擺著一部奧利維蒂打字機，一張小桌擺在角落，一架鋼琴，還有幾頁四處散放的稿子和一個木雕的耶穌受難像，這就是書房裡全部的東西了。

「我的心智需要空間，」羅曼諾夫說。「從前我這兒還擺了兩個書架，結果我就都在看書，沒有寫作，所以只好又把書架移走。我必須要工作。時光飛逝啊。」

這句「時光飛逝啊」似乎是他的口頭禪，他一再重複地說。有一次，他說他小時候寫過一首詩，〈時間啊你飛走了〉，可是在搬家時搞丟了。這個標題源自舒伯特的一齣歌劇，只略加更動，舒伯特是他最喜歡的作曲家。他小時候寫的這首詩的頭幾行是：

時間啊，你飛走了，
帶我一起走吧。

我指指那架鋼琴。「你會彈嗎？」

「會一點。」

羅曼諾夫開始彈起蕭士塔高維奇《幻想舞曲》中的一首。他的手指似乎自己知道該做什麼，毫不費力地找到正確的琴鍵。「當年我被音樂學院拒於門外，」他說，「但是我始終還有我的奧利維蒂打字機。因此可以說，我這一輩子都在敲打鍵盤，只是優雅的程度不同。」

等他彈完那首曲子，便闔上琴蓋，似乎有什麼心事。最後他指指角落那張桌子。「如果你想，你可以在這裡工作或寫作。」

「謝謝，但是我不想打擾你。」

「你不會打擾我，正好相反。從前我一向喜歡在圖書館寫作，看見別人在工作能夠鼓舞我自己。起初阿爾娃常坐在我身邊，但是她的好奇心太重，弄得我心緒不寧。」他看著我。「所以，你意下如何呢？我會很高興有人作伴。」

他的語氣像是隨口說說，但我感覺到那是個請求，於是午餐過後，我就和他一起坐在書房裡了。羅曼諾夫的書桌擺在窗前，我的擺在牆邊；他看見的是瑞士的山間風景，我看見的是木頭梁柱；他坐的是有輪子的皮椅，我坐的則是塑膠折疊椅。一個階級分明的社會。

一開始我還在替唱片公司校閱一篇報告，但我很難專心。最後我把那個文件檔關閉，信手寫了起來。坐在我曾經崇拜過的作家旁邊感覺很荒謬，但也激發了我的寫作動力。我的想像力就像一座廢棄的礦坑，現在我搭著台車下到坑裡，赫然發現下面還有那麼多東西可以開採。我馬上就想出了好幾個點子和寫作大綱，它們想必已在我腦中沉睡多年了。

羅曼諾夫盯著我瞧。

「什麼事？」我問。

「你寫得這麼快，一個勁地敲打那些字母。**咑咑咑，咑咑咑。**」

我朝他的奧利維蒂打字機看了一眼：夾在打字機上的那張白紙上只有寥寥幾行字。他戴著眼鏡，由於絞盡腦汁而噘起了嘴唇。

「你在寫些什麼呢？」

「關於回憶。是一部小說，由五個短篇故事構成。五個故事互有關連，基本上是關於回憶如何界定我們、左右我們。這……」羅曼諾夫思索著，然後喘了口粗氣，「這一切都**糟糕透頂**。」他站起來。「糟到讓我恨不得將打字機扔出窗外。我上一次發表作品已經是六年前了，我把這本書的出版日期一延再延。」

羅曼諾夫在書房裡走來走去，撐著一根手杖，類似的手杖在角落的一個籃子裡有好幾根，幾年前他在一次健行時出了意外，在那之後走路就得依賴手杖。他敲敲自己的前額。「這裡面空空如也了，就像一間被吃得一乾二淨的食物儲藏室。一切都已經寫成了書，揉成了紙團，說出了口。我……」

一句話說到一半，他似乎就忘了他原本想說什麼，突兀地轉過身去。直到此刻，我才聽見時鐘的滴答聲，那時鐘掛在角落的牆上。

「竺爾，我在你這個年紀的時候，也寫得又快又多。**叻叻叻，叻叻叻，**」他又模仿起打字的聲音。「那時我是多麼無憂無慮，以爲會一直這樣繼續下去，可是這種情況愈來愈少。我必須認命，但是我做不到。只要你還認爲〈不屈之心〉就是我最好的作品，我就不能停筆。那篇故事是我二十歲時寫的，只是順手拈來之作。」

他停頓了一下。接著，恐怖的事發生了：他逕自轉變了話題，把發生在那間地下賭場的故事一字不漏地又講了一遍。

★

和阿爾娃在一起的頭幾天，感覺就像在一趟長程旅行之後回到家裡。對我來說，我們年少時的分分秒秒遠比在那之後的一切更有意義。當年和她的每一番談話，每一道眼神，乃至每一次失望，都像一根根石柱聳立在我的記憶中。而如今，我又回到了源頭。

當我們坐在廚房裡，喝著葡萄酒，嘻笑胡鬧，當我們默默步行穿過樹林，當她不熟練地在鋼琴上彈些曲子給我聽，而我向她說起我哥哥姊姊的故事，或是當我們夜裡坐在客廳的沙發上聽音樂，而阿爾娃倚著我。在所有這些時刻裡，我幾乎能夠看見我們的過去又和我們的現在與未來輕輕相連。

在我作客的第三天，阿爾娃和她先生一大早就開車進城。等他們走了，我走上三樓，發現他們倆分房而睡。整層樓瀰漫著草藥、油膏和藥物的嗆鼻氣味。阿爾娃曾跟我說過，羅曼諾夫在動過攝護腺手術之後服用很重的藥物。他的房間讓人想起古董店的儲藏室，床頭櫃上擺著一盞亞洲風味的籐燈、一個地球儀和幾本筆記簿，旁邊還坐著一隻泛灰的絨毛兔子。阿爾娃的房間則顯得像是臨時布置的：一張圓床，旁邊堆著幾疊書，高度幾乎齊腰，窗邊的龍血樹和絲蘭快要頂到天花板。

這一次我出去慢跑時挑了一條小路，穿過被冷杉林圍繞的潮濕山區。這條山徑帶著我愈跑愈高，直到克雷古奇。冰冷的風颼颼吹過下方的原野。

等我再度回到木屋，在門口等我的不是羅曼諾夫，而是阿爾娃。「我從窗邊看著你，」她說。「誰想得到我居然還會再看見你跑步?」

吃過遲用的早餐後，我們兩個去散步。木屋旁邊是一片森林，樹木長得很密，有時把天空都遮蔽了，讓我覺得這座森林就像一個陰森又帶有魔力的地下世界。阿爾娃緊貼著我走，一張臉凍得紅紅的。

「過去這幾年我常常想起妳姊姊，」一會兒之後我說，「想起別人找到她的那件外套。真希望妳當初早點把這件事告訴我，那我就會更了解妳。」

阿爾娃沉默不語。她從地上拾起一塊石頭，端詳著，彷彿那是件寶貴的東西。

「我當時沒法把一切都告訴你。」她扔掉了那塊石頭。「我姊失蹤時，我爸都快急瘋了。對他來說最糟的是，在她的外套上沒能找到絲毫線索。他辭掉工作，參與了每一次搜尋行動，自行去找目擊者談話。他幾乎沒再睡覺，等他撐不下去，就住進了醫院。我媽哭了好幾個星期，在那之後就絕口不再提起這件事，彷彿從來沒有過芬妮這個人。她乾脆就當她是死了。」

阿爾娃的聲音愈來愈小。「我爸媽就只會吵架。他們離婚之後，我媽和我搬到了另一個村莊，距離我們原本的家很遠。我們沒有跟任何人提起過這件事。當時我有憂鬱症，也有自殺的念頭。可是我總是想：要是有一天芬妮居然回來了，而我卻不在了，那怎麼辦？」

我想把她擁進懷裡，但是她躲開了。我們經過一片冰凍的牧草地。有那麼一刻，我很想去觸摸那片通了電的圍籬。

她抓住我的肩膀。「班上的其他同學不知道我的遭遇，他們就只會聊假期和他們的爸媽，而且他們全都這麼快樂。只有**你**……」，我覺得背脊發涼，「只有你看起來不快樂，所以那時候我才去坐在你旁邊。」

我們走向一間山中旅店，店名很奇怪，叫做「下勞恩」。

「所以妳懂得那種感覺，」我平靜地說，「當人生從一開始就中了毒。就好像有人把黑色的液體倒進一池清水中。」

「我以爲旅行會有幫助。中學畢業後我去了紐西蘭半年，然後去了俄國，後來又跟沙夏走遍了世界各地。但是那沒有幫助。」

「那文學呢？文學有幫助嗎？」

「偶爾。」

「那，羅曼諾夫呢？」

她微微一笑。「也是偶爾。其實我讀書始終只是爲了逃避，讓自己從書中的幾句話或是一篇故事得到安慰。從前我一心想成爲小說中的人物，永生不死，永遠活在一本書裡，每個人都可以讀我，觀察我。這個想法很蠢，我知道。」她露出靦腆的神情，「雖然老實說，我還是想成爲一個小說人物。」

這時我才明白她爲什麼引我到瑞士來：她覺得自己受騙了。她之所以嫁給羅曼諾夫，肯定也是因爲他生產兩種她最愛用的藥物：樂觀自信和優美的辭藻。可是如今，這個供應商年近七十，變得不太可靠了。我想像著阿爾娃如何在這山間度過這些年。她像一顆寂寞的衛星，繞著木屋裡那間書房轉動，她丈夫在書房裡愈來愈徒勞地在打字機前辛勤筆耕，幾乎不再跟她說話。

我們在小店裡的一張桌旁坐下。她向我說起她父親，說他在她十八歲生日時送了她那輛紅色飛雅特，如今迷上了登山。「順帶一提，當他發現他女婿比他還年長十歲，他覺得很好笑。」

「他好嗎？」

「很好，我想。如今他又在一家聯合診所擔任內科醫生。他一向喜歡和病人聊天，小時候我常在他上班時去找他。」

「妳以前從來沒跟我提起過他。」

她盯著她的盤子。「當我媽媽取得撫養權，我爸就搬到奧格斯堡去了。起初我還每隔一週就會去他那兒度週末，我在他那兒有自己的房間，他送我書，帶我一起去遠足。可是後來忽然有好幾年斷了音訊。我以爲那是我的錯，以爲也許是我會讓他想起我姊姊。可是在我十八歲時，他來找我，而我們互相說出了心裡的話。我眞高興再度擁有了他！直到那時，我才得知我媽從來沒把他寫的信交給我。她對他說我不想再見到他。」

「她爲什麼這麼做？」

「我不知道。她一向更愛芬妮一些，始終沒有走出失去她的傷痛。我們常常吵架，說出很可怕的話。她對我是那麼冷漠，所以後來我很高興自己終於能夠出走。我以爲我們母女的關係就到此爲止，但是幾年前她寄了封信給我爸，請他轉交給我，信上沒有寫寄件人的住址。如今她住在國外，但是關於這件事她沒有多寫。總之，那封信很美，算是一種告別吧。」

阿爾娃搖搖頭。「我只但願她在我年紀更小一點的時候就把這一切告訴我。當時我恨透了人生。我那時覺得，如果我姊姊失蹤了，而我母親卻還是不愛我，那麼我就不可能有什麼價值。我想要成爲一個值得被愛的人。」

她的眼睛泛起淚光。我俯身過去擁抱了她。

「你還會再待一陣子嗎？」她湊在我耳邊問道。

我看見她懇求的眼神，看出她這一問的意義有多深，也許比她自己還更早看出。要向我的主管辭職，我費了兩道功夫。打第一通電話時，我假裝得了肺炎，可是因爲我一向不擅長撒謊，我又打了第二通電話，告訴他我不會再回去上班了，令他大吃一驚。我一反常態，一刻也不曾考慮可能的後果。我也給諾拉那封情意綿綿的電郵寫了回信，說我暫時無法再和她見面。在那之後她寫了好幾封信來，打電話給我，留了言，但我沒有回應。

短短幾天之內，我就結束了自己原本的生活。而我甚至不確定我和阿爾娃會有怎麼樣的未來。我只知道我無法再一次讓她走開，只知道我不想一輩子爲自己在年少時犯下的錯誤而付出代價。

「我很不想再提醒你一次，但是你無法挽回過去，也無法改變過去。」哥哥在電話裡說。

「不，沒什麼不可以。」我說。

★

我在客廳裡上網，過了幾個鐘頭才注意到阿爾娃不在屋裡。起初我以爲她在樓上陪羅曼諾夫，但是沒有聽見她的腳步聲，也沒聽見水龍頭的流水聲，在這座隔音欠佳的木屋裡，平常這個時間總是能聽見水龍頭打開的聲音。我還在樓下客廳裡等了一會兒才上床睡覺。那時是二月底，外面大雪紛飛。早晨六點，大門關上的聲音把我吵醒。後來我問阿爾娃她去了哪裡，她只是聳聳肩膀，看著我，彷彿不知道我在說些什麼。

她對園藝的熱情也是我以前不知道的。當春天來臨，她接連幾個鐘頭忙著栽種蔬菜或是替她養的植物換盆、澆水。等她從院子裡回來，她的指甲上都是黑泥，而她很快樂。羅曼諾夫的王國則是這座木屋，如果必須用一種聲響來形容這座木屋，那就是他緩慢但孜孜不倦的打字聲。

有一天，他忽然拿起手杖，要求和我來一場決鬥。我也拿起他的一根手杖，於是我們就以杖爲劍，比劃了一番。當我問起他原因，羅曼諾夫簡明扼要地說：「對一個男人的最佳評語是：他是個孩子，也是個男子漢！」

這番擊劍顯然令他筋疲力盡，他在椅子上坐下，抹去額上的汗水。「竺爾，你的父母親是做什麼的？」

「他們在我十歲時死於一樁意外。」

「我很遺憾。」

我擺了擺手，表示不想多談。「你的父母呢？他們是什麼樣的人？」

他說起他母親，一位女詩人，出身聖彼得堡的古老世家。「她喜愛德國文學和德語，所以我們一直都有一個德國保母。我父親的出身則比較寒微，來自葉卡捷琳堡附近，是個愛作夢的農民，腦袋裡總是有些野心勃勃的生意點子，但沒有一個成功過。十月革命時，他也隨著家人逃亡，那時他還小。他在美國認識了我母親，後來我們住在荷蘭。我父親也是在荷蘭舉槍自盡的。」

我用詢問的目光看著他。

「事業失敗，」他說。「他又毀掉了一間公司，我們走投無路，眼看就要露宿街頭。那是他的錯，於是他就自我了斷。有些與我們家熟識的人認爲那很懦弱，但我認爲那是必然。」他看著我的眼睛。「兒子和母親之間總是有著出於本能的良好關係，父親則是他觀察的對象，他不信任父親，同時又敬仰父親，他拿自己和父親較量。我這一輩子都在思索我父親的事。」

「我對我父親認識有限，」我說。「我常想，假如他還活著，我們父子的關係會是如何？我們會常常聯絡嗎？或者我們甚至會像朋友一樣？我會很想和他一起坐在酒吧裡，以兩個成年人的身分聊天。父子之間的交談、生活點滴、父親會和兒子一起做的事，這些我全都錯過了。我到了二十歲才發現自己刮鬍子的方式不對。我和室友站在浴室裡，他說：**從下巴開始往上刮**，我根本不知道該這樣刮。」

我在羅曼諾夫旁邊的一張椅子上坐下。他輕輕拍拍我的肩膀。「你是個好人，竺爾。我相信令尊會喜歡你的。」

我有點尷尬。「你怎麼會住到瑞士來？」

「我怎麼會住到瑞士來？我的第一任妻子是瑞士人，我立刻就喜歡上這個國家，此外，在國外待了那麼多年之後，阿爾娃也想回來。而且老實說，我也想回來。我在蘇聯進行改革之後移居俄國，但是在那裡始終沒有如我所願地有回家的感覺。」

「對了，我開始讀你和納博科夫的書信往來。你小時候去找過他，這件事是眞的嗎？」

羅曼諾夫笑了，把頭髮從前額撥開，一時顯得毫無老態。「當時我的年紀其實也沒那麼小。我想大概是十六、七歲吧，剛剛讀完《羅莉塔》。那是第一本眞正打動我的書，雖然我肯定只讀懂了一半。然而單是這種妙語如珠，這種高超的文字技巧，就令我心折。我非認識他不可。當時我們還住在奧勒岡，一天夜裡我偷偷溜走，搭乘一輛灰狗巴士前往紐約，去康乃爾大學找他。可是偏偏那一天他沒有課。我說我是他外甥，故意用上很重的俄國口音，於是他們給了我他的私人住址。幾個小時之後，我就去按他家門鈴。當他聽到我爲了他而離家出走，他瞪大了眼睛。我們打了電話給我父母親，然後就喝茶聊天，聊起我們都欣賞的作者和網球選手。我當然把我寫的故事全都寄給他看，後來也寄到瑞士去。他全都讀了，雖然他比我年長四十歲。」

片刻沉默。「阿爾娃夜裡出門去做什麼？」我問。「她已經有好幾次不見人影。她是去做什麼了？」

「我不知道。她沒跟我說，但是打從我們認識，她就會這麼做了。我一直覺得我不該問她原因。我認爲她不希望我問，而她就是需要夜裡出去走走。」

我點點頭。「亞歷山大，我還可以問一件事嗎？你爲什麼和阿爾娃結婚？」

「我爲什麼和她結婚？」如今羅曼諾夫經常重複我問他的問題。而他忘東忘西、不專心或是找眼鏡的時刻也愈來愈多了，令人不安。「阿爾娃肯定已經跟你提起過那場研討會，提過她來找我說話的事。不過，那時我也早已注意到這個年輕女子，她一直在幫忙招呼其他人，做什麼事都非常熱心。很熱心，對，但是也很神祕。感覺得出她經歷過一番坎坷。」接著他得意地說：「而且她當然也是個美人。有時候隔著一段距離更能看清一個人，而她看起來可以同時集憂傷、親切和快活於一身。而且她喜歡閱讀。老天，她眞能讀，不管是在台階上、椅子上，還是地板上，她一有空就捧著一本書。」

「後來呢？」我小聲地問。

他想了想。「阿爾娃很矜持。我們一起去吃過幾次飯，但她簡直是靦腆，起初幾乎沒說什麼話。通常在這種時刻，我會覺得有義務炒熱氣氛，或許也是想自我表現一番。但是在她面前，我第一次享受著內心的寧靜。她就像是按在滾燙額頭上的一隻冰涼的手。」

稍晚，我獨自站在客廳的觀景窗前，看著天色漸漸變暗。起初我覺得木屋裡的夜晚有點陰森。牆上那些咧嘴笑著的非洲面具似乎恐怖地活了過來，那幾個鹿頭和其他的獵獲物盯著注視牠們的人；若是看出窗外，往往就只看見一片幽冥的暮色籠罩在山谷上，

譯注

十　納博科夫於一九六一年移居瑞士，在湖濱小鎮蒙特勒（Montreux）終老。

隨之而來的是一片漆黑的空無。有時我們好幾天都沒遇見別人，覺得這山上彷彿就只有我們。

把我們帶回現實中的是文明的聲響：暖氣管的咕嘟咕嘟或是爐子上燒水壺的鳴笛聲。那是種單調、幾近怪異的日常生活，不久之後我漸漸明白我們被困在此地，明白我們全都在等待。當我看清我們在等待什麼，心中不禁一驚。

★

就在這樣一個夜晚，我又想到自童年起就刻意遺忘的一幕。先前我們去藝術電影院看了一部比利・懷德執導的電影，還在城裡吃了點東西。羅曼諾夫平常不喜歡去人多的地方，這一次卻破例同行。在開車回小木屋的途中，他向我們說起社會學家馬克斯・韋伯曾和他父親吵了一架，不久後他父親就去世了，因此沒有機會和解。韋伯在他父親死後就成了一個失魂落魄的廢人。

「他不得不放棄教職，」羅曼諾夫說，「甚至失去了說話的能力。」

「就只因爲這一次爭吵嗎？」我問。

「原因肯定很多，但他可能就是承受不了他沒能與父親和解。這件事從內心毀了他。韋伯的妻子稱之爲某種邪惡的東西，從生命潛意識的地底向她丈夫伸出了魔爪。」

回到小木屋，等羅曼諾夫上樓去了，阿爾娃播放了尼克・德雷克那張唱片。

「我們上次在慕尼黑見面之後我就常聽，」她說。「那時候我認定我們不會再見了。」她坐在餐具櫃上，闔上了手裡的書。阿爾娃喜歡坐在各種奇奇怪怪的地方。

「有時候我聽見你在樓上和沙夏講話，而我不敢相信你眞的在這兒。和你一起談話或是聽音樂曾經是我生活中那麼重要的一部分，但是過去這幾年裡我常覺得那只是一場夢，彷彿從未發生過。現在又忽然覺得恍如昨天。」

「這是因爲我們正在聽當年所聽的音樂。時間並不是以直線進行，記憶也不是。我們總是更清楚地記得在情感上正好與我們接近的事物。在聖誕節，我們總覺得去年聖誕節好像才剛過不久，雖然那是在十二個月前。六個月前的夏天其實離我們比較近，但是在感覺上卻遙遠得多。可以說，對於在情感上與當下相似的事物，記憶抄了一條近路。喏……」

我在一張紙上隨手畫下來給她看：

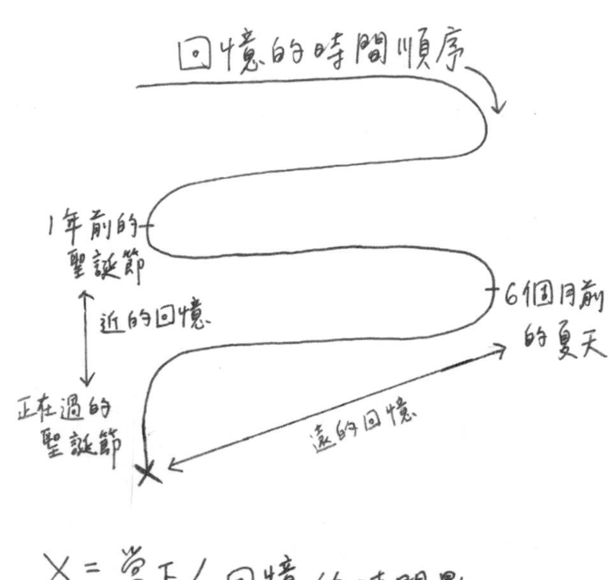

「喔，這樣啊。原來你都在想這些事。」她說。

我拿起羅曼諾夫的手杖，拄著杖在房間裡走了幾步。阿爾娃走過來，一把抄走了枴杖。

「你現在也要拿楞杖走路了嗎？」她用手指撫摸那光滑的桃花心木。

「把楞杖還給我。我需要用。」

她大笑。「不還。」

一陣隱隱的雷聲響起。山中即將下起雷雨，閃電一再在山巔閃現，照亮了夜空。當風在林間呼嘯，拉扯著樹枝，身處室內受到保護更覺溫暖舒適。

阿爾娃朝我走近。「你當年究竟爲什麼放棄了攝影？」

「以前我總覺得在攝影時跟我爸爸很親近，但後來我明白了事情並非如此。」我的臉變得熱燙燙的。「我之所以開始攝影，主要就只是因爲……」

她再朝我走近了一步。「就只是怎樣？」

原本以爲已經遺忘的一幕在我眼前浮現：一輛計程車，在夜晚街燈的光線下從我前方駛離，轉過一個街角。我還想追在後面大聲喊些什麼，一些重要的話，但是我沒有辦法……

我恍惚地看向阿爾娃。這件我只隱約猜到、幾乎不願對自己承認的事，我該告訴她嗎？說我由於不自覺的罪惡感而虛擲了我的黃金歲月，大學選錯了科系，然後又重拾相機？告訴她這麼多年來我放棄了寫作，儘管我熱愛寫作？

「改天我再告訴妳。」

「**改天，改天**。」阿爾娃說，那模樣很迷人，我不假思索地伸手抓住她的手肘。那隻手有了自己的生命，小心翼翼地順著她的手臂往上爬，爬到了她的臉頰。我再朝她跨出半步，我的下巴差點就要碰到她的額頭。我低頭看著她，她仰頭看著我，一時之間猶豫不決。她伸手去握我的手，可是就在同一瞬間，她向後退了一步，用柺杖戳戳我的肚子，然後說了晚安。

★

我並未料到羅曼諾夫的情況會惡化得這麼快，儘管他曾在短時間之內兩度讓浴缸裡的水滿了出來，因爲他忘了他想洗澡。他很擅長隱藏他的眞實情況。一棟門面還完好的房屋，裡面的一切卻正在瓦解。

我陪他走進小木屋的地下室，在那裡可以調整暖氣的強度和洗滌衣物。一走下去，一股濃烈的氣味撲鼻而來，有洗衣粉、舊報紙和潮濕老屋的氣味。在一個隔間裡擺著一個葡萄酒架和一個槍械櫃。羅曼諾夫取出款式不同的槍枝，逐一向我說明。槍枝的口徑有大有小，有古董火槍、前膛槍和一把重疊式雙管獵槍。

「從前我常去打獵，」他說。「但現在已經好幾年沒再打過。是我父親教我的，那時我還是個小男孩，大概是九歲吧。他是個優秀的獵人。」

看見我的眼神，羅曼諾夫點了點頭。「他就是舉槍自盡的。用的是一把白朗寧，他最喜歡的槍。我父親是個**放得下**的人。他的死是樁悲劇，可是我一直很佩服他有這份勇氣，如今也許比以前更爲佩服。」

他用指尖碰觸槍管。「聽我說，竺爾，兩年前我得了癌症，跟死神打過招呼，他表示我來日無多。在那以後，我就非寫作不可。我知道這讓我太太很不好受，在這山上她與外界隔絕。我一直跟她說，要她在城裡租間公寓，但是她想要留在我身邊。我很遺憾我不再是她當年愛上的那個人，但是我也無能爲力。我原本希望她能在你身上找到一個同伴，能陪她談天，打發時間。能讓阿爾娃不要這麼深居簡出，這麼孤單，這對我來說意義重大。你是我們的朋友，而我很珍惜這一點。」

他把手擱在我肩膀上，看著我的臉，接著忽然把頭轉開。

「但是你休想碰她。」

我花了幾秒鐘才聽懂他的話，本能地向後退了半步。「我不想……」

「我不是傻瓜，」羅曼諾夫仍舊沒有看著我，「我會把未來留給你們年輕人。但是只要我還活著，我就不希望她出軌。換作是幾年前，我還能自己確保這一點，我懂得如何把一個女人留在身邊。可是現在……請答應我，你不會碰她。」

我沉默不語，先看著那些槍枝，再看著他。

「答應我，竺爾！」

羅曼諾夫再度正視著我，他的眼神在一瞬間有點咄咄逼人，而他平日友善的眼睛正嚴厲地盯著我。

★

到了六月，我在山上就住滿五個月了。爲了不要耗盡積蓄，我請麗茲把我在柏林的公寓轉租出去。可是那一切是多麼遙遠，我心想，當我和阿爾娃驅車前往山中那座冰冷的小湖。我們打著哆嗦從水裡出來，躺在浴巾上，讓陽光把我們曬乾。空氣中有青草的氣味，藍天無雲。遠處有一個人在玩滑翔翼，正朝著山谷往下飛，我們看著他好一會兒。我仰躺著，阿爾娃趴著。她一再彎起雙腿，每次都故意用腳趾去碰我的左小腿。

「妳覺得這樣很好玩嗎？」我問。

「有一點……那本《心是孤獨的獵手》你究竟讀了沒有？」

「讀了，還在中學時就讀過了。我眞的很感動，當時我甚至寫了一封信給妳。」

「怪了，」她說，「我從來沒收到過你的信。」

「我覺得那封信太庸俗了，後來就沒有拿給妳。」

「那封信你還留著嗎？」

「沒有。」

「你說謊，竺爾，我敢打賭你還留著那封信。」

一隻黃粉蝶從草地上飛過，停在我正前方。

「我想讀點你寫的東西。」阿爾娃說。

「我還沒準備好。」

「這段時間以來，你們兩個到底都在做些什麼？我聽見你們一直在交談。」

「大多數時候是在談妳。」

她的腳趾又碰了我的小腿一下，這一次是個溫和的警告。

「沙夏的情況怎麼樣？」

「很難說。」我考慮著該如何措辭。「妳注意到他最近有多麼心不在焉嗎？我覺得他的情況比幾個星期前更糟了。」

「我知道。」阿爾娃輕輕地說，那聲音彷彿來自很遠很遠的地方。

「而這意味著什麼呢？」

她沉默不語。這是我們三個人都回答不了的問題。

當我進展順利地在寫兩個中篇小說，羅曼諾夫的進度卻很緩慢。偶爾他會朗誦幾句給我聽，甚至會問起我的看法。可是有時候他就只是看著我寫作，然後又說起「吋吋吋」，有時是覺得有趣，有時是感到沮喪。儘管他是比我優秀的作家，他將再也無法像我這樣熱情地振筆疾書。

「待會兒要一起看一部影片嗎？」阿爾娃問。

「妳不哭我們才看。」

「我肯定不會哭。」

她每次都這樣說，然後卻還是哭。煽情戲保證讓她熱淚盈眶，就連最老套的轉折也令她感動落淚，例如一對情侶終於重聚，或是當一個年華老去又受了傷的足球員在最後一刻扭轉局勢贏得比賽。她為此感到難為情，而我喜歡拿這件事來取笑她。

「小心，他們馬上要接吻了，」我會說，「妳是不是移開視線比較好？」

不過，如今我最欣賞阿爾娃的地方是她的**小心翼翼**。彷彿這個字眼是爲了她而發明的。她小心翼翼地替一株植物換盆，表達一個念頭，輕輕撫摸她丈夫的後頸，寫一封信，或是擺設餐桌，她總是把刀叉、杯盤擺得一絲不苟。彷彿她不想再冒任何風險。

剛入夜時，我帶著我的筆記到羅曼諾夫的書房去。遠遠地我就聽見音樂聲。我從虛掩的門縫裡偷窺，看見羅曼諾夫坐在鋼琴前，阿爾娃坐在他旁邊的一張椅子上。他在她耳邊輕聲說了句什麼，逗得她大笑。他們親吻彼此，算不上熱情，然後羅曼諾夫又彈起琴來。他的手指優雅地在鍵盤上舞動，可是他忽然彈錯了，一再嘗試重新接上那段旋律，卻徒勞無功。他就是想不起那些音符了。最後他闔上了琴蓋。阿爾娃用俄語說了句什麼，把頭倚在他胸前，羅曼諾夫撫摸著她的頭髮。他垂下了目光，我再也忘不了他那副神情。

那一夜，阿爾娃又失蹤了好幾個鐘頭，直到清晨才回到小木屋來。

★

我本來不確定我的哥哥姊姊和阿爾娃合不合得來，可是他們在火車站和她打招呼時就擁抱了她。麗茲和馬蹄打算留下來過週末，我們一起乘車上山前往那座山村。阿爾娃幾乎過度小心地駕著車子沿著之字形的蜿蜒山路行駛，而我不禁想起她少女時代是怎麼開車的。

「這裡就像夏爾[1]，只是沒有哈比人。」馬諦入迷地看著鑲著金邊的晚霞。不久前，他的椎間盤出了問題，坐在前座的姿勢有點僵硬。

「在這裡我們甚至會去農家買牛奶，」阿爾娃說。「我們有一個兩公升裝的罐子，把現擠的新鮮牛奶扛回家。」

「意思是我把牛奶扛回家。」我插嘴說。

「而我已經替你做了好幾個月的飯了。」

「我覺得竺爾不再下廚眞是可惜，」我哥說。「他小時候老是待在廚房裡，有時候甚至會把爸媽都趕出去，因爲他們會在旁邊囉唆。」

「這件事我還根本不曉得呢，」阿爾娃說。「最近我還問過他想不想偶爾做個飯，而他說他不會做。」

我沒有回答，而是看向我的哥哥姊姊。「阿爾娃的先生很歡迎你們來訪。」

「我上網搜尋了一下，」馬諦說。「美國、荷蘭、俄國、瑞士，他有過多采多姿的一生。他現在幾歲了？」

「六十七歲。」

譯注

[1] 夏爾是小說《魔戒》裡中土大陸的一個區域，哈比人的故鄉。

馬諦的目光從我身上移向阿爾娃。她坐在駕駛座上，知道車上所有的人都在想同一件事，但是她不在乎。

「我覺得這很棒，」我姊說。「我還是個少女的時候，一直都想有個年紀大得多的男人。」

「噢，我還記得，」馬諦說。「當時妳交了一個三十六歲的男朋友，在一起好幾個月，而妳那個古怪的未婚夫也幾乎比妳年長二十歲。而且他從來沒跟我們說過話。」

「輪不到我弟來發表意見，」麗茲對阿爾娃說。「他從八百年前就跟同一個女人在一起，唯一看得上他的女人。」

馬諦親吻了他的婚戒，擺出一副優越的表情。

車子停在鋪著碎石的停車位上，發出飽滿的嘎吱聲。羅曼諾夫從陽台上看著我們，就像個獵人從高台上觀察獵物。雖然他十分和藹地向我的兄姊表示歡迎，但隨後就上了三樓，直到晚餐前都沒有再露面。

「他只是不習慣再接待訪客。」阿爾娃站在廚房裡切著一個洋蔥。「你爲什麼從來沒說過你喜歡下廚？偶爾讓你做一頓飯請我吃也挺不錯。」

「如果某幾件事有不同的發展，我就已經替妳下過廚了。」

「哦，什麼時候？」

「中學快畢業的時候。我問妳想不想在慕尼黑和我合租一間公寓，我們打算在晚上一邊吃飯一邊討論。我已經把材料都買齊了，而我認爲，一旦妳吃過我煮的義式肉醬蝴蝶麵，就會把妳的出國計畫拋到九霄雲外。」

她露出微笑。「喔，對，我想起來了。那頓飯後來為什麼沒吃成呢？」

我一時無語，呆呆地看著她。笑容頓時從她臉上消失，廚房裡變得一片寂靜。她又皺起了眉頭，默默地攪拌著鍋裡的燉飯，顯然情緒緊繃。最後她擱下勺子。「我很抱歉。」

「無所謂。」

「你會再為我下廚一次嗎？」

我凝視了她片刻，然後點點頭。

吃晚餐時，羅曼諾夫像尊化石呆坐在桌子末端的椅子上，不知道該如何跟這批稀客打交道。他穿著黑色襯衫和灰色外套，外表上仍舊無懈可擊。但是不同於我和他相識的那一天，大半時間他都沉默不語。

馬諦說起他的教授升等論文，也說起艾蓮娜將在慕尼黑開設一間心理治療診所。麗茲卻幾乎沒談起她的工作或日常生活，顯得心神不寧，彷彿就只等著逃脫。住在姊姊身體裡面的那隻野獸這幾年來知足地打著盹，如今又蠢蠢欲動。牠在舔著腳掌，開始在籠中走來走去。

後來當我們坐在客廳裡，羅曼諾夫漸漸有了活力。我不記得他一開始時說了些什麼，就只記得他談起他的第一任妻子，她是蘇黎世一個工業鉅子的女兒。當年他在「皇冠餐廳」慶祝小說《心靈的童貞》出版，在那兒的酒吧結識了她。

「可惜她死得實在太早，」他說。「我一直以爲那是我這一生最大的不幸。我去了俄國，準備從此隱居。然後親愛的上帝又送了我一件禮物。」

羅曼諾夫舉起酒杯向阿爾娃敬酒。我知道他說「親愛的上帝」是認眞的，他常對我長篇大論，說只有傻瓜才不信神。

他又替自己斟了葡萄酒，開始說故事，從一件軼聞趣事跳到另一件，自以爲他在娛樂我們。可是這天晚上，我看出不是他掌控了這些故事，而是這些故事在掌控著他。他的大腦似乎動個不停，打開了所有能打開的抽屜。我看出這令阿爾娃心痛，雖然她試圖不讓別人察覺。

然後羅曼諾夫一句話說到一半就打住了，打量著我的哥哥姊姊。他的眼睛洩露出不安，似乎一時想不起面前這些人究竟是誰。那片刻的停頓令人心裡發毛。最後他露出笑容，出奇自信地問麗茲和馬諦是否初次來到此地，問他們喜不喜歡這裡。這類泛泛的問題拿來問任何一個陌生人都行，我已經看出這是他的一種掩飾。不久之後，阿爾娃就帶他上樓了。

客廳裡一片尷尬的寂靜。馬諦皺起了眉頭，但暫時沒說什麼。

麗茲點燃了一支香菸。「他有種風采，」她思索著。「他以前想必非常英俊。」

「他看起來有點……」馬諦猶豫著，「糊塗。並非整個晚上都會這樣，但是這種狀況一再出現。阿爾娃怎麼應付這情況？」

「這弄得她很累，但是她不想跟我談這件事，甚至不曾告訴過我他究竟有什麼毛病。我推測是阿茲海默症，但是我不確定。」

「那你又是怎麼應付這情況的呢？」麗茲看著我。「我們漸漸擔心起你待在這裡究竟是爲了什麼。我的意思是，你和阿爾娃怎麼樣了，你們……」

我搖搖頭。

麗茲翻了翻白眼。「親愛的竺爾，你眞是我認識的人當中最浪漫的了。而且和她丈夫相處肯定不容易，」她撣掉一截菸灰，「可是媽呀，你在這山上已經多久了？幾個月？」

樓梯嘎吱作響。阿爾娃又下樓了，她拿了一杯葡萄酒，向我們點點頭，對著我說：「你有兄弟姊妹眞好。」

「我的小弟有個女人眞好。」麗茲說。

我瞪了她一眼，馬上又氣自己這麼做，因爲我爲此而沒能看見阿爾娃的表情。那是入夏之後頭幾個不冷不熱的夜晚，我們出去坐在外面的露台上。馬諦因爲椎間盤有毛病而躺在地板上。前方的山谷被黑暗籠罩，對面的山上有人升起了一堆大大的營火。

「可惜東尼沒能一起來，」我說，一邊看向姊姊。「妳又用妳的新男友讓他心碎了嗎？還是說事情才剛要發生？」

「我想事情正在發生中。」麗茲比了個道歉的手勢。

我哥轉頭面向阿爾娃。「妳知道嗎，我們是這世上最孤獨的兄弟姊妹，」他說，仍舊躺在地板上。「我們三個共同擁有一個最好的朋友。有時候我把這稱為『好友共享』，簡直可以成立一間經紀公司，把東尼出租給像我們這樣的人。只要每個月繳交一點費用，他就也可以當妳的朋友。」

「至少你們總是有個人作伴，」阿爾娃說。「我失去了我最好的朋友將近十五年。」

她沒有回應我的目光。

我很高興我的兄姊和阿爾娃能合得來，也似乎很喜歡她。當麗茲問起阿爾娃是否也有兄弟姊妹，她一時沒有吭聲，但猶豫了一會兒之後，她說起了生死未卜的芬妮。談起這件事似乎令她感到解脫，這使我鬆了一口氣。

灰濛濛的曙光漸漸變亮。記憶中，我和別人一起共享日出的次數不多。在寄宿學校時曾有過幾次，後來則是與麗茲和馬蒂在蒙佩利爾。人的真實本質彷彿在曙光裡顯露出來，不再有任何偽裝。而我們四個人就這樣坐在這裡，說著話，看著第一道日光照在山巔上。

★

等到馬蒂和麗茲走了，這座木屋頓時顯得空蕩蕩的，而且太大。如果說起初我們不知道該如何應付我哥哥姊姊帶來的嘈雜，那麼現在令我們不知所措的則是他們留下的寂靜。羅曼諾夫仍舊還能神智清楚地說話，但有時他不再能夠抽象地談論整體概念，而會在細節上糾結好幾分鐘。此外他愈來愈常把東西放錯地方。偶爾我會在浴室櫃子裡發現幾本書，或是在衣帽間前面的鞋櫃裡找到一個茶杯。

有一天晚上，我和阿爾娃坐在客廳裡玩拼字遊戲。屋裡只有一支冒煙的蠟燭和一盞小燈照亮，外面下著小雨，不時傳來叮叮咚咚的牛鈴聲。阿爾娃盤腿坐在沙發上，正打算排出一個字，這時我們聽見樓上羅曼諾夫的腳步聲。

忽然她把拿在手裡的字母啪一聲甩在拼字板上。

「**我再也受不了了！**」她大叫。「我不能再繼續這樣過下去。他快瘋了，竺爾。」她站起來。「他根本不再是我當初認識的那個人，有時候我覺得自己和一個陌生人生活在一起。」

她的嘴角在抽搐。「每天他都多失去一點自我，每天又多忘了我一點。偶爾他忽然顯得完全正常，但我知道他內心正在一點一點地消失。」

「難道妳不能跟他談一談嗎？幫幫他？」

「沙夏不願意。再說，反正我也幫不了。」她給我時間理解這句話的意義。

然後她嘆了口氣。「我需要喝一杯。」

她從食品貯藏室裡拿來一瓶蘇格蘭威士忌。我們乾了幾杯，但並沒有真的喝醉，微醺地坐在廚房的流理台上，就在冰箱旁邊。

「這是怎麼弄的？」我指著阿爾娃耳朵下面那兩道細細的疤痕。

「那是我在俄國的頭幾年，在我遇見沙夏之前很久。」她的聲音很小，也沒對著我說。「那時我還住在莫斯科，而我的生活有點像是一場惡夢。我在那裡完全是個異鄉人，結交了一些不該結交的人。我就只是隨波逐流，做了些不該做的事。」

「什麼事？」

「我不想說得太詳細。」她擺了擺手。「都那麼久以前的事了。最後我結束了那段生活。我爸給了我一筆錢，我就去了聖彼得堡。」

阿爾娃很少提起她在莫斯科的歲月，有時我會覺得，當時她的心靈受到了某種損傷，也許有一部分的她還留在這片黑暗中。我但願自己當時也在那裡，但願自己能夠阻止這件事發生。

「妳夜裡出去散步的時候都做些什麼？」

「沒什麼，就只是走路。我喜歡在這個時間獨處，去面對那些我平常不願意去思考的事。」她看著我，然後說：「我開始這樣做，是因爲我很確定總有一天晚上，我出去散步之後就不會再回來，就這樣消失。這是一種無限自由的感覺，每一次都是。」

「妳想要**自殺**嗎？」

「我沒這麼說。而且到目前爲止，我也每次都回來了。」她的語氣緩和了一些。「有時候我認爲我還這樣做就只是出於習慣。這有點怪，我知道。」

她一口氣喝乾了她那杯酒，然後用失神的眼睛看著我。「竺爾，我想要你離開。最好是明天就走。」

我無法相信我的耳朵。

直到此刻我才感覺到酒精的力道，覺得自己麻痺而疲倦，無法做出適當的反應，也無法回應她的目光。

「我不想和你再這樣繼續下去，」我聽見她說。「我知道沙夏將面臨什麼情況，這件事已經無法否認，而我不想把你拖下水。你最好是現在就離開我們。在這裡走向毀滅的是我的丈夫，這是**我的**責任。」

我仍舊坐在那兒，彷彿被麻醉了，想像著我在早晨帶著行囊離開這座木屋。想像著我把阿爾娃和她丈夫留下，再一次重蹈覆轍，迎向一份無用的自由。

在這裡走向毀滅的是我的丈夫。

忽然，從她所說的一切當中，我聽出她年少時一再重複的話，一句小聲的：「我不夠好。」

我眼前又浮現了十一歲的阿爾娃，她怯生生地到我的寢室來找我，逐一審視我的東西。接著是那個難以接近的十九歲少女，她是那麼憎恨自己，乃至於沒有我的位置。二十五歲的她我從未遇過，她剛剛墜入愛河，想來很幸福。三十歲的溫柔已婚女子，在慕尼黑送我上火車。而多年之後，現在的她坐在我身旁，懷著她的創傷和恐懼，沒有能力做出正確的決定。

冰箱嗡嗡地響，外面嘩啦啦下著雨。我的呼吸變得急促，當我把手擱在阿爾娃的臉頰上，把她的頭朝我轉過來。她吃了一驚，全身緊繃。

她似乎想要說些什麼，我聽見她的舌頭從下顎鬆開的輕輕聲響。就在這一刻，我吻了她的嘴。我能感受到她的驚訝，也感受到她的猶豫。然後她回吻了我。

★

隔天早晨六點多，我在我房間裡醒來。我穿上跑鞋，走出戶外。雨滴從樹葉上墜落，靄靄的霧氣籠罩著這片風景，乳白色的雲霧在山谷中愈來愈濃。一幅宛如來自傳說中的景色。不過，此刻太陽緩緩露出臉來。有那麼一刻，我覺得自己好像又回到二十歲，然後我就出發了。

起初羅曼諾夫絲毫沒有察覺在他眼前發生的改變。他過於忙著關心自己和他日漸渙散的心神。阿爾娃仍舊睡在她自己的床上，而在他身旁，我們避免流露出任何形式的親暱。

然而，有一天他在書桌前開口了：「竺爾，你看起來很快樂，一整個星期你都安靜快活地一個勁打字。你在寫些什麼呢？」

「還是在寫那兩個中篇小說。第一篇寫的是一個已婚男子，他失去了對自己夢境的控制，不再每個夜晚夢見不同的東西，而是不斷作同樣的夢。夢見另一種人生，另一些人，另一門職業和另一個他也愛著的妻子。不久之後，這兩種現實就難分軒輊。當他夢中的妻子死去，對於現實也造成了很大的衝擊。」

我替這個中篇小說取名爲《另一種人生》，故事發生在第一次世界大戰期間。主人翁最後被徵召入伍，但是在他的夢中，他在鄉間過著安寧的生活。

羅曼諾夫拿起他的手杖，走到我的書桌旁，眼鏡架在鼻子上。他讀了幾行。等他讀完，他把手擱在我肩膀上，我覺得那像是一種恭維或是一種鼓勵。我把第二個中篇小說也講給他聽。內容有點像費茲傑羅的《班傑明的奇幻旅程》，那個故事寫的是一個人愈活愈年輕，我這一篇則是講時間在某一個人身上過得特別快。和這個人交談幾分鐘，實際上就已經過了半小時。如果一個女子和他約會，而她覺得約會時間是整整三小時，其實就已經過了七個小時，有時甚至是十二個小時。這個人終其一生都很寂寞。別人一旦發現了他的祕密，就會對他避之唯恐不及，而他在尋找一個仍然願意在他身邊老去的人，會覺得和他共度幾年的回憶要比沒有他的一輩子更加珍貴。

這一天我信心滿滿，我去提了牛奶回來，洗了碗，也接下洗衣服的工作。傍晚時分，我吹著口哨打開地下室的門，隨即嚇了一跳。羅曼諾夫獨自站在地下室中央，心神不寧地自言自語。當他注意到我，他不再吭聲，而打量著我。

「幾點了？」他問。

「六點四十五分。」

這個資訊似乎沒有令他心安，反而更令他迷惑。

「是**晚上**六點四十五分。」我加了一句。

「而我在這裡做什麼呢？」

我的目光落在那個槍械櫃上。「你是來開暖氣的。屋子裡太冷了。」羅曼諾夫似乎在思索，然後點了點頭。「對，就是這樣。」他和藹地看了我一眼，朝溫度調節器走過去。

我又花了幾天寫這兩篇小說，然後拿給阿爾娃看。就中篇小說而言，這兩篇算是相當長，而且尚未完全寫好。不過，重點本來就不在於故事本身，而在於看進我的內心深處。有些事我不能說，只能寫。因爲說話時，我是在思考，而寫作時，我是在感受。

我們躺在我床上。阿爾娃啃著一顆蘋果，一邊瀏覽那一行行文字。我緊張地看著她。有一次她忍不住大笑，而我的感覺就像是夜裡走在一條街上，所有的街燈一瞬間全部亮了起來。不知何時我睡著了。夜裡我醒來一會兒，那時阿爾娃還在我身旁讀著，她顯得疲憊，說這篇文字讓她心裡難受。我還看見她伸手去拿她的水瓶，喝了水，然後我就閉上了眼睛。

幾小時後我又再醒來。雖然外面天色已亮，但應該還是清晨。

「嘿，終於！」阿爾娃穿著內衣坐在我腿上，用手指繞著我的肚臍眼畫圈圈。她沒戴眼鏡，一頭紅髮綁成了辮子。我想必是用詢問的眼神看著她，因爲她指著擺在床頭櫃上的那兩篇故事，紙頁上明顯留下讀過的痕跡，凌亂地堆成一疊。然後，在她撲向我身上之前，她說了那句神奇的話，這句話至今仍然縈繞在我耳邊。

「竺爾，寫得眞好。」

★

下午我坐在書房裡。羅曼諾夫甚至不再嘗試寫作，而是一直盯著我。

「你沒事吧？」我問。

他心不在焉地點點頭，站了起來，然後忽然按住胸口，用沙啞的聲音說：「這裡痛。」

我衝到他身邊，心裡作好最壞的打算。我感覺到有力的一抓，腦袋忽然就被羅曼諾夫的手臂夾住，而我還不知道發生了什麼事。他先把我的頭撞向書桌，再把我的頭敲在奧利維蒂打字機的鍵盤上。等我終於掙脫了他的擒拿，他一巴掌打在我臉上，然後氣喘吁吁地在椅子上坐下。

這番攻擊把我嚇壞了，乃至於我也倒坐在椅子上。我的腦袋裡轟轟作響，嘴巴裡有鮮血的金屬味。

「你以爲我不會發現有人搞上了我太太嗎？」我聽見他說。「我老了，但是沒瞎。你以爲你是誰？卡薩諾瓦，大情聖？老年人睡得不好。我每天早晨五點鐘就醒了，自從我和阿爾娃住在這裡，我會在這個時間去找她，看著她躺在她床上熟睡的樣子。昨夜她不在。而且她也不是去散步了，而是在你那裡。」

我用舌頭檢查了一下嘴唇上的傷口，沒有作聲。

「我請求過你在我死前不要碰她。那是個請求。」

「那是個威脅。」

羅曼諾夫的下頷磨動著。「你偷走了一個垂死乞丐的東西，你甚至等不及他死……」

他開始用俄文自言自語，聽起來充滿怨恨。我想像得到他在說些什麼。就像一個倒置的沙漏，每一秒鐘都有更多沙粒從他那一端流到我這一端，而他阻止不了。

我緩緩走向他。「從我十一歲起，阿爾娃就是我生命中最重要的人。我真的沒辦法把她……」我本能地決定不要告訴他阿爾娃曾想叫我離開，就只說：「對不起，亞歷山大，我很抱歉。但是這不只涉及你和我，也跟阿爾娃有關。關係到她的意願。」

羅曼諾夫沒有回答，他的目光從我身上掠過。最後他指指我的書桌。「我想讀你那兩篇故事。」

「你還從來沒讀過我寫的東西。也許你不會喜歡我的風格，也許不會喜歡我寫的故事。」

「你和你心愛的女人上了床，」他無力地說。「你現在寫的東西，若不是很糟，就是很好。」

★

羅曼諾夫和阿爾娃大吵了一架，我聽見阿爾娃的聲音愈來愈激動。本來她似乎就不再應付得了他的日漸退化。她睡得很差，帶著黑眼圈、拖著腳步在屋裡走來走去。但願我能替她做點什麼，什麼都好。彷彿每一天她都更加害怕作出明確的決定，同時卻又渴望作出決定。

霧氣低垂，籠罩著樹梢，群山上方的天空是灰色的。十月底就已經下了第一場雪，使我們更常留在屋裡。雖然我每天早晨還是去慢跑，但冰冷的空氣割進我的臉，寒意刺骨。

羅曼諾夫讓我知道他喜歡我那兩篇故事，之後就隻字不提，反倒是又敲打起他的打字機，速度緩慢，但是孜孜不倦。我覺得他似乎想用這永不停歇的敲打來使我們時時想到他。

有一次我們在我房間裡繾綣，又聽見了打字機那哀怨的警告。我們試圖置之不理，但是那咑咑咑的聲音就是不停止。最後阿爾娃把我推開，眼看就要掉淚，她無言地穿上衣服，走去找他。

我不清楚羅曼諾夫是否還在生我的氣。有一天早上，他在山坡下面的路上迷了路，摔了一跤，當我扶他起來，他擁抱了我，這是他以前不曾做過的事。

如今他身上總是帶著一本納博科夫的書，不管走到哪裡都帶著，只有一次他把那本書擱在廚房的桌子上。我想把書拿上樓去給他，這時我發現有張紙條夾在書頁裡。我立刻注意到我的名字，旁邊用難以辨識的潦草字跡寫著對我外貌的簡短描述，還有**朋友**這個字眼。下面寫著「阿爾娃，紅髮，戴眼鏡，年輕，我太太」，還有一些其他描述，例如他的書房或臥室，他的出生日期和寫得大大的「瑞士，二〇〇六」。但是最令我心裡發毛的是他草草寫在右側邊緣的兩個詞。

1 寫作

2 地下室

我把《說吧，記憶》這本書連同那張紙條拿到二樓去給他。羅曼諾夫一言不發地接了過去。我原本擔心要和一個心神錯亂的人交談，但是他立刻就明白了。那成了我和他最後一番清醒的對話。

「你肯定也注意到我生病了，」他說，坐在他書桌前的椅子上。「我太太起初以爲是那次攝護腺手術改變了我的生活，但其實是手術前所做的一般性檢查。阿茲海默症，當時還是初期。起初我試圖隱瞞她，但是她很快就察覺了。」

他把下巴一沉。「我的腦袋不對勁了，我自己也感覺得到。我之所以想住到鄉間來，是因爲我覺得應付不了城裡的生活。起初還有朋友和熟人來拜訪，但是我想要清靜。在這山上我只需要記住幾件事物。我，我太太，你，這個房間，我的書。可是我神智渙散的速度愈來愈快。」

「爲什麼不讓別人幫助你呢?可以找個看護。」

「我和阿爾娃談過這件事。我不想爲了控制病情而持續去看醫生，不想吃藥，不想做記憶練習，這些我全都不想。寫作就是我的治療。」他別過頭去。「而且我也不想讓阿爾娃非照顧我不可。我希望我太太能夠自由。」

「所以你寧願住進醫院？」

「你不懂。」羅曼諾夫每說一句話就停頓一下，斟酌他的用詞。「我母親很早就失智了，她死在一間療養院裡。到最後她成了個只會流口水的生物，如果能夠看一場木偶戲就很開心。而我母親本來是個詩人，是個心智敏銳的知識分子。可是她沒能及時放手，沒有及時做出反應。我還有幾週的時間能夠自己決定我的生活。我知道那個時刻已經離我不遠了，當我的大腦徹底錯亂，而我不再是自己的主人。到那時候，我就不再有能力把事情作個了斷，只能在一間療養院裡苟延殘喘了。」

他打開一個抽屜。「不過，在那之前，我還有幾件事要處理。這個……」他取出一個大信封，「是給你的。等我死了以後你再讀。不可提前。」

我猶豫地接過信封。「你爲什麼告訴我這一切？你爲什麼還信賴我？」

「因爲這是你欠我的，竺爾。」羅曼諾夫深深吸了一口氣，再緩緩吐出，向我伸出了手。「最近我的童年又清晰地在我眼前浮現。寒冷的冬天，在美國的一頓晚餐，和我父母之間早已遺忘的對話。所有片刻都再度浮現，糾纏著我。」他按摩自己的後頸。「現在我必須放手，你明白這意味著什麼嗎？知道自己的人生即將結束？知道自己必須向理智告別，因爲它將離去，而且再也不會回來？」

他搖搖頭。「我還記得我在你這個年紀的時候，記得大好人生還在我面前，而我能夠藐視死亡。如今我就像坐在一座起火燃燒的圖書館裡，卻什麼都挽救不了。」

他的嘴巴開始顫抖。

「請讓我把我的事情處理完畢，」羅曼諾夫小聲地說。「我還不能放手，但我會及時辦到的。」

★

接下來那幾個星期，每當阿爾娃想要談起她丈夫的未來，我都低調回應。我想替他爭取一點時間。我替他洗衣服，採買東西，盡我所能地協助他們倆。羅曼諾夫原本一直很自豪他大致上還能照顧自己，可是現在他就連穿衣服都有困難，常常得讓阿爾娃協助他。

偶爾他會做些來自於往日的計畫。一天晚上，他說起要去美國探望他哥哥，可是他哥哥早已去世。當他看見我們的眼神，明白了他的錯誤，便做了個鬼臉，喃喃自語：「怎麼會有這種事。」

他的暴怒也是新近出現的，而且令人擔憂。

「我不需要妳！」有一次他當著我的面對阿爾娃吼，在我還來不及插手之前，他用力搖撼她。「我可以自己來！」

阿爾娃沒有反抗。我插手干預，緊緊抓住他。羅曼諾夫跟我拉扯，用俄語喊些我聽不懂的話。我們花了很久的時間才讓他冷靜下來，可是不久之後，他似乎就不再記得剛才這場風波，而溫柔地握住阿爾娃的手。

後來，當我們一起吃午餐，她宣布她無法再繼續這樣生活下去。在這番談話中，她審慎地避免談到他整個人退化的一些細節。

「我們可以找個人來照顧你。」她說。

羅曼諾夫沒有回答。由於害怕犯錯，如今他幾乎不再說話，就連早晨讀報紙這件事也放棄了。只有在吃東西時，他才完全像他自己。我看著他切下一塊肉，吸進那濃郁的香氣，放進嘴裡，閉上眼睛，津津有味地咀嚼。

「這樣能讓你的生活輕鬆一些，」阿爾娃又起了話頭，「也能讓我們輕鬆一些。」

羅曼諾夫盯著他的盤子。「不要請看護，」他說。「我不想讓別人到這兒來。」

他把她的手拉過去，親了一下，然後逕自站起來，踢踢躂躂地走進書房。我們在餐廳裡聽見他在樓上緩慢而倔強地敲著打字機。那是恐懼開出的花朵。我曾在字紙簍裡翻找，他似乎不再寫得出像樣的句子，比較像是在列出名單，或是寫些意義隱晦的筆記：

週一雨……

晚上一個賭徒。走吧，如果他留下。

到最後不能決定

究竟想要什麼

但問題還在

他依然坐在打字機前，而這份頑固的自尊也使他繼續抗拒阿爾娃對他的照顧。爭吵和指責每天不斷。當他又一次在外面迷路受凍，阿爾娃說，最好是在聖誕節過後把他送去蘇黎世的「基督教基金會」接受照顧，那是一所私立療養院。她已經和療養院的院長談過這個情況，對方當場就允諾會給他一個床位。

聽到這個消息之後，羅曼諾夫沒有流露出什麼情緒，但如今我常看見他發愁地望向遠方。

接著，十二月十七日來臨，那是海蓮娜阿姨的冥誕。「剛好在聖誕節前一個禮拜，很容易記。」我們小時候她總是這麼說，當我們又忘了她的生日。

一整個上午我都感到一股異樣的不安。這一天說不出有哪裡不太對勁，可是究竟是哪裡呢？阿爾娃進城去了，我打電話給我的哥哥姊姊。兩個月前我曾邀請他們來這兒過聖誕節，現在我得取消這個邀請。麗茲說她和東尼會去慕尼黑和馬諦一起過節。我說我會找一天過去加入他們，如果辦得到的話。

「你該出來走走。」姊姊在掛斷電話之前說。

我走到窗前。眼前是白雪皚皚的山谷，庭院和草地都看不見了。木屋裡一片寂靜。這時我恍然明白少了什麼。少了二樓羅曼諾夫那台打字機的聲音。

★

我衝進書房——無人。幾秒鐘後，當我扯開地下室的門，羅曼諾夫就站在我面前，手裡拿著一個洗衣袋。他的臉頰蒼白似蠟，下巴布滿灰白鬍碴，似乎過了好半晌才認出我來。他喊出我的名字，令我鬆了一口氣。

「竺爾，你得幫幫我。」他和藹地說，又用了親暱的口氣。他從長褲口袋裡掏出一張摺起來的紙，上面只寫著三個字：**地下室**。

「我來這裡是想做什麼呢？」

我想到阿爾娃，她在城裡採買日用品，之後要和「基督教基金會」療養院的院長見面，商量下一步該怎麼走。而此刻我和她丈夫站在這裡，他想知道他是打算要洗衣服還是自殺。我想起他寫的那張紙條，上面在對我外貌的描述旁邊寫著「朋友」這兩個字。我的太陽穴怦怦跳動，當我朝他父親最心愛的槍枝走去，觸摸那沉甸甸的金屬槍管。

我把槍塞進羅曼諾夫手裡。

地下室這一幕情景直到多年之後仍歷歷在目，就連如今我都還會偶爾夢見。

「白朗寧手槍。」他立刻說。

「你還記得你父親嗎？」

「當然。」

「你還記得他是怎麼死的嗎？」

「他舉槍自盡。不管你信不信，他用的就是這把槍。從前我常用這把槍打獵，我父親生前也熱愛打獵。」

羅曼諾夫看著這把槍出神，然後神情陡然一變，我看見驚慌和恐懼在他心中湧現。他的嘴巴扭曲，雙手開始顫抖。

「天哪，我知道我爲什麼在這裡了。」他小聲地說。

這份領悟震撼了他。他睜大了眼睛看著我，而我意識到這也許是他還能控制自己行爲的最後時刻。之後他將面對的就只有無盡的瘋狂。

「我這樣做對嗎？」他問，仍然把槍拿在手裡。「告訴我，竺爾，這是正確之舉嗎？」

「你太太在城裡。」我的嘴巴很乾。「她要和一家療養院的院長碰面。你……」

羅曼諾夫用詢問的眼神看著我。

「你不想進醫院，」我說。「不想和你母親一樣。你明白嗎？」

我簡直能夠看見他在拚命搜尋這段回憶。

「不，我不想和她一樣。」最後他說。

我朝他走過去。「你放得下嗎？亞歷山大，你能放下嗎？」

羅曼諾夫似乎沒聽見我說話。「我母親到最後整個錯亂了，」他說，幾乎帶著稚氣。「她就像隻動物，什麼都不知道了，既不知道她兒子是誰，也不知道她自己曾經是誰。」他走向櫃子，取出一盒子彈，裝進槍裡。一顆子彈掉下來，他吃力地拾起。

「要我跟你太太說些什麼嗎？我會告訴她你愛她。」

羅曼諾夫沒有回答，用顫抖的雙手撫摸槍身。我看出他懷著極大的恐懼。

「小時候我常常觀察候鳥，」他說。「心裡納悶牠們要飛去哪裡？牠們究竟要飛到哪兒去？」

我腦袋裡有個聲音在命令我去打電話求救，去從他手中搶走那把槍。但是我擁抱了羅曼諾夫，無言地離開了地下室。

我匆匆走進我房間，拿了外套，沿著山坡往下跑向山谷。途中我滑了一跤，跌進雪中。我爬起來，繼續跑。我一直在等待槍聲響起，但槍聲卻未傳來。我想像羅曼諾夫拿著槍站在地下室的樣子，必須獨自作出抉擇，是要失去理智還是失去生命。再遲疑片刻，向一切告別再告別，然後利用那一秒鐘的勇氣，保持堅定，最後捨下一切。

我已經跑到了山下的馬路上，這時我聽見了槍響。幾隻鳥兒受了驚，撲打著翅膀飛過樹梢，然後寂靜又籠罩了山谷。

恐懼的誕生

（二〇〇七—二〇〇八）

去義大利那趟旅行我們租了一輛車，出發前又去看了看我們的新客廳。牆壁重新粉刷過，地板經過磨光，擦上了亮光漆，是我們幾個鐘頭前才完成的。阿爾娃說起等我們回來以後要如何布置這間公寓，而我頓時由於幸福而熱淚盈眶，不知道是因爲我又有了一個家，還是因爲她懷有六個月的身孕。我難爲情地把臉別開。

我們在傍晚時分離開慕尼黑，一路上輪流開車。「你知道嗎？」阿爾娃的手指在方向盤上敲著。「我認爲我還是會回大學讀書。我想念大學，也想念學習，就算我是最老的學生也無所謂。」

「那妳要讀什麼呢？文學？」

她猛搖頭。「我和作家在一起的時間太多了，現在我需要一些只屬於我自己的東西。我想替我的大腦做點什麼。」

她的眼睛在眼鏡鏡片後面閃閃發亮。當我凝視著她的臉，看著她柔嫩白晰的皮膚、又濃又黑的睫毛和濃豔的紅髮，我一時被她的美所感動。

我們聊起我們小時候一起做過的旅行，去過遠方的湖泊，參加過各種節慶活動。我講得忘情，說了句：「我們有那麼多年沒有見面，不是很不可思議嗎？」

阿爾娃聳聳肩膀。「還在學校的時候，我心想我們兩個的關係會有點複雜。後來我才明白我一直都愛著你，」她正準備變換車道，所以沒有看著我。「可是那時候我已經在俄國了。當時我常常想起你，但後來我就只想把你忘了。」

「所以說妳想念過我？」

「對，有時候，」阿爾娃說。「但大多數時候，我很高興擺脫了你。」

她露出微笑。我把手擱在她肚子上。我們還沒有替這對雙胞胎取好名字。起初她想用她姊姊的名字來替我們的女兒命名，但後來又決定不要。「要是芬妮還活著呢？」在尋找名字的時候，我發現「阿爾娃」在北歐語言中的意思是「林中精靈」。我很喜歡這個含意。阿爾娃守護著我從童年起就不曾再離開的森林。

在我們前方有十幾輛大卡車，一股汽油味，無數的車燈發出亮光。我們通過義大利邊境，期待著住進阿瑪菲海濱的旅館，我們打算在那兒待上兩週。我用我的存款支付了旅費，雖然這樣做並非必要。羅曼諾夫死後，阿爾娃繼承了一大筆錢，對我來說數目驚人，再加上賣掉那間小木屋連同那塊土地又有了將近一百萬瑞士法郎的收入。不管這是不是我想要的，錢都不再是問題。

「你跟出版社通過電話了嗎？」

「嗯，」我說。「現在他們還是會把他的書排入明年春天的出版計畫。」

「你辦得到嗎？」

「就快完成了。」

羅曼諾夫的最後一部作品——《時光飛逝》——將由五個中篇小說構成。其中三篇他在死前幾個月就已經交給琉森的一位公證人保管，免得作品被他自己毀掉。第一篇故事寫的是一個年近五十的波蘭推銷員。他在戰爭中失去了家人，在冬季裡行經一片寒冷貧瘠的土地，那裡一無所有，只有他的回憶。第二篇小說〈光與逆光〉發生在美國，講的是奧勒岡一對分手的夫妻。妻子剛剛發現丈夫多年來都對她不忠，於是她對他的幸福回憶有了裂痕。第三個故事寫的是他自己，敘述已被遺忘的作家亞歷山大．尼可萊．羅曼諾夫。故事述說他如何精神錯亂，住進了療養院，在療養院裡把他的人生一再拆解，再錯誤地重組。由於結構嚴謹，這是他的作品中我最喜歡的一篇，還勝過《不屈之心》。

剩下那兩個中篇是我寫的。

羅曼諾夫在死前幾週交給我的信封裡裝了三十張紙，寫著場景、註釋、回憶和想法。還附上了一封信。

信上寫著：

我們兩個都是小偷，竺爾……

因此我想和你做個交換。用書來交換女人。這是你欠我的。

他想要我在瑞士寫的那兩篇故事，按照他的指示來修改。

「我還是不懂你爲什麼要替沙夏做這件事，」阿爾娃說。「那只是個請求罷了，而且那時候他頭腦已經不清楚了。」

「他這個請求是認眞的。」

「那又怎麼樣？你是在拋棄自己身爲作家的前途。你爲什麼這麼做？」

我只搖搖頭。我無法告訴她。

要把羅曼諾夫的想法融入我那兩篇小說，有時候容易得出奇，有時候卻幾乎不可能。要把陌生的場景植入一份文稿就像是器官移植。爲了把他的想法放進去，我往往得另外編出一整套情節。可是一段時間之後，他的場景和我自己的場景就已經無法分開。他的最後一本書也將充滿悲劇，但是羅曼諾夫曾經說過，他從未渲染人生，從未添油加醋。他只是從未視而不見。

阿爾娃嘆了口氣。「那，等你忙完他的書，你要做什麼呢？」

「我會去找個工作。」

她擺了擺手。「等我去讀大學，你就要照顧小孩。」

「那我該**做**什麼呢？」

「你應該再寫你**自己**的東西。我會樂於花錢來贊助一個有前途的作家。就算是獎助金吧。」

「很搞笑。」我把車子停在一個加油站前面。

阿爾娃湊近了一點。「那一直都是我的夢想，竺爾：擁有一個靠我養活的宮廷詩人。」她親了我一下。「我的**家用奴隸**。」

「妳越來越放肆了，歪牙。」我回吻她，卻咬到了她的下唇。「小心別讓那些錢腐化了妳。」

「已經來不及了。」

我們買了咖啡和義式三明治在路上吃，然後就繼續行駛。天空一片漆黑，儀表板閃著亮光，和她這樣坐在車裡非常舒適愜意。一整夜我們都在交談，聽著收音機裡的義大利歌曲，笑笑鬧鬧，阿爾娃又說了我的耳朵很小，是她見過最小的耳朵，而我聲稱那是智力奇高的象徵。

「等我們到了，首先要在海邊吃早餐。」她蜷縮在座位上，疲倦但愉快。太陽的一道金光出現在地平線上，我們靜靜地看著前方的公路漸漸從黑暗中浮現。阿爾娃的指尖撫摸著我的下臂，一上一下，一上一下。也許就在這一刻，我不再想用另一種人生來交換我的人生，哪怕是我爸媽還活著的那一種人生。

★

九個月後，當羅曼諾夫那本書由他的瑞士出版商出版，報紙副刊上登出了好幾篇評論，其中也有幾篇回顧了他畢生的作品，但是銷售成績卻令人失望。A．N．羅曼諾夫的名字最後一次被擦亮，然後就成了過去。

「至少他不必親身經歷這件事。」阿爾娃悶悶不樂地看著手裡這本白色的小書。「再過五年就不會有人讀了。這本書太灰暗。」

「我會讀。」

「請問你要什麼時候讀？」

「當我過得不好的時候，這本書就能夠安慰我。」

阿爾娃走到嬰兒床邊。「我們怎麼會過得不好呢？」她打量著兩個寶寶。「我喜歡算個總帳，哪怕這種結算有點陰森。人生是一種零和遊戲。以我來說，我遭遇的厄運已經夠多了，包括我姊的失蹤、我的童年、我母親、沙夏的死，尤其是他的死法。所以，現在必須要有很多好事發生在我們身上，才能平衡得過來。」

「人生不是零和遊戲。有些人一輩子都倒楣，一點一點地失去他們所愛的一切。」

「而你當然以為自己是這種人？……親愛的烏鴉嘴。」阿爾娃撫摸著我的頭髮。**小心翼翼地**，我心想。

她給了我一個吻。「相信我，接下來這幾年屬於我們。」

我把我們的女兒從床上抱起來。把寶寶抱在臂彎裡仍舊令我心情激盪。彷彿我身上最閃亮的部分不再在我自己身上，而在寶寶身上。「妳聽見了嗎？」我在路薏絲耳畔低語。「接下來這幾年屬於我們。」

如今我三十五歲，幾乎和我爸媽去世時的年紀一樣，即將跨越一道他們沒能跨越的門檻。我和他們相處的時光距離現在愈來愈遙遠，只來自於我人生的前三分之一，這令我黯然神傷。看著身為年輕母親的阿爾娃，我常想起我的母親，並且遺憾自己對她所知如此之少。我對她的回憶多半是一種感覺，是她的溫暖，她那種開朗樂觀。然而，身為個人的她對我而言卻是陌生的，而且直到如今我才明白原因何在。我從未見過她有片刻的軟弱，從未經歷過她苦惱或沮喪的時刻。她就像一個演員，把眞實的自我藏在一副容光煥發的母親面具後面，就這樣從我的童年裡悄悄走過，因此，對於她，我所知道的就只有那少數幾個一成不變的故事。

「你們的爸爸其實根本不是我喜歡的那一型，」有一次她對我們說。「可是我就是躲不開他。他是一小群大學生的領頭，他們每天都在大學門口等我，他會問我要不要跟他約會。每一次我都拒絕了。他會說：**那就明天見囉**，並且笑嘻嘻地鞠個躬。我喜歡他的固執。還有，他總是把我的名字說錯。」

說到這裡，她看向我父親，而他彷彿受到了提示，用誇張的口音說出「瑪德蓮娜・塞茨」。

當我想起這段敘述中那個神氣活現的小伙子，我很難相信早年的父親是多麼不同，和後來那些歲月中怕東怕西的他形成對比。也許早年的他擁有的是那種借來的自信，凡是二十歲出頭的年輕人幾乎都有。事情也可能正好相反：那是他一生中唯一展露出眞實自我的時期，在他青年時的種種事件尙未將他困住之前。

爲了了解他的過去，我在儲藏室裡東翻西找。所有的箱子都放在這裡，裡面裝著貝迪亞克、慕尼黑、漢堡和柏林時期的回憶紀念。在其中一個箱子裡，除了往日的家庭照片，我還找到了小時候我用來寫短篇故事的紅色筆記本，還有那具摔壞的萊卡相機和那封用法文寫成的信。

親愛的史提方，這具相機是給你的。希望它能讓你記得你是誰，記得絕對不能讓生活毀掉的東西。請試著了解我。

我擱下那封信。我對父親究竟了解多少？他年少時喜歡踢足球，想成爲攝影師，但他缺少這樣做的勇氣，也沒有得到支持。似乎也可以確定他和他哥哥艾瑞克曾經被他父親毆打，通常是在他父親喝了酒之後。海蓮娜阿姨曾經這樣暗示過。其餘的一切，我都必須從別人沒有告訴我們的事拼湊出來。艾瑞克伯伯爲什麼年紀輕輕就死了？他的死是件悲劇性的祕密，在我們家裡從未談起過。如今想問個究竟已經來不及了。我父親故意把他的過去移到模糊的背景中，而我無法再使之恢復清晰。

★

整理那些東西時，一張舊日的家庭照映入我的眼簾：照片上是我爸媽和雷納夫婦，他們曾經是親密的好友。漢諾．雷納是個英俊的外交官，常對我們這些小孩說起他去蘇丹或伊朗的旅行。艾莉．雷納則和我母親一樣是老師。不過，後來他們似乎鬧翻了，因爲在我爸媽去世之前那幾年，他們忽然不再來訪。照片上他們四個人坐在我們家的餐桌旁。我父親看著艾莉．雷納，她正比手畫腳地在說話。漢諾．雷納也著迷地看著他太太。只有我母親沒有看著她，也沒有看著我父親或是看著鏡頭，而是看著**他**。這種眼神我再熟悉不過。姊姊也把同樣這種愛慕、飢渴的眼神投向她想要的男人，而後來她也得到了這些男人。但事情有可能是這樣嗎？是這張照片告訴了我這個故事，還是我自己編出來的？

我沖了杯咖啡，坐下來寫我的小說。這段時間裡我幾乎沒有進展。我在小木屋時感受到的那種近乎狂躁的精力已經消失，而羅曼諾夫的死仍舊影響著我。阿爾娃從未得知是我把槍塞進了她丈夫手裡，有時我會責怪自己以這種方式漂亮地除掉了我的情敵，雖然我知道這並非我這樣做的原因。

我打字打了一會兒，然後思緒又忽然回到我父親身上，回到我和他的最後一次相聚。雖然與我長久以來的記憶有所出入，但如今我相信自己在那次服用了迷幻藥之後記起的印象。那是我長年壓抑的眞相，就像一根毒刺插在我身上，從黑暗的潛意識左右了我。

沒錯，在最後那一晚，我和父親談到了那具相機，是他聖誕節時送給我的，而我一次也沒用過。我們也的確解決了這番小爭執，他還表示願意教我如何使用這具瑪米亞相機。他說他會樂於見到我從事攝影，說他已多次注意到我擅於捕捉題材。

不過，我們的談話並未就此結束。

我們父子的關係那時有點緊繃，不僅是因爲那具相機。母親一向自信沉穩，我絕對不會違抗她。可是如果父親叫我上床睡覺，我就會聳聳肩膀，要是他佯裝擺出權威姿態告誡我，我只會笑笑。因爲那代表的其實是他的恐懼和不安，這讓我難以承受。

在爸媽要開車前往法國的那個週末，我一心想去參加一個年紀比較大的男孩辦的派對。他已經會抽菸喝酒，而他邀請了我讓我覺得是莫大的光榮。可是父親不准我在他家過夜。

「可是大家都會去，爸爸。我答應了我也會去。」

「我們已經談過這個男孩的事，你不該跟他來往。我絕對不會在沒有大人看管的情況下讓你在他家過夜。」

「可是如果我不去，他們會認爲我是個膽小鬼。」

「那就讓他們認爲你是膽小鬼吧。總之你不准去。」

對他來說，討論到此爲止，他拉上皮箱的拉鍊，在菸斗裡塞進菸草。

「沒錯，」我說。「我就知道你不會在乎。因爲你自己就是個膽小鬼。」

我立刻察覺自己說錯話了。爸爸朝我轉過身來，跟我一樣吃了一驚，手裡還拿著菸斗。

「你剛說什麼，竺爾？」

「說你是個膽小鬼，」我聽見自己結結巴巴地說。我身上一陣冷一陣熱，我知道自己太過份了，卻又無法住嘴。「你什麼都不敢。因爲你自己什麼都怕，就什麼都不准我們做，你自己是個膽小鬼，而你想要我們也都變得跟你一樣。」

啪地一聲，我的左臉挨了一巴掌。

我的眼淚奪眶而出。「去你的，」我大吼。「你和你的臭相機。」我氣沖沖地盯著他的臉。「我恨你！」

頓時一片寂靜。

我向後退了一步，忽然覺得我彷彿第一次眞正看見爸爸。他顯得深受打擊，露出了他在遭到解雇時打了那通電話之後同樣的表情。有一部分的我頓時對他感到同情。然後我就跑回我的房間。

半小時後媽媽來找我。她穿著米色大衣，擁抱了我跟我道別，我聞到她所搽香水的丁香味。「別這樣，」她說，「爸爸並不是故意的。」

「他打了我。」

「我知道。而他對這件事也非常、非常抱歉。他不敢相信自己竟然打了你。」她停頓了一下。「這段時間他有些……他最近過得不太好。」

「所以你們才要出門嗎？」

「這是原因之一。」她撫摸我的頭髮。「你不想跟爸爸說聲再見嗎？他很想要和你道別，計程車馬上就來了。」

「不要。」我惡狠狠地說。

媽媽在我臉頰上親了一下，然後我聽見她在走道上也跟麗茲和馬諦道了別。爸爸問起了我。

「你也曉得他的，」她說。「他固執得很。」

「可惡……」他喃喃地說，聽起來很沮喪。然後他自己到我房間來，想跟我說話，可是我不理他。不久之後計程車就來了，而我聽見大門關上的聲音。

後來我再也沒有機會在那句「我恨你」後面補上什麼，於是那就成了我在父親死前對他說的最後一句話。

當年我從客廳的窗戶看見他們坐上計程車。我父親史提方替我母親瑪德蓮娜拉開車門，然後他們就搭車離去。直到如今，我還能看見那輛計程車在夜晚的街燈下轉過街角，從我的視線中消失。

無法改變的事

（二〇一二—二〇一四）

二〇一二年四月，在我騎摩托車出事之前整整兩年半，我們在慕尼黑一起度過復活節。我們那條街的古銅色屋頂在午後的陽光裡閃閃發亮，空氣中瀰漫著剛烤好的蛋糕香味。吃飯時，馬諦一直做鬼臉來逗我兒子發笑，但那毫無成功的指望。文森四歲半時就已經偏於內向，而我哥哥也不是天生就會逗小孩的那種人。

吃過甜點之後，雙胞胎去尋找艾蓮娜藏在屋子裡的復活節彩蛋。每次她和我的小孩在一起時都一臉開心，所以我樂於把兩個小孩帶到她那兒，也常常這麼做。不過，偶爾我也會獨自去她的診所找她。這是從我得知自己即將成爲人父時開始的，因爲我不確定自己能否勝任這個角色。在心理治療時間，艾蓮娜從來不多說什麼，而是聆聽我訴說我暗自害怕再度失去一切。而且她能看穿我的心思，通常一句話也不必說。一個有時親切、有時勸誡的表情就足以讓我明白她的意思。我愈來愈明白馬諦在她身上尋找並且找到的是什麼。艾蓮娜是個校正者，當你偏離了軌道，她能感覺得到，並且用溫柔的堅持引導你回到正途。

東尼沒有到慕尼黑來。我決定不要向麗茲問起他。那陣子東尼若是在一場表演結束後把一個女人帶回家，他會把細節一五一十地告訴麗茲，兩人以此爲樂。麗茲會倚著他，握住他的手，替他取些親暱的小名。可是也就僅止於此。若是我姊姊又交了個男友，她什麼都不告訴東尼，幾乎完全不再理他。「一個是虐待狂，一個是被虐狂。」有一次我哥開玩笑地說，但那當然不是玩笑。

路薏絲跑向她姑姑，坐在她腿上。每次麗茲從柏林來探望我們，她就會鄭重宣布她也想要小孩，這一次也一樣。如今她四十二歲了，而我已經不認爲她還會成爲母親。「我就想要一個像這樣的女兒，」她說。「這個孩子十全十美。」她在我女兒的頭上親了一下，兩個人都露出燦爛的笑容。

然而，就算姊姊表現得好像很享受家庭生活，她一向只能在慕尼黑待個幾天，久了她就受不了。我想起從前在阿姨家過聖誕節的時候，當一切顯得太過和諧幸福，她就總是要出門去參加一場派對。我想起傑克．凱魯亞克[1]那段話，麗茲在少女時期把那段話掛在她床頭：**我只對那些瘋狂的人感興趣，他們瘋狂地活著，瘋狂地說話，渴望同時擁有一切，從來不打呵欠，也從來不說陳腔濫調，而是燃燒，燃燒，再燃燒，就像黑夜裡的羅馬焰火。**

★

從客廳傳來笑聲。阿爾娃和兩個孩子依偎在沙發上。她剛剛讀了故事給他們聽，此刻在一起笑鬧。爲人母的阿爾娃我百看不厭。她總是找得到恰當的語氣，不同於我，

譯注

1 傑克．凱魯亞克（Jack Kerouac, 1922-1969），美國小說家兼詩人，被視為「垮掉的一代」的代表人物，自傳體小說《在路上》為其最知名的作品。

她很清楚什麼時候該嚴格，什麼時候該放鬆，而且似乎想要給孩子她自己不曾得到的一切。兩個孩子愛她，也崇拜她。

我走到唱機旁。「聽好囉。」我說，在那一刻，我感覺到童年時那份期待，就像我想展示某樣東西給哥哥姊姊看那樣。我放上一張唱片。響亮的吉他聲，背景和聲。所有的目光都望向我。

「爸爸，這是什麼？」

「這是披頭四的歌，」我說，「〈平裝書作家〉。」

路薏絲似乎覺得這段音樂很有趣，文森則大感驚奇地用腳打拍子，眉毛高高揚起，等那首歌播完，他馬上說：「再一次。」

這一天我們的小孩在馬諦和艾蓮娜家過夜，好讓我們能再次出門享受兩人時光。

「我們正在看一部影片，之後我就會叫他們上床睡覺，」艾蓮娜晚上在電話裡說，「我們會好好照顧他們。」這句話她在這通電話裡說了三次。

「好，好，我知道啦。」我說，差點要笑出來。

當我掛掉電話，我感覺到阿爾娃在盯著我瞧。「怎麼了？」

「你看起來是這麼心滿意足。你在傻笑。」

「我沒有傻笑。」

「才怪，你一直在傻笑。」

我握住她的手，一把將她拉進懷裡。「總算又和妳獨處了，」我用手臂摟住她的肩膀，「怎麼樣，我們把孩子留給我哥，然後一起遠走高飛？」

「我還以爲你永遠不會問呢。」

稍晚在餐廳裡，阿爾娃說起馬諦推薦她去聽的一門課。這幾年來，她和馬諦成了朋友，常常我回到家裡，會發現他們正在熱烈地交談。有時候我會坐下來加入他們，但其實我很高興他們兩個沒有我在場也能談得來。有一回，在一次像這樣的聚會之後，馬諦問我：「你注意到了嗎？她和麗茲在許多方面有多麼相像？」乍聽到時，我不以爲然地大笑，但後來我經常想起他這番話。

阿爾娃早已修完了哲學系的課程，如今在寫博士論文，此外她也設法改善我們那棟樓殘舊的內院。在她的建議下，物業管理公司鋪上了新的草皮，現在她還請人替小孩（也有一點點是爲了我）搭建了鞦韆和樹屋。

然而，仍然有某種東西在她身上蠢蠢欲動。往日舊事似乎不時會向她伸出魔掌，一幕幕情景會忽然湧上她心頭，來自她的少女時期，還有她在莫斯科那段我無從想像的歲月。偶爾她也會因此而作惡夢，在睡眠中不安地動來動去，然後緊緊依偎著我，漸漸平靜下來。我很早就不得不明白有兩個阿爾娃，明白我不能只要其中一個。雖然在雙胞胎出生之後，她放棄了在深夜出去散步，但是有一部分的我仍然擔心有朝一日她可能會再度失蹤，從此不再回到我身邊。

「對了，我讀了那個瑞典作家寫的童書。」她的腦袋從菜單後面探出來。「他叫馬格努斯，姓什麼我忘了。我很喜歡那個故事。」

我早已習慣她會偷偷去讀我正在審閱的書稿。儘管如此，我還是假裝惱怒。

「怎樣？」她就只問。「只要我一直讀不到你寫的東西，就只好讀這個。」

我透過羅曼諾夫的出版商得到這份審稿的工作。他們對我審校的羅曼諾夫手稿感到滿意，應我的請求，把我推薦給慕尼黑的一家出版社。至於我自己那部長篇小說，我只有偶爾寫一點。要不是阿爾娃一再問起，也許我早就放棄了。

這天晚上我們喝得稍微多了一點，阿爾娃說起我們認識之前的那段時光，說她小時候喜歡和她父親去屋子後面結冰的池塘上溜冰。當她說起這件事，彷彿洋溢出發自內心的光芒。我俯身越過桌面吻了她，再替我們把酒斟滿，她問我是否想把她灌醉，我說我正有此意。

回家路上，她的步履果然有點蹣跚。我想去扶她，才發現我自己的雙腿也有點不穩。我們忍不住吃吃地笑，互相扶持，慢吞吞地走去搭地鐵。

夜裡我被一陣聲響吵醒。在那之前我作了個深沉的夢，花了一點時間才回過神來。阿爾娃在我身旁哭泣。我嚇了一跳，開了燈。

「爲什麼我不快樂？」

她說得含混而且太快。「我愛你，我愛文森和路薏絲。我愛我們所擁有的一切。可是有時候好像這還不夠，好像永遠都不會夠。這種時候我就只想離開，再也不回來，而我不知道這是爲什麼。」

她這番話像一塊被扔進湖中的石頭沉入我心裡。

我把她摟進臂彎。「沒關係的，」我一再地說，輕輕吻著她的頭。「我就愛妳這個樣子。」

「我從來都不想這樣，」她小聲地說。「可是我無能爲力。」

「我知道。」

我緊緊摟著她好幾分鐘，跟她說話，試著安慰她。由於阿爾娃無法再入睡，我們看了幾部影片，直到房間被淡藍色的晨光照亮。這一切當然跟後來發生的事無關，可是從這一夜以後，我就更加珍惜那些無憂無慮的時刻。

★

搭機前幾個鐘頭，我和孩子在院子裡玩。路薏絲執意要扮演彼得潘，文森輪流飾演幾個配角，不久前完工的那間樹屋充當海盜灣，由我這個狡猾的虎克船長來防守。我把羅曼諾夫那支桃花心木手杖當成軍刀，我的小孩則用樹枝進攻，而他們當然在一場激烈的打鬥中打敗了我，最後我痛苦地死去。

「他死了，他死了。」他們哈哈大笑，繞著我跑，用樹枝來戳我的肚子。

這時我哥出現在院子裡，肩上背著旅行袋。看見我在地上滾來滾去，他笑嘻嘻地說：「我們該出發了。」

我們要去柏林幾天，想在東尼生日時給他一個驚喜。他在一間酒館慶生，似乎非常高興我們來訪，可是他的情況很糟，把我嚇了一跳。他從前那種迷人的魅力已經蕩然無存，看起來不快樂，而且老了。這天晚上，他的注意力也放在麗茲身上，她先是親切地和他交談，後來則跟一個我不認識的男子坐在吧台。我能看見東尼的目光一再朝她望過去，就連他裝出來的快活也漸漸黯淡，直到他沉默地站在角落。馬諦和我走過去陪他，可是我們也無法讓他開心起來，不久之後，他就自己一個人回家了。

這一夜，我們還在姊姊家的廚房裡坐了很久。她似乎感覺到我們在想什麼。

「夠了，」最後麗茲說。「好像我喜歡看到他這樣垂頭喪氣似的。」

「這不是重點，」馬諦說。「重點在於妳已經折磨他好幾年了。東尼原本可以有自己的家庭，可以得到幸福，偏偏妳就是不放他走。妳從來沒把門完全關上，總是留下一條細縫，好讓他繼續乖乖追著妳。因爲如果他突然走開，妳其實會受不了。」

「那我該怎麼做呢？跟他在一起嗎？就只因爲這樣做是對的？」

「有何不可？我覺得這樣也不錯。」

「你眞是瘋了。」麗茲不敢置信地看著他，然後把目光投向我。「那你呢？你也這麼想嗎？」

「這個嘛，他現在沒交女朋友也沒有結婚，而是孑然一身，妳肯定要負一份責任。」麗茲正想答話，但我擺了擺手，沒讓她說。「不過，他即使結了婚也不會快樂。就像妳沒辦法對他有一點感覺，他也沒辦法不愛妳。這是他的選擇，這就是他想要的，所以也沒什麼好後悔的。」

麗茲咬著她的指甲。「我又沒辦法選擇我的感受，」她小聲地說。「就算他是合適的對象，我不愛他。」

麗茲大笑。「可是『愛』只不過是一個字罷了，」馬諦說。「重要的是知足。」

「都是些沒有說服力的廢話。對不起，去他的知足，我要的是興奮、挑戰、緊張。東尼是個大好人，而且老實說，我甚至能夠想像和他一起變老。但只是當作朋友。他是我能夠喜歡的人，卻不是我能夠愛上的人。我想要的是偶爾也會拒絕我、對我不好、需要我去爭取的人。」

「可是爲什麼呢？誰會想要這樣？」

她聳聳肩膀。「有些女人就只需要安全感和保障，有些女人則不。」

馬諦朝她走過去。「喔，就像我太太是嗎？了解，這當然是個很棒的例子。她看見了我，心想，嗯，他有潛力，然後她就緊緊跟著我二十年。因爲我雖然有點無趣，算不上是白馬王子，但是我脾氣好又有錢。就算這也許不是少女時代的她想要的，但是對婚姻來說已經足夠。而且多麼湊巧，她丈夫也是這麼想，彼此都認命地接受了平凡的生活。妳是這個意思嗎？」

一陣尷尬的沉默，因爲對於他的婚姻，我們的確偶爾是這麼想的。

哥哥似乎察覺了。他匆匆收拾了他的旅行袋，走向門口。「以妳對這一切的看法，我對妳的前景感到悲觀，」他對姊姊說。「因爲這樣下去，妳一輩子都不會幸福。」

他消失在樓梯間裡。

「至少那是我自己的人生。」麗茲說，但是他已經聽不見了。

★

阿爾娃通常是在國家圖書館寫她的博士論文，可是深秋的一個晚上她卻是在家裡寫。書房裡亮著燈，光線不強，我站在門口注視著她。忽然她皺起眉頭，發起呆來，失神地咬起手指。我喜歡看她專心致志的模樣。我早已能夠從她肩膀的姿勢看出她是否緊張，而她只把門虛掩著，暗示出她想要有人作伴。我們之間似乎有種無盡的親密，就像兩面互相映照的鏡子。

我把一根香蕉切成兩半，拿了我的筆記型電腦，在她對面那張書桌前坐下。我們吃著香蕉，默默地打字，偶爾互看一眼。在這種時刻，當路薏絲和文森就睡在隔壁房間，我感覺心安，那是我自童年以後就不曾再有的感受。

我想起當年的自己，那個無所畏懼、充滿自信的男孩。然而，在爸媽去世時，他卻不夠堅強，只能讓位給自己性格中的另一面。我並不想念他，只偶爾會想念我十歲時經常感覺到的那種興高采烈。在我這一生中還可能會發生一樁事件，再一次讓我回到那種飄飄然、帶著傻氣的無憂無慮之中嗎？哪怕只是短短的時間？

「我正在想一件事。」

「說吧。」

我闔上筆電。「我在想，假如當年我去了法國，並且在那裡生活，會發生什麼事？假如我出了一樁意外，假如我們從來不曾相遇。在我的人生中曾經有過那麼多岔路，那麼多成爲另一個人的機會。」我看了阿爾娃一眼。「我的意思是，難道妳從來沒想過嗎？假如妳姊姊當年沒有失蹤，妳會成爲什麼樣子？如今的妳八成會不一樣吧。」

她想了想。「對，甚至是肯定不一樣。」

「問題在於，有哪些東西**不會**不一樣？什麼會是妳身上不變的東西？在每一種人生中都維持不變，不管人生選擇了哪個方向。在我們身上是否有些東西，不論在任何情況下都能保住？」

「還有呢？」

我想起麗茲，她一向就情緒多變，獨來獨往，爸媽還在世時就是如此。對男生的迷戀似乎也是她本性的一部分，一如她的容易上癮，還有她喜歡唱歌和畫些小故事。就算她有很多年不再做這些事，迷失了自我，也無關緊要。因爲不管她是在一家商店裡看見一本激發靈感的童書，還是和她的手足作了一趟迷幻藥之旅：觸媒並不重要，在她的人生中，總會有一個時刻喚醒她內心的願望，想要再去畫畫或是奏樂。而馬諦雖然沒有成爲醫生或科學家，但是他身上不變之處也許在於這股罕見的衝勁，能讓他達成所有的目標。很可能他在其他的科學領域也會當上教授，例如生物學或物理學。

「我不知道……」我看著阿爾娃。「妳呢？這件事妳怎麼想？」

「嗯……齊克果說過：**要成爲自我，必須先打破自我。**」

「意思是？」

她皺起眉頭。「嗯，一個人來到這世上，被他的環境所塑造，包括父母、命運的打擊、教育和偶然的經驗。到了某個時候，他會說『我是這樣的人』，彷彿那是理所當然，但他指的卻只是他的表面，他的第一層自我。」她坐到我的桌子上。「要找到他眞實的自我，就必須質疑他在出生時就存在的一切。也必須失去其中一些東西，因爲一個人往往只在痛苦中才學到什麼是眞正屬於他的……一個人在這些決裂中看清自己。」

她的雙腳在半空中搖啊搖的。「話說回來，我不知道假如我當年的人生有所不同，或是比較單純，會發生什麼事。例如，我不確定我們是否還會在一起。很可能我會選擇一個無憂無慮、活潑大膽的男人，一個比較不愛深思的人。可是照一切已經發生的事來看，你就是那個對的人。就只有你。」

「這話很誠實，但還是有一點傷人。」

她在我鬢角輕輕吻了一下。

「而我爲什麼是那個對的人呢？」我問。

「因爲你了解所有的事。」

我稍作思索。「還有呢？我的英俊相貌、我不可小覷的智力……我的謙虛？」

「也許還有你的謙虛。」她審視我的頭髮。「還是一根白髮都沒有。你是怎麼辦到的？」

我沒有回答，伸出手撫摸她的臉頰。她閉上了眼睛。

我想起我們幾年前那場婚禮。想起在哥哥家用燈籠裝飾的庭園裡辦的那場小型派對，想起她父親的致詞。他和阿爾娃的相處方式十分獨特。雖然父女之間的關係很親密，他們卻很少見面。但他們經常給對方寫信，而且她父親當時也堅持由他來支付婚禮的費用。

「妳還常常想起芬妮嗎？」

她點點頭。「我想我永遠不會停止想她。」

阿爾娃嘆了一口氣，摘下眼鏡，擦拭鏡片。她的臉色蒼白。這幾個星期以來她都帶著倦容，而且一再發燒。

我命令她休息一下，從廚房裡拿來一瓶葡萄酒，她放上了喬治．蓋希文的唱片。我自己聽不懂他的音樂，阿爾娃卻熱愛**她的**蓋希文，總是稱呼他「我的喬治」。從前我害怕變老，但如今想像我在四十年後還會跟她生活在一起，這個念頭令我心安。我們將會並肩而坐，閱讀、交談，或是下棋，偶爾互相調侃，然後再回顧我們共同累積起來的珍貴回憶。我想像著她臉上有了皺紋的模樣，想像她到了快八十歲時的穿著打扮，同時明白這一切我都不會在乎，想到年華老去不再令我心生恐懼。

稍後，我到小孩的房間去。兩個孩子都已經睡著了，我凝神傾聽他們輕輕的呼吸。我先在路薏絲的床邊坐下。她是個活潑快樂的小女孩，幾乎太過自信。她已經曉得自己的價值，知道我們都覺得她很可愛，因此會原諒她許多事。她仍舊喜歡依偎在我身邊，但如今她看穿了我。她本能地只會對我叛逆，卻乖乖聽她母親的話。我在她額頭上親了一下，走到文森的床邊。他睡著時又把被子踢掉了。他比路薏絲愛作夢，害怕所有陌生的事物。我在書房裡審稿時，他常來陪我，他喜歡那份安寧，會在地板上玩一輛玩具卡車，或是把阿爾娃讀給他聽的故事再講給我聽。他還是嬰兒時就是這麼安靜，可是原因究竟何在？這是什麼時候被決定的？

我替他蓋上被子，然後去廚房拿了一瓶啤酒，在陽台上坐下。一陣清涼的微風從我身上拂過，潮濕樹葉的氣味從院子裡飄來。我喝了幾口啤酒，感覺到夜晚寧靜如水，而一種憂喜參半的感覺驀地湧上心頭。

★

二〇一三年一月，我搭飛機去了柏林幾天，去和出版社旗下一位作者討論他的稿子。有天晚上我約了麗茲一起吃飯，而令我驚訝的是她把東尼也帶來了。他心情很好，說起在愛丁堡的一場魔術表演，他是客串演出的來賓。他的氣色明顯要比上一次好得多。他和麗茲並沒有成爲一對，但是她對待他的態度似乎比較認眞，不再用她的戀情來折磨他。

回程時，當飛機飛到慕尼黑上空，天色剛剛變暗，四周的景色隱沒在陰影密布的暮色中。這幅景象使我心中隱隱有些忐忑，不過，等飛機降落之後，這份感覺就又消失了。在回市區的火車上，我查看了手機。阿爾娃打過好幾通電話來，但沒有留言。我回撥給她，但是她沒有接。

「我快到家了，」我寫簡訊給她。**「什麼事？」**

一進家門，我就看見兩個孩子在爭吵。路薏絲拿走了文森的一隻絨毛長頸鹿，想讓它跟她的一隻絨毛動物結婚，但是文森不同意。他們爲了那隻長頸鹿而爭吵，而我必須插手調解。

「把長頸鹿還給他。」我扮起嚴格的父親，可是路薏絲乾脆跑走了。當我喊她回來，她笑得那麼調皮，使得我自己也差點忍不住笑了。

最後文森拿回了他的絨毛玩具，這時我女兒已經不在乎了。她從浴室拿來一支髮刷，大聲地唱起歌來。

文森敲敲自己的額頭。「她好笨。」

我要兩個孩子準備好，因爲我們待會兒就要開車去伯伯家吃晚餐，這次邀約是早就計畫好的。

「可是媽媽說不去吃飯了。」文森說。

「爲什麼？」

他聳聳肩膀。直到此刻我才注意到阿爾娃不在家。我在臥室裡尋找蛛絲馬跡或一張紙條，但是什麼都沒找到。當我再次打電話給她，才發現她把手機留在床頭櫃上了。

「媽媽還想出去一下。」路薏絲在我背後說。

我猛地轉過身去。「什麼時候？」

「在你快回來之前。」

「她有說她去哪裡嗎？有沒有說她什麼時候回來？」

路薏絲搖搖頭。「沒有。她只說你快回來了，還說你可以先弄晚餐。」

我緊張起來。把小孩單獨留下不是阿爾娃的作風，哪怕只有幾分鐘。然後我說服自己沒有理由擔心；也許她只是到國家圖書館去一下，或是替她的博士論文影印一些資料。我替小孩做了飯，和他們玩了蛇梯棋，然後送他們上床。直到我獨自坐在客廳，而屋裡的寂靜變得沉重，我心中才又湧起了不安。這個時間圖書館已經關閉了。我打電話給馬諦和艾蓮娜，可是他們什麼都不知道。有那麼一刻，我考慮要打電話報警，但決定再等一等。

我盯著手機，喝了兩瓶啤酒，再盯著手機，繞著街區走了一圈，盯著手機，在冰冷的寒意中在屋前的小小台階上坐了很久，等候著阿爾娃。深夜兩點了，三點了，四點了。我煮了一杯濃濃的咖啡，試著轉移心思。胡亂在電視頻道之間轉來轉去，讀起《追憶似水年華》中的《斯萬之戀》，那是我母親最喜歡的一本書。可是我太疲倦了，讀到眼皮一再闔上。

正當我打算去睡一會兒，我聽見了鑰匙插進鎖孔的聲音。我大大鬆了一口氣，急忙走到門口。阿爾娃果然回來了，可是她的眼睛哭腫了，眼神黯淡。我覺得她好像變了一個人，像是剛剛才又變回人形的鬼魅。

「妳去哪裡了？」

她默默地把外套掛在椅子上。

「看在老天的份上，說啊，妳去哪裡了？」

「我先前需要獨處一下。」

我要的是一個像樣的道歉，或是對於她稍早失蹤的合理說明。一句能夠安撫我的話，但不是這一句。

「妳又去散步了嗎？妳又開始了嗎？」我站在她面前，靠得很近，察覺我控制不住自己。「眞是夠了，妳有小孩啊，怎麼能就這樣一走了之，把我們嚇成這樣？」

她凝視著我，眼神仍舊黯淡，微微閃著淚光。她被我那番怒氣沖沖的話給嚇到了。

「我忽然害怕妳再也不會回來了。」我激動得顫抖。「妳什麼事都可以跟我說啊。我的意思是，妳能想像我們有多……」

「我得了癌症。」

一秒鐘過去，接著我向後一個踉蹌，彷彿被一隻無形的手揍了一拳。簡簡單單這五個字釋放出如此原始的力量，使我頓時啞口無言。這句話奪走了我的全部感受，我一時不知道該說些什麼或做些什麼。

「我試過跟你聯絡，」阿爾娃打破了那片寂靜。「好幾次。到後來，我非出去走走不可。對不起，我不該這麼做的。」

一陣令人麻痺的麻癢從我的胸口擴散到手臂和雙腿，有那麼一刻，我覺得自己好像要飄走了。

「哪一種癌症？」不知何時我問出了口。彷彿有人把我的音量轉到了最小。

「血癌。」

「確定嗎？妳怎麼知道的？」

「上星期你在柏林的時候我就去看過醫生。當時我又發燒了，而在那之前我就已經覺得不舒服。我做了好幾種檢查，但我不想告訴你，免得你擔心。而最終的診斷結果今天出來了。」

我發現自己坐了下來。當我察覺阿爾娃把手擱我的後頸上，我不由得戰慄，於是她又把手抽了回去。

「看著我。」她說。

我無言地抬起頭來看著她。

「我會活下來的，竺爾。我知道我會。」她顯得出奇平靜。「我會活下來的。」

我看進她的眼睛，相信她說的每一句話。

★

阿爾娃得到的病情預測不太好，但是她確實有機會戰勝血液裡的癌細胞。她立刻接受了化療，爲了頭幾次療程在醫院裡住了好幾個星期。藥物係由靜脈注射。細胞生長抑制劑：這是希望的代名詞，也是毒藥的代名詞。

一份超眞實的新現實，神智清明時幾乎無法忍受。我彷彿在霧中，像個啞然無聲的鬼魂，坐在醫院她的病床邊，守護著她。但即使當她的頭髮脫落，阿爾娃也不氣餒。她忍受著痛苦的注射和極端的不適，有時候甚至會拿來說笑。她對孩子說她的病情沒那麼糟，說她很快就會恢復健康。我也試著效法她。保持信心，保持信心。只有一次我脫口而出，說命運又一次跟我們作對，可是阿爾娃立刻打斷了我。

「這種話我不想聽，」她加重了語氣。然後口氣又和緩一些：「你可以等我好起來以後再抱怨。」

我點點頭。我們站在家中的臥室裡，那時她頭一次獲准出院幾天。收音機裡播著一首法國香頌。我看起來想必還是垂頭喪氣，因爲她執起我的手，跳了幾個舞步，令我感到驚訝。自從我認識她以來，還從未見過她跳舞，除了在我們的婚禮上曾遲疑地跳過幾步。

我們隨著音樂搖擺，緊緊相擁，動作緩慢，由於阿爾娃還很虛弱。她閉上了眼睛。她和我如此親密，我感覺到她的呼吸、體溫和內心的震動，在這一刻，我無法理解這個人的生命正受到威脅。

「妳此刻人在哪裡？」我問。

「我在這裡，」她仍舊閉著眼睛，「我在和你共舞，試著不去想別的事。」

「我們從不曾一起跳過舞，這不是很奇怪嗎？」

「我不怎麼喜歡跳舞，你大概也知道吧。」

臥室的牆壁向後退，漸漸消失，我們的皮膚變得光滑，我們又回到了寄宿學校。那時我們十九歲，爲了躲雨而逃進我的寢室，我們喝杜松子酒喝到醉，而我……

「妳還記得我向妳邀舞的那一次嗎？」

「你從來沒有向我邀過舞。」

「誰說的，我甚至播放了那首歌，我媽曾說用那首歌可以贏得任何一個女人的芳心，可是妳就是不肯跟我一起跳舞。所以我當然就認爲妳不想要我。」

阿爾娃皺起了臉。「那是**她的**愛好，你懂嗎？不是我的。她是我們兩個當中比較有天分的，從小就幾乎天天去上芭蕾舞課。而在她失蹤之後，我再也不想跟跳舞有任何關係。那太容易讓我想到她。」

我覺得彷彿有一陣冷風從我身上穿過。「假如當時我知道就好了。」我說，更像是自言自語。

我們默默地隨著音樂搖擺了一會兒。我吸入她身上熟悉的香水味，檀香木和梔子花。

「跟我說說妳姊姊的事吧，說些愉快的事，」我說。「每當我想到她，我就想到他們只找到了她的外套。跟我說點別的，讓我對她能有些不同的印象。」

阿爾娃想了想。「芬妮很活潑，幾乎坐不住，」她說。「還有她喜歡歌劇，小時候就常聽莫札特。有一次我們去看《魔笛》演出，結果她興奮到在表演進行時換氣過度，只好讓劇院的醫生帶出場外。」她笑了。「我們一起玩的時候常常瘋過頭。睡覺之前我們有一套固定儀式。每次媽媽跟我們說過晚安之後，芬妮和我都還要在床上翻兩個筋斗。前翻一次，再後翻一次，然後媽媽才會關燈。」她搖搖頭，但是我看得出來，她喜歡這個從記憶廢墟裡救出的畫面。

那段時間，我為阿爾娃做了我能做的一切，照顧她，試著滿足她的每一個心願，幾乎不離開她身邊，卻還是覺得自己毫無用處。稍微有幫助的是我哥幾乎每天都來看我們，艾蓮娜每天晚上也會直接從診所到我們的公寓來。她的溫柔舉止確保了我們都能保持平靜。

積極治療的第一階段已經結束，接著展開了長達數月的鞏固性化學治療。在每兩個化療周期之間，阿爾娃都能回家休養幾個星期。有時候她由於疲倦而一直睡到晚上，在情況好的日子，她常待在院子裡，那裡幾乎已經變成了一座花園。我喜歡從陽台上看著她跪在地上鬆土或是種些東西，但我最喜歡的是她在忙完之後打量自己成果的那一瞬。通常她還會擦拭一下額頭，或是搓搓雙手，但尤其顯得**心滿意足**。

到了夏天，我們仍然沒有得到明確的病情預測。那段期間我們就只想著芽細胞和白血球的數值，為了散散心，我們去了貝迪亞克。阿爾娃很期待這次出遊，她想做的第一件事是去海邊。

「你們快準備好。」她愉快地對孩子喊道，然後上樓去拿她的東西。

我先讓文森和路薏絲繫上安全帶在車上坐好，然後又走回屋子裡。當我經過浴室，我在鏡子裡看見阿爾娃的臉，那是我從未在她臉上見過的表情。就連她第一次對我說起她姊姊時也不曾見過。她的嘴巴扭曲，眼淚順著她的臉頰流下。我在她臉上看見了純然的恐懼。

當她發現了我，她擦擦眼睛。「我剛才覺得我好不了了。」阿爾娃摘下她的假髮。「要是不久後我就不在了怎麼辦？我實在沒辦法想像。」

她端詳著鏡中自己光禿禿的腦袋。

「這不是我，竺爾。**這根本就不是我！**」她忽然大叫，而我感到戰慄。

然後她跌坐在浴室的磁磚地上。「他們才六歲啊，」她小聲說。「他們還太小了。」

★

九月時，孩子入學了。我的感覺就像當年阿爾娃快進入青春期的時候，我意識到從此以後就必須跟這個世界分享她。阿爾娃則只是因爲要送孩子去上學而感到不自在。

「戴著假髮，我難看死了，」她說。「大家都會盯著我看。」

「胡說，妳好看得很。」

她嘆了口氣。「竺爾，你一向不擅長說謊，而你剛才表現得比平常還更遜一籌。」

儘管如此，開學第一天她還是一起去了。

路薏絲熱烈地期待一切，文森卻抱著懷疑。「我不能再上一年幼稚園嗎？」他問我。

「難道你不想學習嗎？」

「想啊，可是幼稚園那麼好。」

「學校也會一樣好。」

他又不可置信地睜大了眼睛。

「喔，我覺得上學很棒。」路薏絲說。

「喔，我覺得上學很棒。」文森模仿她說。

雖然他們是雙胞胎，相像之處卻很少。路薏絲還是比較活潑、比較野，幾乎已經不聽話。她等不及要讓班上其他的孩子看見她已經會讀會寫了，那股興奮勁兒讓我想起麗茲小時候。文森也已經能讀幾個字，儘管如此，他的自信還是很薄弱。他母親的病使他變得更多疑、更孤僻。他很少告訴我他在想些什麼，還變得愈來愈內向，只有在踢足球時才會走出來。有時候，我帶著他和路薏絲在院子裡踢球，這時我就會想起父親，想起他在英國花園裡踢球的樣子，身為自由中衛，以優雅的動作盤球向前。我想像著他和我的小孩一起踢球的情景，如今他大概是個皺紋滿面的七十歲老人，在這種時刻我就十分想念他。

這麼多年以後，阿爾娃和我頭一次又能在上午的時間獨處。起初我們不曉得該用這段自由的時間做什麼，可是不久之後我們就很享受在陽台上慢條斯理地吃早餐，討論報上的文章，一邊聽著音樂。之後我抓起幾份文稿，在臥室裡審閱，以便陪她。當阿爾娃感到虛弱，她會躺在床上，偶爾她也會拿著一本書坐在矮櫃上，背倚著牆。這是她最喜歡的位子。她依然是這種奇特如貓的生物，不愛坐在椅子和沙發上，而喜歡坐在壁龕裡、檯面上或桌子上。

她情況比較好的時候，我們也會出去做一趟悠長的散步。「我想念大學，」有一次散步時她小聲地說，同時碰了碰我的手臂。「可惜我從來沒能和你一起上大學。這種認眞看待自己心智的感覺，這種學習的感覺，那實在是……」

她把手一揮，因爲她想不出合適的字眼。「竺爾，等我好一點，我希望你明年能陪我去上一門課。我知道這有點像是敲詐，但是這場病總該有點好處吧。」

秋天在英國花園裡鋪了一層落葉地毯。一隻天鵝從湖裡爬出來，笨拙地朝我們走過來。阿爾娃碰了碰我。「你對明年有什麼願望？如果可以自由選擇的話，你想做什麼？」

「騎摩托車。」我不假思索地回答。

「眞的嗎？」

「我小時候就想騎了。我一直都羨慕東尼，當他去騎摩托車，回來之後說那有點像是飛行。雖然我很確定他是在誇大其詞，但是我很想自己弄個清楚。」

「那你爲什麼沒去做呢？」

「這個嘛……有可能會出事。」

「有幾百萬人在騎摩托車，也沒出什麼事。」

「運氣好。」

「也許是吧，」她只說。「可是爲什麼你就不該運氣好呢？」

當我們稍後站在廚房裡準備午餐，阿爾娃的手機振動起來。她猶豫了一下才接起電話。我們互看了一眼。

「是醫院打來的。」她輕聲說。

我的脈搏立刻加速。我擱下烹飪用的木勺，緊張地在房間裡走來走去，一再觀察著阿爾娃的表情，想看出一些端倪，究竟那是好消息還是壞消息。爲什麼講了這麼久？有一會兒她緊緊閉上眼睛，頓時把我推入絕望的深淵，不過沒多久，她就又專注地聆聽。

忽然，一種炙熱、近乎觸電的感受流過我全身。起初我不懂是爲什麼，然後我明白了阿爾娃在微笑。她一再點頭，喜形於色。「對，當然。」她正說著，同時用力抓住我的襯衫。她把我拉向她，想讓我一起聽，可是那通電話已經結束了。接下來一切都發生得很快，她擱下手機，我們互相擁抱，我聽見自己像在大喊些什麼，但內容連我自己都幾乎聽不懂，然後我再度抱緊了她。我感覺到她全身都在顫抖。

她的主治醫師通知她，說癌細胞已經完全消失了。他建議放棄既辛苦又有風險的骨髓移植，直接開始做維持治療。

這個消息我想要一聽再聽，換個說法來聽，一遍又一遍。我打電話給馬諦和艾蓮娜，接著再打給麗茲和東尼，他正坐在地鐵上，幾乎沒聽懂我說的話，而這是最棒的，因爲這樣一來我就可以用吼的：「我剛才說阿爾娃戰勝了癌症！」

不過，眞正的快樂並非這最初的興奮喜悅，而是隨之而來那種深深的如釋重負。下午我們帶孩子去公園踢足球，一起踢球直到傍晚，坐在遊戲場的鞦韆上，雙腿在半空中擺盪，去一家小吃店吃炸薯條，一邊聊天，每個人的眼睛裡都閃著這份光采。誰都不想回家，不想太早結束這美妙的一刻。

夜裡當我們躺在床上，阿爾娃和我無法入睡。那份狂喜仍在我們體內燃燒，我們都毫無睡意。在她的請求下，我去附近一座加油站買來她最喜歡吃的冰淇淋：香草口味加餅乾碎片。回家的路上，起初我以正常的速度走著，然後愈走愈快，最後拿著購物袋跑了起來，跑完到家門口的那幾公尺，忍不住笑了。

我們一邊吃冰淇淋，一邊計畫著未來。過去這幾個月裡，我們頂多只想到醫院的下一通來電，從來沒想過更遠的事。如今地平線在我們面前展開，我們說起祕密的心願、可能的旅行，或是我們想和文森還有路薏絲一起做些什麼，等他們再長大一點。

「妳就承認吧，」我撫摸著她脖子上那兩道細細的疤痕，「妳一直都知道會有好結果的。」

「當然囉，畢竟這是一場……」

「零和遊戲，我知道。」

「再說我總不能扔下你跟孩子。我自己倒是沒什麼可惜，但是孩子就可憐了。」

我們聊起假如我得獨力撫養雙胞胎長大會是什麼情況，想像出最恐怖的情景：好比，路薏絲成了吸毒的龐克族，留著兩側剃光的莫霍克髮型，在一個奇爛無比的樂團彈低音吉他，遭到退學；文森則成了寂寞的神祕學信徒，加入了一個可疑的神祕教派，隨著他的新朋友永遠消失在加拿大的荒野中。

「神祕教派？我真的會是這麼差勁的老爸嗎？」

「嗯，也許沒有差勁到這個地步。」

「他們就是不聽我的話，總是只聽妳的。妳是怎麼辦到的？」

她聳聳肩膀。

「強到了娘胎裡。」我小聲地說。

當阿爾娃睡著，我依然清醒，端詳著她。外面在下雨，雨滴敲打著窗戶，但是她顯得很安詳，睡眠似乎消除了所有的黑暗念頭。她朝我翻過身來，手臂擱在我胸口。我緊緊握住她的手臂。倦意一波波襲來，但我仍舊凝視著她，直到我發現自己在夢中帶著哥哥的狗漫步穿過一片無盡的森林。

★

當冬天來臨，阿爾娃的頭髮已經又長回來不少。聖誕節我們在哥哥家裡度過，他的房子爲這種場合提供了足夠的空間。那是一棟現代化的建築，圍著濃密的綠籬，孤伶伶地座落在一大塊土地上。適合充當電影中惡棍的住家，有無數多餘的房間，一座大院子，還有一些科技噱頭，像是能連上網路的冰箱和可伸縮的螢幕。

「馬諦是無用物品之王。」有一次姊姊這樣說。

大家都來了，包括阿爾娃的父親，他身材矮小結實，有一點古怪，高鼻梁，嘴角帶著一絲憂鬱，和他平日開朗的態度不太相稱。他的目光堅定，皮膚由於多次攀爬阿爾卑斯山而飽受風吹日曬。他先是擁抱了阿爾娃許久，然後抱起我們的小孩，問了他們很多問題。一整個晚上，兩個小孩都黏在他身邊。

我們一起唱歌。麗茲雖然彈著吉他，卻仍舊拒絕演唱〈月河〉。

「要等我自己有了小孩之後，我才會再唱這首愚蠢的歌。」

「喔，那就表示妳永遠都不會唱了。」馬諦說。

她狠狠瞪了他一眼。

接下來小孩子獲准拆禮物，有爸媽送的書本和樂高積木，艾蓮娜送的衣服，東尼和馬諦送的電動遊戲，還有麗茲送的水彩顏料，我們則坐在客廳的大茶几旁邊看著他們。前一年的辛苦，使得此刻能夠歡聚一堂的感覺更加美好，能把過去這一年當成一場惡夢來回顧。

我哥和東尼站在音響前面討論該由誰來挑選音樂。我哥搖著頭走回茶几旁。「從今天起，事情再明白不過，東尼對音樂一竅不通。」

「別聽他的，」東尼大聲說。「在寄宿學校的時候他聽了好幾年的暗黑金屬搖滾，害得我一輩子都留下創傷。」

每次他們兩個聚在一起，就會興奮地先互相嘲弄一番，然後才像兄弟般親密地並肩而坐，聊上幾個鐘頭。

麗茲卻一整晚都不太說話。她從前光潔無暇的臉上刻上了幾道細細的皺紋。在她微笑時並不明顯，可是當她不笑時，便顯得有點憔悴。雖然她不再吸食毒品，但我知道她酒還是喝得太多，紅酒杯就像那頭金髮一樣是她的一部分。如今姊姊四十四歲了，而且似乎對抗不了衰老。她一向只享受當下，爲了自由而一再鬆手放棄一切，如今她幾乎是兩手空空。

當我問起她的工作，她做了個鬼臉。「我愈來愈老，而學生永遠是十七歲。他們永遠都只要面對著大好人生，而我的人生卻已漸漸成爲過去。」

時間已經晚了，只剩下我們倆坐在廚房裡。麗茲告訴我她剛剛和她的記者男友分手。還是一場空。她用手指順著桌緣的凹痕撫摸，忽然，所有的自信都從她臉上消失。她的嘴角抽搐，她試圖掩飾，但是抽搐依舊。最後她走到我身後，像小時候那樣伸出手臂將我環抱。我緊緊抓住她，想起一艘在很久以前被推離岸邊的小舟，就只是輕輕一推。然而這麼多年來，始終沒有什麼東西能遏止最初那股小小的推力，於是這艘小舟就獨自漂向大海，愈漂愈遠……

「我不知道，」我說。「也許妳這輩子還是該緊緊抓住些什麼，堅持到最後，而不要總是馬上又繼續飄蕩。」

「我就知道你會這樣說。」她鬆開了我。「可是這樣的生活也沒有什麼意義。一切都消逝得太快，什麼都抓不住。你只能**活著**。」

她又朝我投來這個眼神，**她的**眼神，而這一次我沒有閃避，因爲如今我已經懂得她在說些什麼。

★

新的一年，我替文森報名參加了一個足球隊。他的反應是驚慌失措，路薏絲則覺得這不公平，因爲她也想加入足球隊。可是我很在乎讓文森能擁有一件只屬於他的東西，是他那個多才多藝的姊姊無法勝過他的。另外，我也想讓我的兒子學習一種團隊運動，日後不要孤單地跑在百米跑道上，要戰勝的只有自己和時間。

前一年那些黑暗的時刻漸漸脫離了我們。如今我又看見阿爾娃每天坐在書房裡，用筆記型電腦寫她的博士論文。她仍舊威脅著下學期要找幾門我們可以一起去上的課。

「除非你終於讓我讀一點你寫的小說。」

「我還沒寫好。不過妳總會讀到的，我保證。」

「沙夏以前也總是這麼說，可是到最後他再也沒拿出什麼給我讀。」

兩個孩子這時已經習慣了上學。如今他們白天過著自己的生活，我雖然聽他們說起，卻從未見過。但有一次，文森在吃飯時說起一個老師和他們談到「穆罕德里」。在我的詢問下，他說那是個拳擊手。

「你說的是穆罕默德．阿里，」我喊道。「他是史上最偉大的拳擊手。」

文森看著我，那副表情像是在說：「如果你這麼說……」我女兒也沒打算掩飾她對此事不感興趣。

「阿里很了不起。他一向愛說大話。看好囉。」我從椅子上站起來，睜大了眼睛吼道：「我是最偉大的。上星期我和一隻鯨魚扭打。我殺死了一塊岩石，打傷了一塊石頭，把一塊磚打得住進了醫院。我兇狠到就連藥品碰到我都會生病。飄如蝴蝶，刺如蜜蜂。」

我在餐廳裡蹦來蹦去。兩個孩子目瞪口呆地看著他們的老爸出人意料地發起瘋來。

「而且阿里總是侮辱他的對手。像這樣。」我挑釁地走向路薏絲。「妳長得這麼醜，妳哭的時候連眼淚都會往上流，再從妳的後腦勺流下來。」她大笑。我瘋瘋癲癲地對著空氣揮了幾拳，再走向文森。「我敢打賭，你只要照照鏡子就會嚇個半死。你這個醜八怪！」

接著我嘗試阿里的招牌「蝴蝶步」，快速在原地跳來跳去，只不過我已經學不了那麼像了。沒多久我就氣喘吁吁，但是我沒有停下來，逗得兩個孩子哈哈大笑。當阿爾娃只是驚訝地搖頭，我就也在她面前跳來跳去，直到她也忍不住笑了。

★

二月底，我去大學接馬諦，打算和他一起去吃午餐。他從學院裡走出來時，一邊在和一群學生討論，其中幾個學生的年紀才只有他的一半。相對於他年輕時，我哥哥變得多麼有品味！他穿著一套典雅的灰色西裝，配上藍襯衫，淺棕色的布達佩斯皮鞋，還戴著一頂鴨舌帽，也許是爲了遮掩他的掉髮。他聽史普林斯汀、臉部特寫樂團和范・贊特的音樂，戴著一副幾乎隱形的眼鏡，看起來像個完全可以信賴的人。

「你剛才和那群學生在討論些什麼？」

馬諦推開餐廳的門。「喔，快下課的時候，有個學生問起有沒有自由意志。」

「有沒有呢？」

「當然必須要有。可是這個問題其實沒有那麼重要，更重要的是我們對自由意志的態度。因爲就算腦科學研究能夠證明我們從不曾有過自覺的選擇，我也不會接受。」他微微一笑。「就算自由意志只是一種幻覺，這個幻覺仍舊是我所擁有的一切。」

我正想要回答，這時我的手機響了。是阿爾娃。

「請趕快回家。」她說。

我感覺到胸口一緊。基於某種原因，我立刻想到文森。如果出了什麼事，一定是他。

「是孩子出了什麼事嗎？」回到公寓時我問。「是文森受傷了嗎？」

「不是。」

我鬆了一口氣，朝她走過去。「那是什麼事呢？」

阿爾娃露出微笑，但那並不是眞正的微笑。她的眼睛閃著淚光，然後她移開目光，我無言地倒在床上，躺在她身旁。

★

人生不是零和遊戲。它不欠你什麼，要發生的事就會發生。有時候是公平的，使得一切都有了意義，有時候則是如此不公平，使人懷疑起一切。我摘下了命運的面具，發現面具之下只有偶然。

★

自從知道阿爾娃的病又復發了，我就恍恍惚惚地度日。癌細胞擴散了，轉移到肝臟和脾臟。醫生讓她接受化療和放療，並且提高了劑量。大量的毒素注射進她體內，而那個老問題再度浮現：被殺死的是癌細胞還是她？

這段日子艾蓮娜和我哥哥搬到我們家來住，由我們三個人來照顧小孩。馬諦陪兩個孩子玩耍，艾蓮娜晚上讀故事給他們聽，上午上班前先送他們去上學，因爲那時我已經動身前往醫院。我們全都努力表現出樂觀，但是文森最先看穿了事實。

「她會死嗎？」他問。

我震驚地看著他。「不，當然不會。」

「那她爲什麼這麼久都沒回來？」

「這樣才更能好好接受治療。你媽媽是不會被打敗的，別擔心。上一次她不也是恢復健康了嗎？」

這似乎使他放下心來。路薏絲雖然顯得比她弟弟要有信心，可是一有機會，她就去醫院探望阿爾娃，溜上床去躺在她身邊。直到如今，我都還能看見她躺在她母親身旁的樣子，母女倆一句話都沒說，一個是由於虛弱，另一個則是由於恐懼。

「需要做的事我們都會做，」艾蓮娜一再對我說。「你不必擔心小孩。」

「謝謝。」

「還有，如果你想談一談……」

「我知道。」

之前，我一直很有把握阿爾娃不會放棄希望，而會堅持下去，但是我感覺她沒有料到病情這麼快就又復發。我想向她暗示我是樂觀的，於是給東尼打了個電話。

一個月後，也就是五月，我跑上醫院的台階，衝進阿爾娃的病房。她正打著盹，床上堆著她寫博士論文所用的書籍。這一年的春天迄今美得醉人，而這一天也是陽光燦爛，小小的病房簡直要被陽光給撐破了。

「妳能下床嗎？」我把阿爾娃帶到窗前，指著停在下面停車場上的那輛摩托車。她先看看那部機車，再看看我。

「可是你之前明明一直都怕得要命。」

「這已經是過去式了，」我說。「我不再害怕。」

她給了我長長一吻，擁抱了我。我一隻手裡還拿著安全帽，於是把它扔到床上。然後我察覺阿爾娃在哭。我一句話也沒說，緊緊抱住了她。

「可是我感到害怕，」她在我耳邊低語，彷彿在透露一個祕密。「化療的效果不太好。」

「他們會提高劑量，或是嘗試改用另一種藥物。」

「我幾乎就只能待在這裡。」

她花了一點時間才平靜下來，接著她聽我述說我偷偷去上駕訓班，還有東尼在我購買摩托車時給我當參謀。講些事給阿爾娃聽一向都令我愉快。她會張大眼睛，俯身向前，不自覺地抓住我的手肘，由於好奇而全神貫注。她看電影時也從來不會睡著，哪怕她已經累壞了；她總是想要知道故事如何結束。

「等妳出院，我就用摩托車載妳騎一趟。」

她懷疑地看著我。「你的技術夠好嗎？」

「嗯，我一路騎到這兒來也沒出事。」

我們兩個都躺到她床上，那張床上要躺兩個人實在是太窄了。

阿爾娃依偎著我。「和你躺在這裡感覺很好。」她的手指撫摸我的下巴、我的嘴，一路摸到我的眉毛上方和鬢角。「你知道我喜歡你的小耳朵嗎？」

「我猜到了。」

「你的小耳朵是你最棒的部分。」

她久久凝視著我，彷彿第一次刻意端詳我。最後她摸摸我的頭髮。「這麼多白髮了。」她說，接著就沒有再說話。

★

姊姊有幾次在週末來看我們，幫忙照顧小孩，或是陪我一起去散步，而她當然也會去醫院探望阿爾娃。但我感覺到她自己也在掙扎。她對她的工作感到厭煩，而她可能永遠不會有小孩這個念頭愈來愈強烈地折磨著她。有一天晚上，我們在電視上看到一段有關印度的報導，而麗茲說她還從未去過印度。這話聽起來只是隨口說說，但我看見對生活的渴望在她眼中閃現，而我知道，不久之後她就會有所行動。當我們關掉電視，她給了我一個安慰的擁抱，或者說是我給了她一個安慰的擁抱，那很難分得清楚。

如今我大多在夜裡工作，因爲我反正也睡不著。我請醫生對我說實話，但他們要我安心，說還沒有理由放棄希望。這就足以讓我堅持下去。每天早晨我慢跑穿過公園，常常帶著我哥養的那隻哈士奇一起跑。在那之後，我就設法把白天的每一秒都用來支持阿爾娃。我整理家務，處理該辦的事，在醫院和家裡之間來回奔波，照顧小孩。我一心想好好陪伴兩個孩子，完全顧不得自己。可是文森和路薏絲現在愈來愈常爭吵，當我想要插手調解或是送他們上床，他們就會跑開，流淚哭喊著要媽媽回來。

馬蒂幫忙我，裝出一副有信心的樣子，但有時候我看見他凝視著前方，神情抑鬱，面露沮喪。我知道他很欣賞阿爾娃，也知道在這種情況下，他那種虛無主義的世界觀提供不了什麼幫助。世人出生、生活、死亡，等到屍體腐爛，一切就被遺忘。我自己則作過幾次禱告，希望阿爾娃能恢復健康。雖然我無法相信宗教，但我從來不是完全沒有信仰。我想起和羅曼諾夫的一番談話。當時我們站在他的書房裡，討論著神正論[一]。

「竺爾，別再跟我說這些，」他說。「有些事情就是沒有答案，這就是其中一件。我們人類在這世間完全要靠我們自己。假如每一次祈求都獲得應允，假如我們確定知道生命在死後還會繼續，這會是個什麼樣的世界？那我們豈不是早就上天堂了，哪裡還需要這段人生。你聽過這句俗話嗎：給一個人一條魚，能餵飽他一天，教會他如何捕魚，能餵飽他一生。在這件事情上也是一樣。上帝想要我們學會照顧自己。祂沒有給我們魚，沒有應允我們所有的祈求，但是祂聆聽我們，看著我們在這塵世間如何應付一切，如何應付疾病、不公、死亡和苦難。人生就是用來學習捕魚的。」

這番話如今安慰著我。我想起羅曼諾夫當時慷慨大度地請我住進他家，想到他必定很愛阿爾娃，於是我打定主意，要找一天去琉森看看他的墓地。

譯注

[一] 神正論是神學與哲學中的一個分支，探討至善、全能與全知的上帝和普遍存在之罪惡這兩者之間的矛盾關係。

★

七月了，阿爾娃雖然太過筋疲力盡而無法寫作論文，但她還是在床上閱讀相關書籍：史賓諾沙、洛克和黑格爾。彷彿她想乾脆不去理會那個背叛了她的身體。

「全是些難讀的東西。」我只說。

「我喜歡讀。研究別人的思想一向帶給我樂趣。」

我想說的話我說不出口，但是我不說她也明白。

「如果我真的得死，」她說，「那就要死得抬頭挺胸。我要活得像以前一樣，讀書、學習，能活多久算多久。」

當時我很確定她想念她的夜遊。我常想像阿爾娃夜裡悄悄在醫院裡神出鬼沒，我幾乎希望她會這麼做。希望她永遠不會以凡人的方式離去，而是神祕地永遠消失在黑暗中。

「小傢伙們還好嗎？」她問。

「路薏絲挺好的，只不過最近很安靜。她問我她可不可以蹺課跟我一起到醫院來。文森則和隊友打了一架。」

「看，這是他畫的。」

阿爾娃指著擺在桌上的一張畫。畫上是她和一條狗，顯然是我哥養的那隻狗。文森在旁邊還畫了一個黑圈。他想必是用上了所有的彩色筆，才畫出了這種黑色。那個黑圈是死亡，我心中一驚。

「我們要一起去聽的哲學課只好再往後延了，」她看似打趣地說。「你又逃過了一次。」

我笑了一下，可是恐懼隨即鑽入心頭，強烈而具體，像一個拳頭一再打進我胃裡。這種痛苦把世界扭成了死結。

阿爾娃握住我的手。一種熟悉、美好的感覺，把她的手握在我手裡，兩隻手完美地交握。當年，在村莊酒館門前那輛紅色飛雅特裡，我就已經發現了這一點。我留在她身邊，直到外面暮色低垂，然後我騎上那輛摩托車。但我沒有騎回家，而是騎出了城外，在家裡馬蹄已經把小孩送上床睡覺了。在公路上我打開了安全帽的面罩。風割上我的臉，我喜歡這種感覺。

有時候我死盯著車道，乃至於一切都消失了。這時我就看見當年在學校裡她坐到我旁邊的樣子。一頭紅髮，怯生生的，戴著一副太大的牛角框眼鏡，很漂亮，儘管有顆稍微歪斜的門牙。在我眼中那麼神祕的阿爾娃。

如今我知道了從前我所不知道的一切。知道這個女孩失去了姊姊，日後將會到俄國去，並且在那裡結婚。我知道她將會和我重逢，和我有了孩子。我知道她在深夜的散步，也知道她將成爲一個很棒的母親，而我也知道她最後會生了病躺在醫院裡。當年，當阿爾娃在學校裡坐在我旁邊，這一切都還無從預料。那時她就只是個鄉下小女孩，坐在一個來自城市、剛成爲孤兒的小男孩旁邊。這是一個故事的開端，我們的故事。

接著我想到死亡，想到以前我常想像死亡就像一片無盡遼闊的空間，像是飛越一片白雪皚皚的風景。當你碰觸到那片白色，那片空無就被你所帶著的回憶、感受和印象塡滿，漸漸有了面貌。有時，由此而形成的面貌是那麼美麗又獨特，使得靈魂潛入其中，在那裡盤桓流連，直到它繼續穿越那片空無。

★

七月底有一天，家裡就只有我一個人。剛過中午，那片寂靜感覺很陌生，而我觀察著那風吹過院子，鑽進灌木叢中。之前接連下了好幾個鐘頭的雨，但此刻大片的陽光穿透了岩灰色的雲層。我決定找出我十九歲時寫給阿爾娃的那封信，就在我們各分東西之前不久。當年我掙扎了很久，終究沒有把信交給她，我覺得那封信太幼稚、太做作。結果後來引用了父親的話，跟她說了她只是我眞正的朋友那番鬼話。因此她從未讀到一九九二年五月二十六日這篇手寫的文字：

親愛的阿爾娃：

希望妳喜歡我寫的那幾個短篇故事。要是不喜歡，也請妳別太嚴苛。順帶一提，週末時我終於讀完了《心是孤獨的獵手》。現在我知道妳爲什麼這麼喜歡麥卡勒斯了，這故事也感動了我。現在我能理解妳想要成爲書中的一個人物，總在午夜過後到咖啡館去。可是書裡每夜聚在咖啡館的這些人其實全都漂泊不定，而且有點落魄。所以我不希望妳也變成這樣。此外，更讓我感動的是其中一個人物把生活分成了外在和內在的世界。過去這幾天我常常思考這件事，因爲我意識到我也在做類似的事。

外在的世界就是其他人稱之爲現實的東西。在那個世界裡我父母雙亡，沒有朋友，兄姊離我而去，不曾回頭看我一眼。在那個世界裡我將會上大學讀某個科系，以便將來找份工作。在那個世界裡我就是無法向別人吐露心聲，也許顯得冷漠，而且失去了一部分甚至是全部的自我。在那個世界，死亡在終點等候，有時候我覺得自己就這樣消失了。

內在的世界則不同，它只存在我腦子裡。可是一切不都只是存在於腦子裡嗎？妳常問我在想什麼，當我作著白日夢或是上課不專心時。事實是：我不是在想，而是在活另一種人生。在這些時刻，有時我想像我在美國長大，或是想像我的父母仍然在世。例如，今天上課時我就乘車穿越了義大利，同行的還有我爸媽、我阿姨和我的哥哥姊姊，大家全都坐在一輛舒適的旅行拖車裡。那種感覺是那麼強烈，言語根本無法形容。我們又成了小孩，沿著阿瑪菲海岸行駛，而我能夠向妳仔細描述那裡的氣味，檸檬味和海藻味，也能向妳描述那些秋葉的顏色，還有我們吃的切片西瓜如何在陽光裡紅得發亮。我可以告訴妳我們在聊些什麼，我的哥哥姊姊和我，還有爸媽看著我們的眼神，告訴妳我們在那間義大利小館吃飯的情景，我姊姊第一次喝了一小口葡萄酒，假裝覺得好喝，但我知道她其實覺得很難喝。

我當然知道這些幻想很幼稚。但我相信在這宇宙中一定有個地方，從那個地方來看，這兩個世界同樣眞實。眞實的世界和想像的世界。因爲當一切都被遺忘，當時間在億萬年後抹去了一切，再也沒有證據來證明任何事，那麼事實究竟爲何也就不重要了。到了那時候，我腦子裡想出來的故事也許就跟世人稱之爲現實的東西同樣眞實，也同樣不眞實。

妳肯定會納悶我爲什麼寫信告訴妳這一切。而且妳肯定想知道，爲什麼我只是問妳想不想搬到慕尼黑去跟我合租公寓，而沒有直截了當地告訴妳我對妳的感覺，雖然我對妳的感覺也許是顯而易見的。我這樣做不是想要冒犯妳，正好相反。事實是，我就是還做不到。因爲我不知道妳對我怎麼想，有什麼感覺。而我害怕拿我們的友誼來冒險，害怕我會在失去父母和兄姊之後又失去了妳。

不過，在這麼多年後，這封信是我向那個外在世界所跨出的一大步。我向妳吐露了一些我不曾告訴任何人的事。因爲我知道過度活在自己的世界裡是不對的。我想要活在妳所在的地方，而那就是現實。

★

竺爾

八月裡的某一天，我不記得是哪一天了。醫院走廊天花板上的燈光閃個不停，令我心煩意亂。消毒劑的氣味刺激著我的鼻子，有人沿著走廊奔跑，運動鞋踩在地板上發出唧唧嘎嘎的聲音。我看著醫生的嘴巴機械化地動著，他說的話慢慢才進入我腦中。治療不再有效果，癌細胞又有多處轉移，這場抗戰已經贏不了了。癌細胞在阿爾娃由於藥物作用而虛弱的身體裡四處蔓延，現在占了上風。醫生建議中止治療，只進行安寧照護。

他們估計她只剩下幾個星期。我在心裡一再複誦。**只剩下幾個星期**。

儘管我們暗中早已預料到這個結果，所有人直到最後都還抱著希望，希望她能奇蹟般地痊癒。即使是在這番我無法理解的診斷之後，我仍然無法相信。這想必是一種幻覺，下一刻我們就將全都圍坐在桌旁，一起吃晚餐，飯後一起玩棋盤遊戲。這不可能是眞的。不可以是眞的。

我幾乎什麼都感覺不到了，拖著腳步，失魂落魄地沿著醫院的走廊慢慢走，然後打開了阿爾娃病房的門。我走進那個小房間，這幾個星期以來我走進來過幾百次，只不過這一次完全不同。

「事情終於發生了，」阿爾娃說，當她看見我。「遊戲結束。」

我原本以爲會看見她哭成了淚人兒，卻沒料到她在看書。她仍舊記掛著她的博士論文，即使如今確定了她將永遠無法完成。我在她床邊坐下，想要擁抱她，但她輕輕把我推開。

「我現在忍受不了親密，」她說，「這事我得獨自承受。再給我點時間好嗎？」

我向後退。「當然。」

「明天我肯定又會好轉一些。」

她移開目光。我又看了她一眼，然後就離開了病房。

★

我覺得市區裡的光線太亮，陽光流灑在街道和房屋上。我沒有打電話給任何人，任由自己隨著人潮移動。扭結麵包的香味從一家麵包店裡飄出來，幾個工人在修補鋪石路面，一對年長的夫妻手牽著手在人行道上閒逛。**只剩下幾個星期**。

在家裡，艾蓮娜替兩個孩子做了飯，她似乎已經得知了消息，因爲她無言地擁抱了我。兩個孩子靜靜坐在餐桌旁。我假定還沒有人把這件事告訴他們，但他們似乎察覺有件事徹底改變了。

我摟住女兒，再摟住兒子，吃了幾口東西，走進臥室，躺上床，躺在我平常睡的這一側。另一側從此將永遠空著了。我立刻氣自己這樣自憐自艾，太過悲情。最後我睡著了。

晚上我被哥哥弄醒。他一句話也沒說，就上床躺在我旁邊，躺在阿爾娃平常睡的位置。他的臉色蒼白。

「我剛和麗茲通過電話，」他說。「她幾乎沒說什麼，不過聽起來她反正已經累了。由於目前正在發生的這一切，幾乎沒有人注意到她的情況有多糟。最近她跟我說她很想辭掉工作。我要她放假時到我們這兒來。」他把頭轉向我。「東尼則要我轉告你，如果你需要他，他會永遠在你身邊，如果你想要他來，他就會馬上過來。」

我們互看了一眼。

馬諦搖搖頭。「我實在不知道該跟你說什麼。一整天我都在考慮要說什麼話來安慰你，但實在沒有什麼話可說……至少你的孩子還有道別的機會。這雖然不算什麼，但已經比我們當年好多了。」

「他們才七歲，」我說。「三十年後，他們就幾乎記不得他們的母親了。」

「那就得靠你來把她的故事講給他們聽。」

我們就這樣躺在床上好幾分鐘，然後馬諦起來了。這天晚上，他和艾蓮娜一起照顧兩個孩子。我自己一動也不動地躺在床上，聽見路薏絲和文森問起我，聽見餐具叮咚碰撞的聲音，還有水龍頭的流水聲。可是我無法動彈，也無法下床。我繼續躺著，直到公寓裡漸漸安靜下來，大家都去睡了。然後我打開電燈，讀起羅曼諾夫的最後一本書。

★

我不想描述疾病最後對阿爾娃身體的摧殘，也不想去談她失去鎮定而感到絕望的那些時刻。我感覺她彷彿懸在一座深谷上方，只用一隻手攀住危岩，而疾病卻把她的手指一根接一根地扳開。

不過，在她那自我摧殘的身體裡面仍然住著一個堅強的心靈。阿爾娃只驚慌失措了幾天，就決定勇敢地迎向死亡。我不知道她這股力量源自何處，因爲她幾乎已經無法下床，在嗎啡的作用下，她昏昏欲睡的時間愈來愈長。可是當她醒來，這股力量就會閃現。

阿爾娃被轉到安寧病房。那不再是個白色的單調空間，幾乎稱得上舒適，木頭地板，牆上掛著水彩畫，還擺著一張紅色人造皮沙發。從早到晚，我都坐在那張沙發上，待在她床邊。善用能和她說話的每一秒，想從我們僅剩的時間裡盡量多竊取一些最後的回憶。在這些交談當中，有時候我會失去自制，被一股失落感淹沒，但她隨即露出微笑，即使那不再是她從前的笑容，她會說我得要振作起來，否則死神會怎麼看我？她總是表現得一副好像他就站在房間裡的樣子。

「你大可以坦白地說，」她說。「在他面前我沒有祕密。」

對阿爾娃來說，上午的時間最難熬，當她僵硬而沉默地躺在床上，無法和我說話。「當我作夢，我就忘了一切，」她喃喃地說。「每天醒來，我都重新意識到我即將死去。可是等到夜裡睡覺時，我就又忘了。」

這時她已經太過虛弱、太過疲倦，無法再看書，任由她那些哲學書籍擺在床頭櫃上。換成我來替她朗讀，朗讀小說裡的一些段落，也讀過幾首詩。她最喜歡的一首詩是里爾克的作品，如今我已能背誦：

死本為大
我們都屬於他
大笑的嘴
當我們自認為活在生命當中
他膽敢在我們當中哭泣

不過，她最喜歡我朗誦我自己寫的故事給她聽，收在羅曼諾夫那本書裡的那兩個中篇。一個故事講的是在夢中過著另一種人生的男子，另一個故事講的則是那個孤獨終身的男子，因為他偷走了人們的時間，沒有人願意放棄長久的人生來和他共度短短的歲月。

「可惜我這輩子是讀不到你的長篇小說了，」阿爾娃說，那是我們最後一次為時較長的談話。後來，當醫生提高了嗎啡的劑量，她通常不是太疲倦就是太恍惚，無法好好和我聊天，但是那天下午她很清醒。

「我還有那麼多事想做，那麼多地方想去。」她看著我。「你一直都想要為我下廚。」

「我常常為妳下廚。」

「可是從來不是像你當年在學校裡想替我下廚那樣。」

我不得不承認她說的沒錯。

「還有那兩個小傢伙，」她說。「我想要看著他們長大。等路薏絲進入青春期，有了煩惱，我眞希望能和她聊一聊，或是當文森第一次戀愛的時候。」她抓住我的手。「這些事現在得由你來做了。」

在那之前的幾個星期裡，我說服自己我將會設法做到這一切，可是忽然間，我的絕望和憤怒爆發了。我站起來，在房間裡走來走去。「可是這一切我都做不到，」我大聲說。「我沒辦法取代妳。**我就是還沒有準備好**。」

「你是個很棒的父親。」

「那是因爲有妳在。是妳在教育他們，所有重要的事都是妳做的。我只有陪他們一起玩。我就是還沒有**準備好**要獨自照顧他們。兩個孩子現在就已經不聽我的話了，他們不相信我扮演的角色。」

阿爾娃疲倦地搖搖頭。「你會愈做愈好的，我知道你會。當他們需要你的時候，你就會準備好的。」

「我實在不希望他們過著像我從前那樣的生活。」我跌坐在椅子上，焦躁地抖著腳。

她平靜依舊。「我懂。但是在你身上，我看見的並不是那個和孩子玩在一起的搞笑父親，而是你一向都是的那個嚴肅男子。而且你的哥哥姊姊會幫忙你的。」

「麗茲在印度。」我說，仍舊無法置信。

「這件事我不知道。」

「她在三天前辭掉工作，就這樣跑到孟買去，而沒有來這裡幫我。她總是這樣一走了之。」

阿爾娃一時無言以對。

「儘管如此，」最後她說，「對兩個孩子來說，我想像不出比你更好的父親。在這一點上，現在你必須更相信我的看法，而不是你的看法。」

我在她床邊坐下，小聲地說：「好吧。」

她的手又擱在我手裡。

「妳害怕嗎？」我問。

「有時候。當我還無法想像自己就快死了，這時我就會害怕。不過，現在我常常能夠想像了，這時我就感到舒坦。反正遲早都得一死。」

我點點頭。我們的談話就像一場賽跑，雙方都還急於再補充些什麼。「才八年，」我說。「我們在一起只有八年。我們浪費了那麼多時間。」

「我也常常想到這件事。」阿爾娃吃力地坐直了，凝視著我。「竺爾，你還記得我們在學校裡最後一次交談是什麼時候嗎？」

「在畢業舞會上？」

「不，在舞會上你連看都沒看我一眼。是在那之前。」

「喔，」我說。「妳忽然朝我走過來，問我那個學年的最後一個週末要不要一起做些什麼，說妳一定要和我談一談。而我沒打電話給妳，大概是自尊心太強了吧。雖然我當然想跟妳碰面。可是，事後當我向妳提起這件事，妳反正也已經忘了。妳根本就不在乎。」

她把手抽了回去。

「不，」她說。「事情正好相反。是**我**在那個週末過後問**你**爲什麼沒有打電話給我，而你……」

她的聲音在我耳中變得模糊。現實又一次出現了細細的裂縫，此刻我又清晰地看見當時我站在教室裡，自鳴得意、嘻皮笑臉地對她說謊，說我忘了我們的約定，說我在一場派對上遇見了另一個女孩。

阿爾娃看著我。「那一整個週末，我都希望你會打電話來。我終於……**懂了**你，竺爾。每次有人打電話到我們家，我就希望那會是你。」

「眞的嗎？」

「對。而當你沒有打電話來，我又難過又生氣，但主要是氣我自己。在那之後，我就只想遠走高飛。」

有一會兒我想不出該說什麼。可是當我想要自責，她立刻打斷了我。

「我們當時就只是還沒準備好。」

「可是我們原本可以有更多的時間。」

「我們依然有過屬於我們的時間，」我聽見她說。「寧願和你共度八年，勝過沒有你而度過五十年。」

我把頭擱在她床上。閉上眼睛，我就能再度回到我們年少時的那個夏天，看出她羞怯的暗示。當時她隨手送給我的紀念相簿，裡面就只有我們兩個的照片，她還在照片旁邊寫了一首首小詩。還有一次，她說她想出國，開玩笑地說除非她墜入情網才會留下。當年我們一再錯過彼此，把對方當成朋友，太晚看出我們對彼此的感覺。如今我可以修正我們的錯誤，這太容易了。在哪裡都行，不管是在她那輛飛雅特汽車上，在我的寢室裡，還是在山上那間小屋，只需要幾句話，只需要一點行動，一切就會有所不同……

可是我得再度睜開眼睛，面對即將來臨的事。我無法改變的事。

★

幾個鄰居和阿爾娃的大學同學來向她道別，她父親也定期從奧格斯堡來探望她，爲她帶來鮮花。只不過到最後，他再也受不了在失去大女兒之後，如今竟然又得失去第二個女兒。他請我轉交一封信給她。

我們的孩子見阿爾娃最後一面的日子也終於來臨。由於醫生剛好在病房裡，我帶著孩子坐在走廊的長椅上等待。兩個孩子都很沉默，顯然應付不了這個場面。他們才七歲，肯定沒有意識到這一次道別將是永別，然而在另一種更深的層次上，他們太了解自己即將面對的事了。

兩名護士從我們坐的長椅旁經過，一邊討論著什麼，在那之後就一片寂靜。

「眞有楠吉亞拉這個地方嗎？」路薏絲問。

「那是什麼？」我問。

「是一個地方，在艾蓮娜讀給我們聽的一個故事裡。」

「《獅心兄弟》那個故事，」文森小聲地補充。「楠吉亞拉是一個王國，人死了以後就去到那裡。」

「那是個好地方嗎？」我問。

「對。」兩個孩子說。他們滿懷期待地看著我，彷彿阿爾娃死後會怎麼樣就只取決於我。

「我相信她會到那兒去，如果她想去的話。不過她也可能會想去別的地方。不管怎麼樣，她都會在一個能夠好好看見你們的地方。」

兩個孩子立刻就相信了，有那麼一瞬，我自己也相信了。接著醫生從她的病房裡走出來，我們可以進去了。

我原本擔心阿爾娃會在睡覺，或是由於藥物作用而神智恍惚。但我發現她看起來還算清醒，不禁鬆了一口氣。當她看見孩子，她的表情變了。起初她似乎很高興，可是當她明白我爲什麼把兩個孩子帶來，她眼中流露出的傷痛令我幾乎無法承受。

兩個孩子無言地把他們帶來的禮物擺在床頭櫃上。文森給她的告別禮物是兩張畫，一張畫的是他最喜歡的動物，另一張畫的是他們母子倆。路薏絲帶給她一塊特別漂亮的石頭，是她在公園裡玩耍時發現的，希望能帶給她幸運。

他們擁抱了阿爾娃，然後又一次爬上床去躺在她身邊。當他們終於哭了，我別開臉，走出了病房。我淚眼模糊，又坐在長椅上等候，如此無能爲力，毫無用處。我心中有一種空虛，就連我父母去世時都不曾有過這種感受。

幾分鐘後，路薏絲和文森到走廊上來找我。在那之後，我們做了什麼或說了什麼，我不記得了。

★

在這段期間，我哥哥和艾蓮娜幾乎全天候替我照顧小孩，讓我能夠留在阿爾娃身邊。探病時間對我不再適用。我不想留下她一個人，夜裡也不想。

偶爾，我們會用我替她帶來的CD播放器聽聽音樂，聽尼克．德雷克的專輯或是她愛聽的喬治．蓋希文。通常她聽著聽著就會睡著，然後我就上床躺在她旁邊，有時我也會小聲地訴說我的擔憂，擔心少了她我將如何生活。

如果她沒睡著，還能聽我說話，我就會告訴她當年我之所以加入田徑隊，就只是因爲她欣賞運動員，或是說起我們在慕尼黑同住之後全然自由的那幾個月。說起我們常在孩子睡著時端詳他們。而我當然也一再告訴她我有多麼愛她，她對我有多麼重要，說有朝一日我將會寫她。

阿爾娃就只是躺著聽我說。

「噢，不。」有一次她小聲地說。

「怎麼了？」

「我剛剛想到那隻被凍住的狐狸，就像你當年所說的一樣。」

在她消瘦的臉上浮現了一絲她從前的笑容。

★

在她臨終那一天，我幾乎沒有鬆開她的手。我不希望她走的時候感到孤單，因爲我感覺到這對她來說仍舊很艱難。她隨時可能死去，必須撇下一切，讓自己墜入未知的世界，這份陰森恐怖很具體。外面陽光燦爛，我把百葉簾放下來了，但是陽光仍舊穿過縫隙，以窄窄的長條形狀落在地板上。如今阿爾娃多半閉著眼睛，可是每次我捏她的手，她都會回捏。每當我想去買杯咖啡，我會用跑的，能跑多快就跑多快，讓我能再回來握住她的手。她會再捏我的手一下，我也會再捏她一下，而她還在。

她最後一次睜開眼睛是在下午。她看著我，當她看見我在無聲地哭泣，她似乎感到苦惱，彷彿認爲這是她的錯。她又一次捏捏我的手，然後就又閉上了眼睛。我幾乎能夠感覺到她的思緒快速穿過時間和空間，搜尋著最後一件珍貴的事物，最後一個還能讓她緊緊抓住的美好時刻。也許她想到了孩子和我，或是想到她姊姊和她爸媽，想到了過去和未來。最後一次千思萬想，百感交集，恐懼和信心糾結，而她也已經隨之而去，出奇迅速而陌生地飛向無窮遠的地方。

另一種人生

如果時間並不存在，那會怎麼樣？如果我們所經歷的一切是永恆的，如果並非時間從我們身旁走過，而是我們自己從所經歷的事物旁邊走過？我常常這樣納悶。假如是這樣，那麼我們雖然會變換視角，距離心愛的回憶愈來愈遠，但這些回憶永遠都還會在那兒，假如我們能夠往回走，就會在那裡找到它們。就像往前翻閱一本書，也許甚至回到開頭。父親會永遠跟我一起在晚上去公園散步，阿爾娃和我會永遠停留在前往義大利旅行的途中，夜裡坐在車上，駛向充滿希望的未來。我試著用這個想法來安慰自己，但是我還感受不到，而我只能相信我感受到的東西。

★

過了好一段時間，麗茲才得知我騎摩托車出了意外，她去印度旅行沒帶手機，過了好幾週才讀了她的電子郵件。在她回來那天，我們一起前往慕尼黑北區墓園。我撐著羅曼諾夫的枴杖，一跛一跛地走在一座座墳墓之間的小路上，哥哥姊姊在我兩旁。麗茲走在我左邊，馬諦走在我右邊。由於我出了車禍，葬禮舉行時我不在場，這是我第一次站在我妻子的墳前。墓碑是一塊樸素的黑色大理石，上面刻著她的姓名和生卒年月。藏著她人生故事的一組密碼：**阿爾娃·莫羅，生於一九七三年一月三日，卒於二〇一四年八月二十五日**。

當這一切都在我面前，我胸口的那股壓力解除了。**死亡是空幻的反義詞**，我心想。

我想一個人靜一靜。馬諦把我的小孩帶開，麗茲也站到一旁。墓園籠罩在寂靜中，只聽得見颯颯的風聲。我忽然爲了自己前幾個星期像小孩一樣逃進自己的夢中世界而感到羞慚。但是只有在那裡，阿爾娃才依然活著，在那裡也還能找到我的父母。

回憶是死者最後的庇護所。

我又看見阿爾娃在我面前，我和她說話，可是這一次那個畫面迅速消散，被另一個畫面所取代：我騎在摩托車上，沿著一條公路行駛。我用耳機聽著音樂，頭盔的面罩掀開，而我不知道之後該怎麼辦。那天上午我訂好了葬禮的日期，然後我和兩個孩子說了話，而我再度清楚意識到我實在尙未準備好面對這一切。

我加了速，愈騎愈快，沒錯，感覺的確有點像在飛行，就像東尼一向所聲稱的那樣。但是我確信這種感覺還可能再升高一級。我耳中是輕輕的吉他聲，地下絲絨樂團那首〈海洛因〉，鼓聲和歌聲接著小心地加入，音樂變得更有力、更憤怒，歌聲突然爆發。我把音量轉到最大。我的心跳加速，風把我的臉往後壓，一切忽然全都湧上心頭，阿爾娃的死，想到我無法獨力照顧兩個孩子，擔心會失去一切。我看見羅曼諾夫在我面前，看見他用充滿恐懼的眼神說他無法放手，但是這不會發生在我身上。

就在這一瞬間，我放手了。

摩托車沒有轉彎，而是繼續直行，駛離了馬路，而我心想這感覺**眞的**就像飛行。在那一秒鐘裡，我前所未有地自由，再沒有什麼掌握在我手中，再沒有什麼能由我來控制，該來的就讓它來吧。

接著，剎那間我看見孩子們在我面前。在最後一刻，我終究還是把摩托車轉向左邊，只從側面擦撞了那棵樹，眼前頓時一片漆黑，直到我在醫院病房裡醒來。

★

去過墓地之後又過了幾天，我出院了。麗茲暫時住在我家，哥哥和艾蓮娜也常過來。他們沒辦法有孩子，就照顧起我的孩子。當我出去遛狗，艾蓮娜就做午飯，當我麻木地躺在床上，爲了想聽見阿爾娃的聲音而打電話到她的語音信箱，馬諦就陪孩子在院子裡玩。那是一段沉重的時光，我就是無法振作。在她死前多年，阿爾娃曾經跟我說她不想知道她是何時最後一次做某件事，而如今我卻在回想她最後一次做的事，回想那是在何時何地。最後一個吻，在她床上。最後一次做愛，在家裡，草草完事，深信不久之後就會再恩愛。她最後一次陪孩子玩耍是在她的病房，玩的是記憶紙牌遊戲，而路薏絲贏了，甚至贏了四組之多。哼，這些你還記得，我心想，你光會記得這些沒用的事。

兩個孩子明白我需要幫助，當我送他們上床，他們乖乖聽我的話，有時候會要求我協助他們做功課。如同當年我的哥哥姊姊和我，如今他們也將過起另一種生活。原本和母親在一起的生活已經遠去，他們的人生已然走上了一條岔路。而在這條比較坎坷的新路上，他們需要一個人來帶領他們度過一切，而這個人將會是我。我領悟到也許我眞是恰當的人選，畢竟這一切我全都親身經歷過。

這個念頭足以帶給我希望，至少足以讓我善盡職責。該笑的時候，我又能笑了，在孩子想聽故事的時候能讀給他們聽，能替他們做飯，處理日常生活。可是有一次，收音機裡播出一首講八〇年代的歌曲，那個年代的我還是個無憂無慮的小孩。我聽著那幾句重複唱出的簡單歌詞，一時之間方寸大亂：

Things are better when they start,
（事情開始時比較美好）
That's how the 80s broke my heart
（所以八〇年代令我心碎）

幾個月後，我們的生活又大致回復了正常，雖然完全回復正常是不可能了，一個原因也在於我和孩子搬進了馬蹄和艾蓮娜位在英國花園旁的房子。他們家裡的空房間一向太多，如今他們將不再孤單，而我和我的孩子也一樣。

在我們要徹底搬離的那一天，舊家已被搬空，我看著那些空蕩蕩的房間，想像著隨著歲月流逝，我和阿爾娃還可能做哪些改變。我想像著兒童房將會變成青少年房，在腦海中拆除牆壁，或是重新粉刷廚房。

馬諦在屋外站在搬家卡車旁邊喊我。

「竺爾，你要出來了嗎？」

我最後一次環顧四周，俯瞰內院，望向鞦韆和樹屋。然後我轉過身，朝他走去。

★

起初路薏絲不贊成搬家，但是文森喜歡他伯伯，很高興和他住在一起。他們經常一起坐在小孩房裡，馬諦會像從前一樣花幾個鐘頭研究一輛用汽油推動的玩具車，或是滴幾滴液體在載玻片上。這輛玩具跑車和顯微鏡是他送給文森的禮物，也有一點像是送給他自己。整體而言，那是一段替孩子實現願望的時光，我們每兩週就帶孩子去足球場或動物園，我們去「德意志博物館」參觀了一場船舶展覽。星期天我把電視搬到他們房間，替他們準備熱巧克力加鮮奶油，還有烤麵包夾燻肉，然後我們就一起觀賞他們最喜歡的卡通片。

路薏絲常爲了失去母親而感到難過，但下一刻就又開心起來，而文森的感受則在暗中滋長。從來不見他笑，這很可惜，因爲我認爲我兒子的笑容很美，能夠瞬間趕走他臉上的深思。有好幾個月他愛上了畫畫，如今又放棄了，而且最近他開始怕黑。現在我們總是得把小孩房間的門打開一條縫，讓走道上的燈光給他帶來安慰。

儘管如此，有一次他還是無法入睡，抱著他的被子到客廳來，夜裡我總是在客廳裡看電視。一切都無言地進行。文森先是探詢地看了我一眼，想知道他究竟可不可以這樣做，而當我撫摸他的頭，他就懂了，隨即依偎在我身旁。電視上正在播放一部紀錄片，介紹的是水晶，講到有些水晶只會在黑暗和陰影中生長。結晶。

文森忽然落淚。但他沒有發出聲音，繼續盯著電視，彷彿他想瞞著我。我擁抱了他，直到這時他才眞正哭了起來。

「我也想她。」我一再地說。

過了一會兒，他又平靜下來，睡著了。我早就已經沒在看電視，只是看著他。往日情景又在眼前浮現：**爸媽死後，我獨自坐在寄宿學校的寢室裡，頭髮上還有雪花。下課時我猶豫地站在校園裡，看著其他孩子玩耍。那使我的思緒飄向很遠、很遠的地方。**

我把文森抱上他的床，替他蓋好被子，感覺到彼此深深相連。在這個小男孩身上我清楚地看見了自己，清晰到令我心痛的地步。

★

晚秋時我去柏林探望麗茲。她辭去了教職，打算寫童書並且自繪插圖。我認爲這是個好主意，尤其是當我看見了頭幾幅草圖和草稿。反正馬諦和我已經向她保證會在財務上提供協助。

「妳後悔放棄了教職嗎？」我問她。

「一秒鐘都沒後悔過。學生已經不再寫情書給我了。那時候我就知道自己該辭職了。」

麗茲搬進了位在十字山區的一間公寓，她從前的東西大多送人了。那些小箱子和抽屜櫃、玩偶和小擺飾、亞洲風茶杯和非洲風壺罐。她的新住處清爽明亮而且空蕩蕩的，只有廚房裡仍掛著一幅寄宿學校時期的舊照。照片上的我還不滿十四歲，身材瘦小，帶著作夢的神情；馬諦十六歲，身材高瘦，穿著皮大衣，留著長髮；麗茲十七歲。穿著綠色連帽外套，一臉叛逆地從帽子底下看著鏡頭，嘴裡叼著一根菸。一副青春無敵的模樣。

「很抱歉我就那樣一走了之，」我聽見她說。「我很想當個永遠照顧弟弟的好姊姊，但我卻已經兩次棄你於不顧，兩次我都不應該。我實在躲不過良心的指責。」

我把目光從那張照片上移開。「不要緊的。」

「你總是說**不要緊的**，偶爾你也不妨抱怨一下。仔細想一想，沒有什麼是不要緊的。」

「也許吧，但是抱怨也無濟於事。」

她點點頭。「順帶一提，我和他上床了。」

「和誰？」

「還會有誰。」

我眞的想不出來。

「和東尼。」

我一時太過驚訝，就只嘲弄地看了她一眼。「爲什麼忽然這樣做？」

「因爲我想要個孩子。」

「除此之外……」

「沒有除此之外，純粹就是爲了繁殖。我知道這聽起來有多奇怪，因爲從前我一聽到生小孩當媽媽這一套就生氣，而且我一向認爲性愛是件狂野的事，能帶來樂趣最重要。但是現在，就姑且把性愛當作繁殖的手段，或許這也是它眞正的用途。」

我想說些什麼，但是她暗示要我閉嘴。

因此，看見東尼最近格外喜上眉梢，我也沒感到訝異。當我提醒他別抱太大的希望，他把手一揮。

「*You can't be wise and in love at the same time.*（**陷入情網的人是沒辦法理智的。**）」

「誰說的？」

「巴布·狄倫。」他咧開嘴笑了。

「可是你知道她並不愛你。」

「等孩子生下來，她說不定就會愛我了。」東尼用手肘輕輕撞了我一下。「對了，我覺得你們全都搬到一起住是件好事。」

「事實上，這件事有點讓我想起寄宿學校。我漸漸相信到了某個時候，人生中的一切都會重來。」

「寄宿學校……我們當年老是去打撞球的那間小酒館叫什麼名字來著？」

「頭彩。」

「沒錯，頭彩。這些事你怎麼全記得？我覺得你好像什麼事都不會忘記。」東尼指著我的額頭。「全都藏在這裡面。」

你是個記憶者和保存者，你根本沒辦法不這麼做，多年前阿爾娃曾這樣對我說，而她也許沒有說錯。她姊姊芬妮和她們姊妹倆在睡覺前翻的筋斗、海蓮娜阿姨、面容憔悴的奶奶、老同學、泛泛之交、我從前在唱片公司的主管，當然還有諾拉：在我的腦袋裡有一整個王國，住著所有這些我在人生之路上遇見的旅伴，有些已經半被遺忘。我想把他們全都保存下來，不讓他們消失，否則我會覺得他們彷彿從未存在過。

於是我著手修訂我的小說，並且加以改寫。雖然有時候我擔心這部小說可能會太過陰鬱，而我也知道很難把每個人都寫得恰如其份，尤其是**她**。畢竟這就是我想替阿爾娃做的事：讓她成爲不朽的小說人物。然而，即使我永遠寫不完這個故事，我也不會再停止寫作。因爲我領悟到：只有在寫作時，我才能同時身爲每一個可能的我。

因爲，那個什麼都怕的小男孩是我，那個不怕死地騎著單車衝下山坡的孩子也是我，儘管摔斷了手臂也還繼續騎。那個在父母死後變得內向、成天作著白日夢的孤僻男孩是我，那個受到女生歡迎、熱情洋溢、父母仍然健在的學生也是我。我是那個不敢認愛、遁入寂寞中的少年，也是那個開朗自信、掌握人生的大學生。那個失去方向、中輟學業、在柏林一家唱片公司工作的年輕人，那個並未聽說此一職位而去了國外、如今仍然住在國外的男子。那個決心成功而也獲得成功的攝影師，那個得以和父親和解、因此無須出於內疚而成爲攝影師的作家。我在阿爾娃面前毫無機會，因爲她姊姊沒有失蹤，所以她後來也不需要我。阿爾娃在我面前也毫無機會，因爲我在中學畢業後一帆風順，得以忘了她。我找到了一生的至愛，卻又太早失去了她。我在年少時得以把她留在身邊，我們善用了時光。我再也沒有和她重逢，而是留在諾拉身邊，有了個兒子。或是我在蒙佩利爾長大，結了婚但沒有孩子，從不曾與阿爾娃相識。

這些全都曾經是可能的，而在千百種變化當中，偏偏是這一種成了事實，有很長一段時間，我覺得這似乎是種偶然。年輕時，我自覺在父母死後過著另一種人生，一種錯誤的人生。比起哥哥姊姊，我更強烈地尋思，童年和少年時期所發生的事對我造成了多大的影響，直到後來我才明白，其實只有我自己是我生命的建築師。允許往事來影響我的人是我，同樣地，不讓往事來影響我的人也是我。我只需要想起和阿爾娃及孩子共度的時刻，就能明白：在這一個人生裡我已經留下如此鮮明的痕跡，這個人生就不可能是錯誤的。

因爲這是我的人生。

★

就跟從前一樣，在吃早餐時，馬諦會把報紙上有趣的文章讀給我們聽，而且如今我們在地下室裡甚至擺了一張撞球檯。「我們居然成了朋友，這不是很奇怪嗎？」我問他，當我們在夜裡打著撞球。「小時候我以爲我會恨你。」

作爲回答，馬諦把綠色球打進洞裡。他拍拍我的肩膀，然後若無其事地說起一個資賦特別優異的大學生。但是我看得出來他感到尷尬。

「只是問一下，」我說。「當年他們把我架到淋浴間裡沖冷水的時候。你眞的沒聽見我喊你嗎？」

「那是什麼時候？」

「在寄宿學校。我就在你房間門口大聲叫你。你究竟有沒有聽見？」

馬諦聳聳肩膀。「我不記得了。」

我笑了。「你這個爛人。你當然記得。」

馬諦臉上閃過一抹問心有愧的微笑，然後又把一顆球擊入袋中，是個漂亮的擦邊球。

「別這麼愛現。」我說。

稍後我們上樓到廚房去，哥哥做了雞肉三明治，夾了生菜，塗上美乃滋，這是他的拿手料理。他把盤子遞給我，然後把一鍋牛奶放到爐子上。

「你要做什麼？難道你還要替我煮杯熱可可嗎？」

他只是嘻嘻笑著。我們端著盤子在電視機前坐下。

「我得承認，這個三明治的確很棒。」我舒舒服服地往後靠，咬了一口，電視上正播出一部黑白片，查爾斯・佛斯特・凱恩走進《紐約詢問報》死氣沉沉的編輯部，把那裡搞得天翻地覆[1]。

「竺爾，你還記得我們躺在你們舊家臥室裡的情景嗎？那一天你得知阿爾娃的病不會好了。我想說些話來安慰你，卻想不出該說些什麼。」

我點點頭，我沒有忘記。

「當時我很氣我自己，」馬諦說。「我是你哥哥，雖然在我們這個年紀，排行已經沒那麼重要，但我畢竟是你哥哥。這幾個星期以來，我常常在想當時我可以對你說些什麼。後來，當我們去參觀那個船舶展覽，我想通了一件事。是個比喻，有一點蠢。」

我喝了一口熱可可。「說吧。」

「就是……打從出生，我們就在鐵達尼號上。」哥哥搖搖頭，說這種話令他感到不自在。「我想說的是：我們將會沉入海中，不會活下來，這是命中注定的，什麼都改變不了這個結局。但是我們可以選擇是要驚慌哭喊地跑來跑去，還是像那些樂手一樣勇敢而有尊嚴地繼續演奏，雖然那艘船在下沉。就像……」他垂下目光。「就像阿爾娃那樣。」哥哥還想再補充些什麼，但是隨即搖搖頭。「抱歉，這種事我實在不擅長。」

★

譯注

1 經典名片《大國民》（*Citizen Kane*）當中的一幕。

我慢慢才習慣了阿爾娃的死。這段期間我去大學註了冊，去聽哲學系和英文系的課，夜裡則常去散步。失眠成了我的新伴侶，於是我常在午夜過後獨自在附近漫步。我的漫遊總是結束在我走進去歇腳的一家咖啡館，是少數在深夜裡還開著的一家。格調高雅且低調，一位老先生坐在鋼琴前即興演奏。當他發現了我，他說：「啊，蓋希文的樂迷來了。」因為上一次造訪時，我曾問他能否彈支蓋希文的曲子。我向他點點頭，便又打量起那少數幾個夜復一夜出現在此的客人，心中暗忖他們何以會在這家咖啡館，而不是待在家裡。他們全都有自己的故事，自己的理由，而我想悄悄地猜出來。

這段時間裡，我不再那麼常去艾蓮娜的診所，反倒是偶爾會一起去英國花園散步。

「你多常想起她？」有一天她問我。

「很常，」我立刻說，然後思索了一下。「但是不再像幾個月前那麼常想起了。有些時候我會忘了她，然後我就會覺得內疚。」

「你不該內疚，」她說。「現在你得要開始向前看，這很重要。未來這幾年，文森和路薏絲會需要你。他們會結交朋友，進入青春期，談戀愛，他們會遭遇困難，會需要幫助。這些都是你得要面對的，而且你會做得很好。」

當她繼續對我說話，我明白她說得有理，她說的話通常都有道理。過去漸漸褪色，但未來也還很遙遠。我只能想著此時此刻，想著孩子，想著他們在學校裡的煩惱，或是想著養育他們的責任。他們的需求疊在我面前像座小山，使我幾乎看不見在那後面的東西，例如我自己的老去。這倒是令人心安。

我停下腳步，握住艾蓮娜的手。「我大概從來沒跟妳說過，我是多麼慶幸我們有妳，」我說。「我眞想知道我該如何感謝妳，爲了妳所做的一切。妳拯救了我哥哥，我的小孩也愛妳。」

艾蓮娜也停下腳步，撥開她額頭上的頭髮。「得知自己沒法生小孩的時候，我心裡有件東西碎了。我當然接受了這件事，但是我以爲我的生命將會永遠缺少一點東西。一種永遠的、默默的遺憾。你和你的小孩讓這種感覺慢慢消失了。」

那番交談有點正式，彷彿我們互相發給對方一份重要的證書，這個發現讓我覺得有點好笑。我又一次對她點點頭，然後我們就繼續散步。我注意到我心裡舒坦些了。

★

聖誕節我們在慕尼黑度過，除了麗茲和東尼，阿爾娃的父親也來了。看見外孫，他就有了活力。他和他們一起裝飾聖誕樹，愉快地說起一次攀登白朗峰的精采旅行，可是不久之後，我看見他默默坐在沙發上出神。正當我打算走向他，艾蓮娜坐到他身旁，和他聊了起來。

我鄭重宣布要替大家下廚，這一天剩下的時間就都待在廚房裡。兩個小孩獲准陪我。文森很快就感到無聊，又跑出去了，路薏絲則興味盎然地看著我忙。

「你在做什麼？」

「我在塞填料到火雞的肚子裡。這就會成爲內餡。」

「你都放些什麼東西進去？」

「海棗、甜椒、洋蔥，一點鼠尾草和胡椒……妳也想做做看嗎？」

我教她要怎麼做，見她樂在其中，我就又教了她些別的。我們在廚房裡待了半天，她幫忙我做香草醬、焗烤馬鈴薯，後來也幫忙我做「萬人迷蛋糕」。我看著她，不由得感傷起來，但是她似乎沒有察覺，急急跑向冰箱，又飛奔回來，專注地盯著巧克力在鍋子裡融化。我想起母親從前烤這種蛋糕的情景，而我又一次想到：一切再度重來。

往日情景占據我內心的次數不再那麼頻繁，可是當這種情形發生，我每每驚訝於回憶把某些時刻照得如此明亮。在回顧時，寄宿學校的一個尋常夜晚化爲一次美妙的經歷。我看見自己和同學坐在湖邊，我們喝著什麼，開著某人的玩笑，想像著我們的未來。不過，回憶把我拉近了其他人，比當年的實際情況來得近，體貼地把我放在事件的中心。我忽然無憂無慮地和同學一起笑了起來。雖然我知道也曾有過截然不同的時刻，但我能感覺出當時我想必很滿足。記憶是個有耐心的園丁，那一夜在寄宿學校，在我腦中撒下的小小種子隨著歲月長成了繁茂的回憶。

在互贈禮物之前我們一起唱歌，大人帶著自嘲的表情，小孩子天眞快活。飯後，當我們飽足地坐在餐桌旁，東尼還替我們表演了幾個把戲。他把紙牌變成了紙鈔，然後從桌上拿起一把叉子（我的叉子），揉搓了一陣子，直到叉子像條繩子一樣可以打結。我們正看得目瞪口呆，這時東尼的目光移向他左腳穿的鞋子，鞋帶鬆了。他不經意地抖抖腳踝，鞋帶就彷彿由一隻隱形的手自動綁好，甚至打了個雙層蝴蝶結。

「你這個瘋子，」馬諦喊道。「快說你是怎麼辦到的。」

稍晚，當我們送小孩上床，阿爾娃的父親也告辭了。他擁抱了兩個外孫，時間雖短，但很慈祥，之後我送他到門口。「謝謝邀請。」他說著就準備朝他的車子走去。

「我不確定你是否知道，但是阿爾娃小時候最喜歡跟你一起在結冰的池塘上溜冰。」

他停下腳步。

由於尷尬，我低下頭繼續說：「還有，過去這幾年，每次你要來看我們，她從幾個鐘頭以前就開始興奮期待。阿爾娃了解你的傷痛，也了解你為什麼很少來，為什麼最後無法再到醫院去看她。這一切她一直都了解，而且我知道她愛你……」

我感覺到阿爾娃父親把手擱在我手臂上，於是訝異地抬起頭來。他直視著我，這是這天晚上第一次。他的眼睛是綠色的，不像他女兒的眼睛那麼明亮，但是非常溫柔，而且憂傷。他似乎想說些什麼，但最後只向我點了點頭。

等他開車離去，我的目光落在門廳裡那個義大利式矮櫃上，它來自我以前住的公寓。阿爾娃一向特別喜歡坐在這個矮櫃上，像隻奇怪的動物，縮起雙腳，入神地看書，聽音樂或是和我討論事情。雖然這個聖誕夜十分美好，我心中卻整個崩潰，視線變得模糊。我咬住嘴唇，不由得想起阿爾娃度過生前最後幾天的那間病房。這一刻我是那麼想念她，於是我沒有回屋裡去加入其他人，而走到露台上，眺望著夜色。樹木的枝椏上結著閃亮的白霜，鋪石地面上覆蓋著亮晶晶的薄薄一層。外面很冷，但是我不在意。

過了一會兒，麗茲到外面來找我。她塞了個紅色信封到我手裡。「這是給你的另一件禮物。希望它帶給你的好運比帶給我的更多。」

我在信封裡發現一個白色木頭棋子，玩馬勒菲茲跳棋時用的那一種。我感動地摟住姊姊。

「別以為只有你看見我們，」麗茲倚著我，「我們也看見你。我常想起我的竺爾，想著他心裡都在想些什麼，想著他過得好不好。」

我們仰望繁星點點的天空。這個景象使我心中充滿了深深的安全感，我第一次覺得宇宙的無動於衷給我帶來安慰。

麗茲從側面看著我，嘴角向上翹起。

「什麼事？」我問。

她沒有回答。

「快說啦，什麼事？」

可是她逕自走回了屋裡。

後來，當大家都睡了，而我正打算散步去我每夜都去的那家咖啡館，我看見麗茲穿著睡衣坐在客廳的沙發上，懷裡抱著吉他。她沒有注意到我，先是隨便彈了幾下，隨即彈起一首我從小就聽熟的曲子。我沒有馬上想到，可是當我第一次聽她隨著伴奏唱起來，我就明白了。

★

麗茲隱瞞了她懷孕的事好幾個星期，符合她一貫的作風。馬諦和我取笑她，說她將成爲全世界最高齡的產婦，她卻說她就是需要這麼久的時間。

東尼當然興奮非常，只有麗茲不再跟他上床這件事令他頗傷腦筋。「*Mission accomplished*（使命達成），」他用帶著維也納口音的英文說。「我們兩個大概就到此爲止了。只是我沒料到我會這麼難受。」

「是啊，還眞是出人意料啊。」

「你儘管說風涼話，」他對我說。「但我還是相信，等孩子出生了，她就會再回到我身邊。說不定她會想要再生一個，那我們就再變出一個來。」

「到那時候她都四十六歲了。」

「那也無所謂。有些時鐘走得快，有些走得慢。」

羊膜穿刺檢查的結果一切正常，是個女孩。這讓路薏絲特別高興，打定主意以後一定要「教」她表妹些什麼，至於究竟要教什麼，她卻不想說。如今她似乎多少淡忘了母親的死。她每週都去上雜耍課（興奮過頭地在家裡也做側手翻），常帶女同學回家吃飯，她的老師也向我保證她是個開朗快活、人緣好的孩子。

文森則仍有困難。他的成績一落千丈，幾乎不再說話，別的小孩開始避開他。他只有兩個和他一樣內向的朋友，下午時，他常去他們家玩電動遊戲。我知道我必須做點什麼，免得他像他老爸從前一樣封閉和膽怯。

不過，這孩子很有韌性。他的每一場足球賽我都去看。大多數時間他都坐在板凳上，直到球賽快結束之前才會被換上場。別的孩子看起來全都比他高，比他壯，比他更有企圖心，他自己常常失神地站在球場上作白日夢，把教練氣得七竅生煙。教練總是讓文森負責防守，那絕對不是最適合他的位置，因為他太瘦太輕，很容易就被對手的前鋒撞開。

可是有一次，那是三月底一個陰冷的下雨天，他又在比賽快結束時上場。文森沒有留在後場，而是一再向前衝。教練從場外大喊，要他後退，但是我兒子就是繼續留在前場。在比賽結束的哨音快要響起之前，他隊上有人傳來一個高高的長球。對手的四名防守球員全都跳起來攔阻，卻沒攔住，那一幕很搞笑，而文森忽然獨自站在球門前方。他過於倉促地射門，球從守門員身上彈回他面前，他再度起腳射門，而這一次球應聲進網。這是他第一次進球。文森張大了眼睛，轉過身來，不敢相信剛才所發生的事。隊友朝他跑過來，擁抱了他，教練猶豫地稱讚他，而他仍舊站在原地，不敢置信地環顧四周。然後他看向我，忽然露出了微笑。他那罕見的迷人笑容，神祕莫測，幾乎有點睿智。

用這副笑容他可以拯救一切。

子。

我向他揮手，但這似乎使他感到難爲情，因爲他已經又跑開了，用衣袖擦了擦鼻子。

★

復活節假期，麗茲和東尼來訪，按照舊日傳統，我們想開車去法國。我們已經坐上車了，行李也已堆放整齊，只有我哥哥還在磨蹭，他常常都是最後一個。這時我想起我忘了帶孩子的足球，於是跑回屋裡，才跑到露台上，我就聽見了那熟悉的聲響。

在門口我看見馬諦專心地按下門把，一次又一次，總是以同樣的模式。八次快，八次慢，八次快。他是如此專注，過了好一會兒才注意到我。起初他覺得自己被逮個正著，然後他難爲情地聳聳肩膀。「欸，我們大概全都有不爲人知的小祕密吧。」

我們默默地看著對方。

「拜託別告訴艾蓮娜。」最後他說。

「你究竟是按幾下？」

「總共六十四下。八是我的幸運數字，所以八乘八就是雙倍幸運。從前我是按二十三下，但是沒發生作用，所以現在就用八的倍數。我先按得快一點，爲了快速來到的好運，然後再按得慢一點，爲了持久的滿足。」

我沒有說話，然後走進屋裡去拿球。

「你知道，現在我又得重頭再來一次，」哥哥在門邊說。「抱歉啦。」

「我該跟其他人說你在哪裡？」

「你自己編吧。」

「你知道你隨時可以找艾蓮娜談這件事吧？」

馬諦只是搖搖頭，無助地對我傻笑。一點點瘋狂，這是當個正常人的代價。我獨自走向車子，把球在鋪石路面上拍了拍，同時聽見哥哥又再按下門把。

★

春日的陽光燦爛地照在樹上。朗格多克的大自然一片欣欣向榮，吸引我帶著文森和路薏絲去郊遊。途中他們問起貝迪亞克那棟房子是誰的，爲什麼我幾乎從不說法文，誰是全世界最優秀的足球員，東尼伯伯是否眞的會魔法，是否眞的像他所說的讀過「霍格華茲魔法學院」。我耐心地回答，爲了他們倆在我身邊而感到幸福。

我們來到一座山丘。「看誰最先跑上去！」路薏絲說著拔腿就跑，文森立刻緊追在後，我則隔著一段距離跟在後面。在久久追趕之後，我從旁邊超越他們，有那麼一會兒，眼看我將會贏得這場賽跑，兩個孩子大聲尖叫。不過，快到終點之前，我還是又讓他們超前了。

我們站在山坡的圓頂上，氣喘吁吁，哈哈大笑。山谷在我們下方。當我們經過觀景長椅旁邊那棵橡樹，兩個孩子的反應就像我們三姊弟當年。

「那裡有一根樹枝被砍斷了。」文森順著我的目光看去，指著樹上那個仍舊光禿禿的隆起。

「我知道，」我說。「我想那是你爺爺親手鋸掉的。」我不想告訴孩子當年我從父親口中聽到的那個故事。

「是你爸爸鋸掉的？」路薏絲問我。「可是爲什麼呢？」

我只是聳聳肩膀，但是感覺到一股輕輕的戰慄。

路薏絲用手描著刻在樹上的那幾個法文字，*L'arbre d'Eric*（艾瑞克的樹）。那是我父親用刀子寫在樹皮上的，在五十多年前。

★

在貝迪亞克的那兩個星期過得很快。我常常想到，我們三姊弟在童年過後如何失去了與彼此的聯繫。我們早早就被迫思索生命的有限，從而做出了截然不同的反應。姊姊貪婪地享受生命，哥哥焦慮地守護著他的生命。然而，在這麼多年之後，我們居然又回到這裡，一起坐在早餐桌旁。位置幾乎不夠坐了，兩個小孩吵來吵去，艾蓮娜對他們好言相勸。東尼愉快的聲音在屋裡迴盪，馬諦把報紙翻得沙沙作響，談起一篇報導，麗茲跟他唱反調，一張椅子倒下，有人大呼小叫，鬧成一團。我是桌旁唯一沒吭聲的人，只是閉上眼睛聆聽：我愛聽這些聲響。我們心中的孤獨只能由我們一起克服。

最後一天我們在草地上野餐。陽光從無雲的天空流洩下來，熱燙燙地照在草地上。哥哥姊姊把一條毯子鋪在地上，那隻哈士奇興奮地嗅著艾蓮娜的火腿三明治。在這當中，兩個孩子從東尼面前跑開，他狂吼著去追他們，說他乃是森林怪物，要把他們抓來吃掉。

挺著孕肚的麗茲嘆了口氣。「他眞是幼稚。」但是一絲微笑悄悄爬上她的臉。

我看著我兒子，他表情嚴肅地從東尼面前逃走，一向擅於隱藏他的快樂。我也看著不停尖叫的女兒。早上我們爭吵了好一會兒，因爲她震驚地得知假期結束後她將得戴上牙套。後來她哭著跑回她的房間。在這種時刻，我就想念起阿爾娃，想知道她會如何處理這個情況。我也思索著我和我的父親是否眞的那麼不同。

路薏絲則早已忘了上午的爭吵，她躲在我背後，喊著要我保護她不被森林怪物抓到。

東尼走向我們，伸手指著我。

「讓開！」他用低沉的假嗓音吼道。

「滾開，你這個飯桶！」我說。

我聽見女兒在我身後大笑。

東尼氣勢洶洶地靠得更近了。「再說一句，你就死定了。」

我正想回嘴，這時我看見文森獨自在樹林邊上徘徊。我喃喃地說聲我馬上回來，就走過去找他。

「可是動作要快，」東尼說。「我們還想要踢足球。」

我跑進樹林，看見我兒子猶豫不決地折下一根樹枝，遠遠地扔出去。我把手擱在他肩膀上，我們一起走了一小段路。最後我們走到那條布滿石頭的河流，那截樹幹橫跨在河面上，我耳邊立刻又響起父親的警告，說那太危險了。

我兒子好奇地打量那截樹幹。

「你看，那下面有多深。」他說。

「超過兩公尺。」

「你覺得曾經有人從那上面走過去嗎？」

「肯定有過。」我說。

「我不相信。」

「喔，親愛的，我在你這個年紀的時候常常從那上面跑過去。」我計算了一下，忍不住笑了。「那是三十四年前的事了。」

文森用驚訝的眼神看著我。「我不相信，」他又說了一次。「你有可能會摔得很痛的。」

我想起詩人華茲華斯的一句話：小孩是大人的父親。我看進文森充滿恐懼的眼睛，於是作出了決定。他還想要阻止我，但我已經踏上了那截樹幹。文森大喊要我別這麼做，但我繼續把一隻腳挪到另一隻腳前面。樹幹晃動，我感到暈眩，我能感覺到恐懼在胸口縮成了一團硬塊。我想起許多年前，阿爾娃第一次到貝迪亞克來時，她曾經張開雙臂、踮著腳尖從這截樹幹上走過去。爲了她，我現在也得過這一關。

大約走到一半的地方，文森看出阻止我已經沒有意義，從那時起，他就替我加油。我往下瞄了一眼，看見那些突出於河面、被河水沖刷得平滑的大塊石頭，想像著自己又將住進醫院。

可是我成功了。當我到了對岸，我看見我兒子站在河的另一邊。文森又睜大了眼睛，露出不敢置信的眼神，一時之間似乎說不出話來。回去要比來時更爲困難，我又慢慢走在那截滑溜的樹幹上，有一次差點滑倒。但我知道我不能回頭，因爲這是播種的時刻。我將把這一幕植入我兒子心中，但願它再過幾年會發芽，而他將永遠失去一部分的恐懼。

★

抵達對岸時，我還是滑了一下，跌在地上，弄髒了襯衫。文森受驚地看著我，但我笑嘻嘻地站了起來。

「沒事。」我指著那截樹幹。「你看，明明就很容易。」我說，雖然我的一顆心怦怦直跳。我得喘口氣，從這番冒險行動中恢復過來。

文森卻已經又跑回其他人那兒，他們從草地上呼喚我們，因爲他們等不及想要踢足球了。

「你要一起來嗎？」他還問道。

「馬上來。」

我站在樹林邊緣的樹蔭下，看著他們好一會兒。東尼站在一個由兩件毛衣搭起的球門前。我女兒把球往他的方向踢過去，接著我兒子截到球，和馬蹄踢出了一次漂亮的二過一傳球，然後他盤球閃過艾蓮娜，起腳射門，那球啪地一聲撞上東尼的脛骨。麗茲替她的吉他調音，在場外旁觀這場比賽。哥哥養的那條狗也坐在場外，偶爾牠會吠個一聲，但是坐著不動。從前牠肯定會追著球跑，但如今牠老了，變得冷靜了。如果牠運氣好，還能再過一、兩個夏天，最後牠將活過圓滿的一生，而多年之前，卻有另一條狗在離這兒不遠的河裡溺斃。萬物來來去去，有很長一段時間我無法接受這一點，如今忽然之間，我釋懷了。

兩個孩子終於發現了我，他們呼喚我，問我到底準備好了沒有，要不要一起玩。

我從樹林裡走出來。

「要，」我說，擦掉了襯衫上的一點污泥。「我準備好了。」

致謝

首先我要感謝我的父母。感謝我父親的幽默感，還有那些鼓舞了我的親切交談。感謝我母親在困難時期所展現的堅韌，以及她對我的信心。

Ursula Baumhauer 也給了我許多協助，我非常幸運有她這位審稿人。我也要感謝 Thomas Hölzl、Anna Galizia、Georg Grimm、Roger Eberhard、Tanja Graf、Clara Jung、Daniel Kampa、Ronald Reng、Muriel Siegwart、Veronika Vilgis、Daniel Wichmann、Anne Wiebung、Frieder Wittich 和 Klaus Cäsar Zehrer。

菲利普·基爾給了我充裕的時間來寫這本書，他的信賴和殷勤關注對我而言意義重大。我也要對 Diogenes 出版社的所有其他人大聲說一句：「多謝！」尤其是 Mario Schmuki 和隨時提供我協助的 Ruth Geiger。

謹以此書紀念丹尼爾·基爾[一]，當年是他把我納入他的出版社旗下，因此成爲我人生中一位重要的導師。從那以後我經歷了許多美好的事，爲此我對他將永誌不忘。

譯注

一 基爾（Daniel Keel, 1930-2011）為瑞士 Diogenes 出版社之創辦人，該出版社以發行文學作品知名，在他去世之後由其次子菲利普接掌。

Eurasian Publishing Group
圓神出版事業機構
用心與你對話．視野無限寬廣
寂寞出版社
Solo Press

www.booklife.com.tw　　reader@mail.eurasian.com.tw

Soul 037

寂寞終站 Vom Ende der Einsamkeit

作　　者／班尼迪克・威爾斯（Benedict Wells）
譯　　者／姬健梅
發 行 人／簡志忠
出 版 者／寂寞出版股份有限公司
地　　址／台北市南京東路四段50號6樓之1
電　　話／（02）2579-6600・2579-8800・2570-3939
傳　　真／（02）2579-0338・2577-3220・2570-3636
總 編 輯／陳秋月
資深主編／李宛蓁
責任編輯／李宛蓁
校　　對／朱玉立・李宛蓁
美術編輯／林雅錚
行銷企畫／詹怡慧・朱智琳
印務統籌／劉鳳剛・高榮祥
監　　印／高榮祥
排　　版／杜易蓉
經 銷 商／叩應股份有限公司
郵撥帳號／ 18707239
法律顧問／圓神出版事業機構法律顧問　蕭雄淋律師
印　　刷／祥峯印刷廠
2020年5月　初版

定價 370 元　　ISBN 978-986-97522-6-8　

你對這樣的故事有信心，期待有一天能成爲其中的一部分。

——《S.》

國家圖書館出版品預行編目資料

寂寞終站 / 班尼迪克・威爾斯（Benedict Wells）著；
姬健梅 譯. -- 初版. -- 臺北市：寂寞，2020.05
320 面；14.8×20.8公分（Soul；37）
譯自：Vom Ende der Einsamkeit
ISBN 978-986-97522-6-8（平裝）

875.57　　109003287